ALIBI

ALIBI

C. J. SKUSE

Traduit de l'anglais (Royaume-Uni)
par Fanny Montas

City
Thriller

Publié pour la première fois au Royaume-Uni sous le titre *The Alibi Girl*
par HQ, une marque d'HarperCollins Ltd 2020.
Photo de couverture : Hayden Verry/Arcangel

ISBN : 978-2-8246-1685-8
Code Hachette : 43 8816 3
Catalogues et manuscrits : city-editions.com

Dépôt légal : Octobre 2020

Pour Alexandra, Josephine et Joshua
Aux Tifs d'enfer, High Street, Spurrington-on-Sea, nord-ouest du Royaume-Uni

1

Ellis

Lundi 21 octobre

Je ne vais quand même pas lire *Hello ! Magazine* cent fois. L'aisselle gauche de Brooklyn Beckham, je commence à la connaître, merci bien. Bon, ce n'est pas comme si j'avais autre chose à me mettre sous la dent. La page du sommaire de *Vogue* est maculée de morve séchée. Je ne risque pas non plus de toucher au *Cosmopolitan* vu que Charlize Theron y est en couverture. Depuis que j'ai vu *Blanche-Neige et le chasseur*, elle me fiche la trouille. Je crois toujours qu'elle va bondir hors de la page et me sauter à la gorge.

En l'absence de lecture, mon regard se pose au sol. Les yeux plissés, j'aperçois une blatte qui détale, une mèche de cheveux sur le dos. On dirait un jeu télévisé en miniature. Mes cheveux à moi pendouillent lamentablement sur mes oreilles – ça devient urgent. Si dans cinq minutes on ne me prend pas, je rentre à l'appartement et me fais moi-même une teinture, dans la baignoire, avec un kit couleur.

La petite se met à chouiner. J'ai bien essayé de lui glisser une phalange dans la bouche mais elle a faim. Hors de question de l'allaiter ici. On ne peut tout de même pas être là à bavarder tranquillement avec une parfaite inconnue et tout à coup exhiber son nichon comme si de rien n'était ! Moi, je zieuterais. Pas longtemps, mais je regarderais quand même. Mes nénés, c'est la troisième chose la plus précieuse que j'aie, après mes pieds et ma mounette.

Au bout de quinze minutes et trente secondes, une bonne femme aux allures de Roseanne, en plus petite, surgit du rideau de perles. Elle porte des claquettes vert d'eau qui lui font des pieds de hobbit, ses avant-bras sont recouverts de tatouages – Tom Hiddlemachin en Loki sur le droit et Chris Hemtruc en Thor sur le gauche.

— Bonjour. Je m'appelle Steffi. Vous, c'est Mary, c'est bien ça ?

Aucun sourire dans les yeux.

— Oui. Mary Brokenshire.

Steffi est vêtue d'un vieux tee-shirt Gryffondor. Ses cheveux couleur côtes de porc grillées sont rasés de près d'un seul côté du crâne.

— Si vous voulez bien me suivre…

On traverse les perles, puis une pièce au carrelage noir pailleté, puis une voûte en contreplaqué crasseux, pour arriver enfin aux bacs. Là, elle me fait pivoter, me colle dans un fauteuil devant une glace et pose ses mains chaudes sur mes épaules. Elle me demande ce que je veux, conversation tout à fait inutile puisqu'elle le sait parfaitement : je suis venue la semaine dernière pour faire un test couleur et on a déjà parlé de tout ça en long, en large et en travers.

— Bon, alors on fait noir, dit-elle. On vous a proposé un thé ou un café ?

— Non.

Je n'aime ni le thé ni le café. J'aurais bien aimé un jus de fruits mais ils n'ont qu'un sirop vraiment cheap qui me file des caries rien qu'à voir la tête de la bouteille. Et je sais très bien que demander un verre de lait ferait trop gamine dans ce contexte, donc pour préserver les apparences, je lui réponds que oui, merci, une tasse de thé, ce serait super.

Steffi s'éclipse et revient, à défaut de thé, avec un peignoir. Elle attend que je transfère la petite du porte-bébé à la poussette, espérant apercevoir le nourrisson. Les gens sont tous dingues des bébés, j'ai bien remarqué. Je dépose la petite dans la poussette et place un voile fin sur l'ouverture du landau. Je n'aime pas que les gens la regardent, ou me regardent, trop longtemps. On ne sait jamais.

Steffi me fait passer le peignoir, seule ma tête reste visible sous cette cape géante. J'aimais bien porter des capes, avant. Ou m'enrouler dans une grande serviette de bain. C'est quand même génial quand on sort d'un bon bain chaud, qu'on se met une serviette sur les épaules et qu'on court dans le couloir, avec la serviette derrière qui vole comme une cape. Avec ma cousine Foy, on le faisait tout le temps après notre bain. Enfin, on l'a fait au moins une fois.

— Tout se passe bien avec la petite ? me demande Steffi.

— Très bien, oui. C'est notre cinquième, alors on a l'habitude de la fatigue. Vous savez ce que c'est, j'imagine.

Son visage s'illumine.

— Ah ça oui ! Nous, on en a quatre et c'est le bordel. Mais on adore ça. On adore le bordel !

Nous rions comme seuls les parents qui se comprennent savent le faire, tandis qu'elle commence à appliquer la couleur.

— Vous avez un truc de sympa prévu après le salon ?

Elle a dû poser cette question au moins onze mille fois. Aucune intonation, elle se fiche complètement de la réponse. Que je lui fournis quand même.

— Pas vraiment, non. Quelques courses, aller chercher les enfants. Je suis encore en congé maternité, j'ai fermé le cabinet, alors ça me fait du bien de ne pas avoir de programme trop rigide.

— Quel genre de cabinet ?

— Médical. Je suis généraliste.

— Ah. Et ils sont où, aujourd'hui ? C'est une amie qui s'en occupe ?

Il me faut quelques instants pour comprendre de qui elle parle.

— Les enfants ? Ah, eh bien, à l'école, tous.

— Ils ne sont pas en vacances, comme les autres ?

— Ils sont en école privée. Pour eux, c'était la semaine dernière, les vacances.

— Ah, je vois, dit-elle avec une pointe d'écœurement. Ils sont tous les quatre en école privée ?

Une main sur la barre de la poussette, je fanfaronne.

— Eh oui. C'est leur papa qui y tient, il est fou d'elles. Mais on s'arrête à cinq. En janvier je me fais ligaturer les trompes, on en a déjà parlé. Si je l'écoutais on pourrait bientôt monter une équipe de foot avec nos enfants.

— Mon mari est pareil !

— Aujourd'hui, c'est notre anniversaire. Ce soir les petits vont chez leurs grands-parents et nous, on file au restaurant.

— Ah oui ? Vous allez où ? Un endroit chouette ?

Quelle question débile. *Non, on va dans un boui-boui pourri réputé pour son hygiène douteuse, où le chef cuisinier se torche avec les feuilles de salade.*

— Au China Garden, le resto avec le dragon doré au plafond. C'est mon mari qui invite.

— Et il fait quoi, votre jules ?

J'adore quand elle dit ça, « votre jules ». C'est génial d'avoir un mec à moi, rien qu'à moi.

— Il est coach sportif.

— Super. Moi j'aimerais bien qu'il me sorte aussi parfois, mon mari. Je crois bien que depuis que notre petite dernière est née, Livvy, on n'a pas fait une seule soirée en amoureux. Et elle rentre en maternelle le mois prochain.

— Oh, vraiment ?

— Eh oui. De toute manière on n'a pas les moyens de sortir. Rich vient de se faire virer de l'aéroport.

— Ah mince, commenté-je avec une nuance de compassion dans la voix, comme il se doit. Et qu'est-ce qu'il…

— Bagagiste à l'aéroport John Lennon. Pendant vingt ans. Quand il y avait des grèves, lui, il était toujours là pour bosser, même si c'était son jour de congé. Il a même chopé un terroriste, une fois.

— Eh bien dites-moi…

Le long de la plinthe le jeu télévisé avec le cafard reprend. Je simule une quinte de toux, Steffi me demande si je veux un verre d'eau et c'est là qu'elle se souvient que j'attends toujours mon thé. Elle disparaît pour voir « où en est le thé », comme s'il pouvait s'être préparé tout seul.

Elle revient avec une tasse et deux gâteaux secs, des Custard Creams, dont l'un est effrité. Je retire la rondelle du dessus du premier biscuit et racle la crème au milieu avec les dents du bas. Ensuite, je recolle les deux rondelles et entreprends de croquer les bords en petits mouvements circulaires, de sorte qu'à la fin il ne me reste entre les doigts qu'un petit rond de pâte chargé de salive. Je glisse le tout dans ma bouche et attends la dissolution totale du biscuit. Au moment où j'avale, je me rends compte que Steffi ne m'a pas quittée des yeux pendant toute l'opération. Je rougis jusqu'aux oreilles.

Soudain mon téléphone bipe. Je farfouille dans mon sac à main.

— Ça doit être le papa qui veut savoir comment vont ses filles.

— Aaah, commente Steffi, les yeux embués.

Ce n'est pas papa. C'est eBay qui m'informe des promotions à venir sur les fournitures scolaires.

Steffi répartit la couleur avec un peigne.

— C'était lui ?

— Oui. Il veut savoir s'il doit rapporter quelque chose en rentrant. Il est adorable.

— C'est un vrai trésor, votre mari.

Je lève mon iPhone pour montrer une photo de lui à la coiffeuse. Elle s'empare du téléphone et plisse les yeux.

— Il est canon, dites donc.

Je sais ce qu'elle pense : elle se demande comment une nana comme moi a réussi à se dégoter un type comme lui. Elle me rend le téléphone, je range le mari dans mon sac.

— Oui, j'ai beaucoup de chance. On est ensemble depuis qu'on est gamins.

— Ah, vous avez commencé tôt, alors. Je me disais bien que vous étiez jeune pour en avoir cinq.

— J'ai eu le premier à quatorze ans.

— Ah oui, quand même…

— Ensuite les jumelles, et puis Harry. Ça a été dur pour passer mon diplôme de médecin mais on s'est débrouillés. Et puis la petite dernière a été une surprise.

— Moi j'ai rencontré Rich pendant un enterrement de vie de jeune fille.

Je ne lui ai strictement rien demandé et la réponse ne m'intéresse absolument pas mais je feins la curiosité parce que, sans trop savoir pourquoi, en fait j'aime bien discuter avec elle. Papoter avec une autre femme mariée.

— Ah, c'est bien de faire la fête parfois.

— Oui, enfin on a un peu exagéré, dit-elle en riant. Quand il a chanté *Three Times a Lady* au karaoké avec une main tendue vers moi, je me suis dit ça y est, c'est lui, je le sais.

Je souris dans la glace.

— C'est lui… C'est génial d'être sûre, hein ?

— Oui, enfin, attention, faut pas croire que c'est tous les jours dimanche non plus. Hier matin par exemple, il se lève avec un rhume, il respire comme l'autre, là, Dart Machin.

Alors je lui dis : « Rich, je te jure, si tu continues à souffler comme ça, je te fous la tête dans le gril à bacon », que je lui dis, tellement ça me tapait sur les nerfs.

Moi, je ne comprends pas ça. Pourquoi rester avec une personne si sa simple respiration vous donne envie de l'étriper ? Je lui pose donc la question.

— Alors vous ne l'aimez plus ?

Elle s'esclaffe.

— Mais si ! Je blaguais, voyons. Mais s'il pouvait aller bosser sur une plateforme pétrolière ou un truc dans le genre, histoire qu'il quitte la maison de temps en temps, j'avoue que je serais pas contre. Vous voyez ce que je veux dire ?

Je ne vois pas du tout mais je n'ai pas le temps de lui demander des explications, elle me fourre entre les mains le magazine que j'ai déjà lu six fois dans la salle d'attente et me voilà de nouveau avec l'aisselle poilue de Brooklyn sous les yeux, une interview de la mère de Liam Payne et une autre du mec qui a raté sa prestation à *La Grande-Bretagne a un incroyable talent* et qui, malgré ses vingt liftings, déteste encore son apparence.

Quand on était au pub, on jouait souvent à *La Grande-Bretagne a un incroyable talent.* Après la fermeture des cuisines, en soirée, tata Chelle donnait un coup de main à tonton Stu au bar, les garçons restaient à l'étage, alors Foy et moi on descendait se goinfrer des restes de frites encore chaudes et des morceaux de baguette qu'on trempait dans la sauce salade. Chacune son tour, on émergeait de la buanderie et on racontait une histoire à faire pleurer dans les chaumières à un panel de peluches perchées sur le comptoir, et après on beuglait dans une bouteille de vinaigre les paroles de la chanson *Flying Without Wings.* Miss Moustache et Léon l'ourson nous envoyaient à chaque coup en camp de redressement.

Steffi revient au bout d'une demi-heure.

— Allez, on va rincer tout ça. Vous pouvez laisser la petite avec Jodie.

La fille qui s'appelle Jodie est toute jeune, tout sourire, elle a une épaule tatouée de lunes et d'étoiles et porte une paire de Doc Martens blanches. Elle est déjà postée près de la poussette.

— Pas de problème, je vous la garde, dit-elle.

— Vous ne la quittez pas des yeux, hein ?

— Pas de souci. Je peux la prendre si elle se réveille ?

— Non, je n'aimerais mieux pas. Elle préfère qu'on la laisse tranquille.

Steffi me fait retraverser la salle au sol pailleté pour rejoindre les bacs. Il faut que je m'en trouve, des paillettes. Je ne sais pas encore ce que j'en ferai mais je n'en utilise pas assez. Bientôt on sera en novembre, je pourrai débuter la déco de Noël avec un peu d'avance. Je ne suis pas encore assise que Steffi ouvre déjà le robinet et fait couler l'eau. En m'installant je sens une drôle de palpation dans le creux des reins, le long de la colonne vertébrale et entre les omoplates. Je bondis du fauteuil.

— AAAAH !

C'est un fauteuil de massage, je le vois bien, maintenant.

— Trop fort comme pression ? demande la coiffeuse.

— Euh, non, mais c'est la première fois que…

— Vous voulez que je l'éteigne ?

— Non, non, ça va aller. Enfin je crois.

— Normalement ça aide à se délasser mais certaines personnes n'aiment pas ça. Dites-moi si c'est too much, hein.

Je reprends place et quelques instants plus tard, j'émets des gémissements involontaires au contact de ces délicieuses pressions dans le dos. Le même genre de petits cris que lâchent les gens quand ils se font des papouilles coquines. Heureusement, il y a plein de sèche-cheveux en marche, personne ne m'entend glousser de plaisir.

— Depuis quelque temps je me suis mise à vendre des produits Avon, annonce soudain Steffi. Ça vous dirait de jeter un coup d'œil au catalogue ?

— Euh...

— Et samedi soir j'organise une réunion à la maison. Vous seriez libre ?

Je n'ai absolument rien fait pour justifier cette invitation mais j'imagine qu'elle a repéré l'odeur du fric chez moi, avec mes quatre mômes en école privée.

— Ça va être compliqué, dis-je entre deux instants d'extase, le samedi est consacré à la vie de famille, habituellement.

— Eh bien amenez vos petits. Les nôtres seront là. Ils pourraient regarder un Disney ensemble, dans le bureau. Les hommes seront sûrement au pub, comme d'habitude.

— Mon Kaden ne boit pas. Il préfère les jus de noix de coco et les shooters de plancton.

— Ben il pourra se mettre devant Ant & Dec[1] dans l'autre pièce, non ? Allez, on va bien s'amuser. Pas sûr qu'il y aura de quoi dîner mais en général, les gens apportent des Pringles et du Prosecco à ce genre de soirée. Amenez donc une bouteille.

— En ce moment je ne bois pas à cause de l'allaitement, mais oui, pourquoi pas... Ce serait chouette. Merci.

Au moment où je dis, « Ce serait chouette », je sais pertinemment que je n'irai pas. Rien que d'y penser, j'ai des sueurs froides. Je suis comme Ariel dans *La Petite Sirène*, rousse, qui aimerait bien jouer avec les autres, se balader avec eux, gambader et jouer toute la journée au soleil. Mais ce monde-là, je n'y ai pas droit. Et plus question d'être rousse. C'est comme ça, maintenant.

1. Duo de comédiens britanniques, présentateurs d'émissions télévisées (toutes les notes sont de la traductrice).

Je ne dis plus rien et après m'avoir donné son adresse, Steffi se tait aussi. Elle me frictionne le crâne, c'est l'extase. Au deuxième shampooing, habituée aux sensations, je me concentre sur la pression de ses doigts sur mon cuir chevelu, les frottements, le rinçage, le brossage délicat, le massage du dos et des épaules. Je voudrais que ce paradis de noix de coco synthétique ne cesse jamais. Ayant légèrement relevé la tête pour jeter un coup d'œil sous la voûte, je vois Jodie bercer le landau, les yeux rivés sur son téléphone portable.

Le salon s'est rempli, la radio est à fond parce qu'on passe Despacito. « On a dansé dessus pendant toutes ses vacances », raconte une des coiffeuses en montant encore le son. D'après ce que je comprends, trois des employées sont parties ensemble en Espagne. Elles ont passé une grande partie de leur séjour « complètement torchées », mais, visiblement, réentendre cette chanson les emplit de joie. On dirait qu'elles sont très proches. Natalya, celle avec des macarons de princesse Leia, connaît les paroles par cœur, elle se déhanche en rythme. Steffi et Toni, derrière moi, taillent un costard à leurs ex-maris. Meg, celle avec le chignon palmier, plie des serviettes en racontant à sa cliente ses vacances à elle, désastreuses, « dans le même endroit que là où la petite Maddie a disparu ». « Il a plu presque tous les jours. Dans la mer il y avait plein d'étrons. On s'est fait voler nos affaires alors on est rentrés. »

Le robinet se referme, je l'entends goutter dans le bac, ploc, ploc. À mon grand regret le fauteuil s'arrête de masser. On m'enroule une serviette grise qui pue la viande hachée autour de la tête et me voilà invitée à retraverser le sol pailleté pour passer au séchage. Jodie est partie faire un café. Le bébé dort encore, ce qui n'est certainement pas grâce à elle.

Si Steffi était tout ouïe pendant notre conversation sur les enfants, c'est bien fini, la voilà en pleine concentration.

Sèche-cheveux en main, visage crispé, elle virevolte autour de moi, me tirant les cheveux sans ménagement. Elle froisse, défroisse et secoue ma tignasse pour la sécher, replace ma raie comme il faut et entame le lissage de mon carré noir corbeau.

J'ai droit à quelques derniers instants de bonheur au moment du brossage final. Une main sur mes yeux, elle m'asperge de laque, puis l'instant d'après elle me tend un miroir. Un carré noir. Des yeux marron. Disparus, les cheveux roux. Je suis méconnaissable.

— Alors Mary, ça vous plaît ?

— C'est parfait, merci beaucoup.

— Je vous en prie.

Steffi me retire le peignoir, je débloque les roues de la poussette et avance vers la caisse pour régler. Je pensais qu'elle me reparlerait de la soirée Avon, mais non, rien.

À la radio les pubs s'enchaînent : une entreprise de vérandas offre 25 % de réduction sur les portes et les fenêtres, une société de sports nautiques file des poissons gratos et au Jungle Café, les repas sont offerts aux gamins. Rien dont je puisse profiter directement mais je fais semblant de trouver tout ça fort intéressant.

La porte s'ouvre avec un petit son de cloche, trois hommes entrent à la queue leu leu. Sans se presser, aucun mouvement brusque. Les deux premiers s'essuient les pieds sur le tapis, le troisième se frotte le nez d'un revers de manche. Un courant glaçant me traverse le corps, je suis figée sur place. Ils parlent fort, pas un ne s'excuse. Ça rit et ça tousse, une toux de fumeur.

Ce rire me coupe la respiration. Je le reconnais. C'est lui, le petit, avec ses cheveux jaunes, ses yeux de prédateur, son sourire insolent et ce visage de traviole. Il exsude le pouvoir, ce mec. Pouvoir sur les deux autres. Ce sont eux. Je sais que ce sont eux.

Sois rationnelle. Logique. Respire. Scants me dit tout le temps que je suis parano. Ce serait vraiment une coïncidence incroyable de me retrouver ici en même temps qu'eux. *Respire plus profondément. Aie l'air normal. Voilà trois types ordinaires. Trois clients innocents.*

Steffi tend sa main potelée ornée de bagues en or. Ses doigts ressemblent à tes chipolatas étranglées.

— Ça fera trente-deux livres, Mary. Merci.

Les trois types accaparent toute mon attention. Ce sont les Trois Petits Cochons qui ont détruit ma maison en soufflant dessus. Je sens l'after-shave dont ils se sont aspergés. *Aramis*, si je ne m'abuse, et autre chose. *Lynx* ou *Old Spice*. J'étouffe.

Le petit costaud avec les cheveux couleur paille et le blouson camel se met à raconter qu'il y avait un accident sur l'autoroute et que c'est pour ça qu'ils sont en retard. En retard pour quoi, je n'ai pas compris, j'ai le cerveau en vrac. La musique est trop forte, aussi, les guitares punks m'agressent les tympans. Le châtain avec le bomber, en jean skinny et baskets, pose pour un selfie avec la fille qui s'appelle Natalya. Des vieilles connaissances, peut-être… Tandis que le troisième, une vraie armoire à glace avec d'énormes paluches et un menton en galoche, clairement dans l'ombre des deux autres, a néanmoins l'air content de son sort. C'est le poids lourd, lui, un vrai tank. Ils font tous partie de la même bande. Meg se joint à la brunette, elles prennent un selfie pour Instagram. Et les deux autres, Jodi et Toni, rejoignent à leur tour le groupe. Elles roucoulent toutes comme si les mecs étaient des rock stars. Mais moi, je les connais, ces types. Je les ai vus dans mes cauchemars. Et ce rire, je le reconnais.

Je règle Steffi et lui dis de mettre la monnaie dans la boîte des associations caritatives. Sur le comptoir il y a un carton plein de petits animaux tricotés, des lions, des tigres, des ours. Un œuf fondant d'Halloween a été glissé à la place des têtes et on a collé de gros yeux globuleux sur les bestioles en laine. J'en veux un mais je veux surtout partir.

— C'est un client qui les fait, pour le sanctuaire des ânes, explique Steffi en glissant ma monnaie dans une tirelire en métal blanc.

Il faut que je m'en aille mais je n'arrive pas à savoir quel animal je veux – un tigre, un lion ou un ours. Le type au bomber s'approche du comptoir. Il va se retrouver tout près de moi. Il va voir mon visage. Je plonge la main dans la boîte et m'empare d'un lion en laine.

— Merci, dis-je d'un filet de voix. Au revoir.

Je pousse le buggy tant bien que mal vers la sortie. J'entends Steffi derrière moi.

— Et pour la soirée Avon dont je vous ai parlé…

Je suis obligée de faire ma malpolie, je n'arrive pas à lui répondre. Sans que je m'en sois aperçue, le Tank m'a suivie et le voilà qui me tient la porte ouverte. Je n'ose pas lever les yeux mais au dernier moment, juste avant que la porte ne se referme, je le remercie et nos regards se croisent. Je décèle un léger froncement de sourcils chez lui. Soit je lui rappelle quelqu'un, soit il m'a reconnue.

— Allez, bonne route, dit-il d'une voix grave qui me glace les sangs.

On dirait un accent de Bristol, ça. Oui, c'est bien possible. Il n'a dit que trois mots mais j'ai très clairement reconnu l'intonation. Les larmes me montent aux yeux et déferlent en torrents sur mes joues. Je veux rentrer, rentrer chez moi, dans mon appartement, et fermer toutes les portes et les fenêtres.

Comment ont-ils fait pour arriver jusqu'ici ? Je marmonne, remontant la rue principale au pas de course, le souffle court, et arrive sur le front de mer. Le vendeur de beignets me voit passer et sort la tête de sa camionnette.

— Charlotte ! Charlotte ! Je vous ai mis des beignets frits de côté !

Mais je feins de ne pas l'avoir entendu et continue à trottiner, jetant des regards en arrière à chaque instant pour voir si les types me suivent. Mais non, non, personne ne s'est lancé à ma poursuite. À cause du vent j'ai les yeux et la gorge pleins de sel et de sable, mais je ne m'arrête pas pour autant.

Ouin ouin ouin, je pleure comme une madeleine sur tout le trajet de retour.

Portail, escaliers, et nous voilà enfin à l'intérieur de l'appartement. Les portes qui donnent sur la terrasse sont fermées à double tour. La porte d'entrée aussi, verrou enclenché. Rideaux du salon tirés. Je compte les chats, c'est bon, ils sont tous là. Je sors Emily de la poussette et elle proteste mais je la serre contre moi, fort. Elle n'a plus rien à craindre. Ce n'est qu'à cet instant que ma respiration ralentit enfin. Le répondeur clignote. *Vous avez un nouveau message*. J'appuie sur Play.

Silence.

Grésillements.

Une respiration.

Ça raccroche.

Tonalité.

Mon cœur bat à tout rompre mais je rassure Emily.

— Un faux numéro, pas de quoi s'inquiéter.

Dans la chambre, je baisse le store et m'affale sur le petit lit à ressorts que le propriétaire a promis de bientôt remplacer. Emily est contre moi, peau à peau dans mon cou. On est en sécurité. Le silence envahit l'espace. Je n'entends que les battements sourds de mon cœur.

L'ancien locataire a accroché un poster sous verre de Frida Kahlo sur l'un des murs, par ailleurs tous totalement nus. Je ne sais même pas qui c'est, cette Frida Kahlo, mais le proprio a dit que la peinture s'appelle *Le Temps s'envole* et que le gars qui l'a laissée ici, un artiste, était mort d'une overdose. Frida porte une robe blanche dans cet autoportrait. Au-dessus de sa tête il y a un petit avion. Et un réveil sur une étagère. Ses sourcils me font flipper. Je ne comprends pas ce que ça veut dire. Je ne comprends rien à rien, de toute façon.

2

Mercredi 23 octobre

Je ne m'appelle pas Mary. Mon nom, c'est Joanne. Enfin, c'est le nom qu'ils m'ont donné. Je n'ai pas le droit de dire mon vrai nom à qui que ce soit. J'ai beau être libre de mes mouvements aujourd'hui, il reste des parties de moi qui demeurent emprisonnées. Et pas des moindres. Les gosses dont j'ai parlé à la coiffeuse, ils n'existent pas, pas plus que ma brillante carrière de médecin. Ou qu'un mari du nom de Kaden, coach sportif. Kaden, c'est le nom de mon nouveau voisin. Le sweat pour hommes que j'ai acheté dans une boutique d'occasion puis aspergé de Paco Rabanne, je fais comme si c'était le sien, mais c'est du baratin, c'est pour faire mine, rien de plus. Mary, c'est pour faire mine aussi. Tout ça fait partie de ma stratégie pour ne pas être repérée.

Malgré tout, ils ont quand même réussi… Ils m'ont retrouvée.

Mais non, non non non. Je tente de me convaincre que non, ce n'étaient peut-être pas eux du tout. Scants a sûrement raison, comme d'habitude, quand il dit que je suis parano. Ou alors il dit ça parce qu'il est payé pour veiller sur moi et que c'est ce qu'on dit dans ce genre de situation. Et puis, si c'étaient bien eux, les Trois Petits Cochons, la ville est tout de même grande, bondée de touristes en ce moment, de familles en vacances, de gens qui viennent en car passer la journée pour faire des visites. Les types pourraient s'imaginer que je suis dans un hôtel ou un bed & breakfast. Donc tant que je reste barricadée dans l'appartement, aucun risque.

Par précaution, je ne suis pas sortie depuis deux jours. J'ai dit au travail qu'Emily était malade, ce qui est faux. Je joue avec elle, avec les chats, j'ai fait un gâteau, je prends des bains, je prépare la déco de Noël bien avant l'heure, je regarde des DVD (des films de Disney surtout, que j'arrête toujours avant les passages tristes, ou alors je les zappe. Depuis que j'ai atteint un certain âge, j'ai décidé que rien ne m'obligeait à regarder les scènes tristes d'un film, si bien que dans mon monde à moi, Mufasa est toujours en vie, Nemo ne disparaît pas et la Bête ne se transforme jamais en prince ignoble).

J'ai passé quelques commandes sur Internet, notamment un tapis pour couvrir le lino répugnant que le proprio ne veut pas changer. Un jeu de plateau pour Alfie, le petit livreur de journaux, dont on parlait tous les deux l'autre jour et que j'ai trouvé pour une somme dérisoire sur eBay. Des barrettes à cheveux trop mignonnes et des paillettes argentées, aussi. Je ne sais pas encore ce que je vais en faire, probablement un truc en rapport avec Noël. Je vais bien trouver.

J'ai également fait des recherches sur Frida Kahlo. C'est une femme peintre mexicaine bisexuelle, féministe, dont les portraits « ouvrent une fenêtre sur l'intimité la plus profonde de la psyché féminine ». C'est ce qu'ils disent sur Internet. À dix-huit ans, elle a eu un accident qui l'empêcha d'avoir des enfants. Ah oui, et elle avait des singes-araignées, chez elle. Du coup je me suis mise à apprécier la peinture dans la chambre. Ses sourcils me font moins peur.

On m'a laissé un autre message téléphonique. Encore du silence, des grésillements, quelqu'un qui respire et tchac ! ça coupe. Encore une coïncidence ? J'aimerais bien le croire.

Scants va dire que c'est « un tout petit truc de rien du tout ». De toute manière, tant que ma vie n'est pas directement menacée, je n'ai pas le droit de l'embêter. C'est la règle.

Il ne reste presque plus rien à manger à l'appartement. Même plus de crêpes Findus, celles que je garde pour les situations de crise. Moi je suis comme « Le Tigre qui s'invita pour le thé », l'eau coule encore au robinet mais je suis convaincue qu'il va y avoir un coup de gel et que tous les tuyaux vont péter. Emily devient grognon. Elle a besoin de prendre l'air. Je pourrais peut-être sortir vite fait pour aller chercher des beignets à la camionnette. Mais les beignets, ce n'est pas très bon pour la santé, je crois. Ce matin, dans la poubelle de recyclage, j'ai vu qu'il y avait quinze papiers collants. Quinze ! Sans compter celui laissé sur la table, sur lequel j'ai gribouillé. Je l'ai sous les yeux, j'admire la belle écriture ronde :

Ann Hilsom
Melanie Smith
Claire Price
Joanne Haynes

J'ai les doigts tout gras. Je vais prendre un bain.

J'installe Emily dans le couffin posé près de la commode. J'ai fixé un mobile sur le côté, elle a l'air contente, allongée sur le dos à regarder en hauteur. Elle est si petite. Des fois, j'aimerais bien qu'elle soit plus grande pour qu'on puisse s'enlacer plus pleinement. Alors soudain je me rends compte qu'en grandissant, elle ne sera plus mon bébé à moi. Elle voudra savoir. Et moi je voudrais qu'elle reste toute petiote, innocente, qu'elle croie que le monde est un endroit génial, un endroit où l'imagination, c'est la vraie vie, où les gens vous trouvent toujours intéressant. Devenir adulte, c'était une idée drôlement plus attrayante quand je ne l'étais pas moi-même.

Prendre un bain, c'est, je trouve, ce qui s'apparente le plus à un gros câlin. À mesure qu'on grandit, les câlins se font de moins en moins fréquents, mais quand on était gamines on s'en faisait tout le temps. Tata Chelle nous enveloppait, moi et Foy, dans ses grands bras, elle nous comprimait et elle disait, « Oh, comme c'est bon de vous serrer fort comme ça ! ». Les statistiques montrent que les bains sont aussi bons que les câlins contre la dépression. Ça a à voir avec l'équilibre des rythmes du corps. Quand j'étais petite, je mangeais la mousse du bain. Je l'étalais sur une éponge comme si c'était une gaufre garnie de crème chantilly.

Depuis qu'il s'est fait agresser dans un pub en 1998, Scants n'aime plus trop les câlins. D'ailleurs, il y a plein de trucs qu'il n'aime pas. Il ne faut pas que je pense à lui. Il a dit qu'il passerait me voir quand il viendrait en ville, et il a même ajouté, de sa grosse voix qui ne rigole pas, « Arrête de me harceler ». Donc je n'ai le droit de l'appeler qu'en cas d'urgence. Trois types et des faux numéros, ce n'est pas une urgence. Tout est normal. Je vais bientôt recommencer à sortir de chez moi.

Je m'enfonce dans le bain chaud, l'eau et les huiles essentielles m'enveloppent entièrement. Je me figure mes ennuis comme un cerf-volant au bout d'une ficelle et m'imagine lâchant la ficelle, le cerf-volant monte au ciel et s'éloigne. Je compte à rebours à partir du dix. Progressivement la sensation de panique s'évanouit, même si je sais pertinemment qu'il s'agit d'un répit de courte durée avant de retourner dans un monde où rien ne tourne jamais rond.

Dans un grincement de porte, la Duchesse pénètre dans la salle de bains. Je pivote et lui gratouille la tête.

— Salut, ma Duchesse. Comment ça va ?

La minette s'installe majestueusement sur la serviette de bain et frotte son crâne contre ma main. Son pelage blanc comme neige est très doux. Je la trouve rondouillarde.

Je dois lui donner trop à manger, mais trop, c'est mieux que pas assez, et ça vaut également pour les autres chats. Ce sont mes bébés, eux aussi. Le duc de York et Earl Grey passent toute la sainte journée à roupiller sur mon lit alors que les autres, les filles, se baladent un peu plus. La petite dernière, la reine Georgie, ne s'entend pas avec princesse Tabitha Nez-rose ni avec Tallulah de Puces. Elle a établi résidence sur la couverture du canapé. Le prince Roland, quant à lui, ne se laisse approcher par personne, il squatte le fond de l'armoire et monte la garde auprès de mes pulls, pour éviter que les lutins des pulls ne s'en fassent de petits chapeaux. La Duchesse, elle, vient toujours me saluer ou jouer avec moi. C'est ma préférée, mais évidemment je me garderais bien de le dire aux autres minous.

Mon père disait que les chats, en vrai, sont des rois et des reines maudits. Que c'est pour ça qu'ils sont tellement distants et ont l'air de se ficher de tout, ce qui est faux, c'est juste qu'ils ont du sang royal dans les veines. Montrer ses sentiments, c'est contraire au protocole.

Soudain, driiiiiiing ! Un son terrible retentit dans tout l'appartement. Un poids me tombe violemment sur la poitrine et m'enserre les poumons. C'est la sonnette de la porte. Ça ne peut pas être Scants, il passe toujours un coup de fil avant de venir. Je ne vois pas qui ça pourrait être d'autre. Peut-être quelqu'un de la famille des locataires du premier. Ou Kaden, le type qui vient d'emménager au dernier étage. Ou peut-être est-ce une erreur. Peut-être des gens qui se sont simplement trompés d'adresse.

Ou au contraire, pas trompés du tout…

Je sors du bain dans la précipitation, arrache la bonde d'un coup et ramasse la serviette sur laquelle la Duchesse s'était installée (elle proteste mais finit par se pousser), je m'enveloppe et… Stop, c'est forcément une erreur. Ou le facteur ? Non, il est déjà passé. Impossible que ce soit quelqu'un pour moi. Mon cœur s'emballe. Et si c'étaient eux ? Et s'ils entendent l'eau du bain qui glougloute dans les tuyaux ? Si Emily se met à pleurer ?

Driiiiing, driiiiing !

Elle va se mettre à pleurer et là, ils sauront que je suis là, que c'est bien ici que j'habite.

Driiiiing, driiiiing !

J'attrape mon peignoir derrière la porte, laisse tomber la serviette et recouvre mon corps encore trempé et désormais gelé. En proie à la panique, j'ai du mal à réfléchir. J'entre en trombe dans la chambre, enfile mes chaussures et tente de nouer les lacets mais mon cerveau n'arrive pas à se rappeler comment faire.

— Deux oreilles de lapin, le tour de l'arbre une fois et rentrer dans le terrier.

Driiiiing, driiiiing !

— Oooooh, c'est pas vraiiiii…

Je sens que je vais éclater en sanglots. On peut courir à toutes jambes avec un bébé dans les bras ? Et les chats ? Si je m'enfuis par la terrasse et que je file par l'escalier qui donne sur la rue, ils vont me rattraper, c'est sûr. Je dégouline partout dans mon peignoir, je n'ai pas encore mis de culotte et mes Doc Martens sont nouées n'importe comment. Ils auront tout le temps de me tirer comme un lapin.

Il faut que je me reprenne. Sois rationnelle, réfléchis avant de faire n'importe quoi. Deux secondes après je file dans la cuisine et m'arme d'un spray d'eau de Javel et d'un couteau à pain. J'approche de la porte d'entrée, retire la chaîne de sécurité et ouvre lentement. Je me suis mise dans un bel état : je transpire à grosses gouttes et mes lèvres sont tellement sèches qu'elles me collent aux dents. Au bout du couloir, derrière la porte en verre poli de l'immeuble, une silhouette. Un seul homme. D'une voix peu assurée je parviens néanmoins à crier.

— QU'EST-CE QUE VOUS VOULEZ ?

— C'est Kaden, du troisième. Je crois que quelqu'un a fermé de l'intérieur, je ne peux pas rentrer.

Une vague de soulagement me submerge. La pression retombe, les larmes commencent à m'embuer les yeux tandis que je tire loquet de sécurité et ouvre la porte au type du troisième. Il porte une tenue toute en cuir, son casque de moto sous un bras et un sac de courses dans l'autre main. Je tremble comme une feuille.

— Oh là là, mais qu'est-ce qui vous arrive, mademoiselle ? Désolé si je vous ai fait peur. Je me suis absenté pendant deux jours, et là je reviens mais la clé ne marche pas… Je m'excuse si je vous ai sortie du bain, je ne voulais pas vous affoler. C'est Joanne votre nom, c'est bien ça ?

Non, je ne m'appelle pas Joanne, suis-je tentée de rétorquer. Une envie irrésistible de lui dire mon vrai nom me prend aux tripes. Je voudrais tellement qu'il m'aide. Qu'il me dise qu'avec ses gros bras musclés, il va leur régler leur compte, aux Petits Cochons. Raisonnement à des années-lumière de Frida la féministe, mais bon, je ne suis pas Frida, je suis moi. Un moi pas très convaincant, certes… Affaissée sur les marches de l'escalier, je pose le couteau de cuisine et le spray sur la moquette.

La porte d'entrée de l'immeuble se referme. Le type dépose son casque sur les boîtes aux lettres et, dans un craquement de cuir, il s'agenouille devant moi.

— Allez, c'est terminé, maintenant. Je ne vais pas vous faire de mal.

Je tends les bras et l'attire contre moi. Il glisse ses bras enveloppants dans mon dos et nous nous enlaçons comme des amoureux. Des amoureux qui, depuis qu'il a emménagé voilà deux semaines de cela, ne se sont jamais dit autre chose que « Bonjour » ou « Je vous en prie, passez » devant la porte d'immeuble. D'ailleurs, à chaque fois, je rougis. Et si je rougis, c'est parce que parmi mes derniers mensonges, il figure dans ma vie au titre de mari. Le père de mes cinq enfants. Sur l'écran d'accueil de mon téléphone, j'ai une photo de lui, prise le jour où je l'ai suivi jusqu'à la salle de sport, à l'autre bout de la baie. Il travaille là-bas. J'ai pris un cliché de lui quand il était à la réception. Kaden Cotterill, coach sportif certifié. C'est vraiment trop nul de ma part, je m'en rends bien compte maintenant qu'il est là, dans mes bras, bien réel, parfait. Mes larmes ruissellent sur son blouson. Sa nuque est humide de transpiration, il sent la brise de mer. Il se dégage lentement, l'inquiétude se lit sur son visage.

— Je suis sincèrement désolé, reprend-il. Je peux faire quelque chose pour vous aider ? Non ? Vous m'avez pris pour quelqu'un d'autre, c'est ça ? C'est bien ce que je pensais, oui. Vous voulez m'en parler ? Non ? Bon. Vous préférez rester seule maintenant ? Non plus ? Bon. Moi je vais aller prendre une douche, mettre mes courses au frais, et pendant ce temps-là vous allez vous habiller. Après, je descends vous voir et on sort prendre un verre, ça vous changera les idées, d'accord ? Je connais un café sympa en bord de mer. Ils font du très bon café, le meilleur qui soit.

Je renifle.

— J'aime pas le café.

— Qu'est-ce qui vous ferait plaisir ?

— Un milkshake à la fraise.

Il passe la main sur ma sur tête et retire un morceau blanc de mousse de bain. Quand il sourit, j'ai l'impression que le hall sombre et humide de l'immeuble s'illumine. Comme une lampe qui perce le brouillard. Une flamme dans une grotte. Une bouée de secours. Forcément, je souris à mon tour.

Assise au café Grain de Folie, je caresse la tête d'Emily calée dans le porte-bébé tout en observant Kaden de dos, dans son tee-shirt gris, en train de commander nos boissons au bar – un café colombien La Granja Esperanza avec du lait chaud pour lui et un milkshake chantilly avec une paille en papier pour moi. Je n'en reviens pas d'être là avec lui. Comme mari et femme. Il est en congé paternité et on sort exhiber notre nouveau-né. Un couple plus âgé nous regarde avec tendresse. Une femme vêtue d'un manteau couleur pêche s'arrête à notre table et se penche pour admirer la petite. D'instinct, je pivote et recouvre tout de suite la tête d'Emily avec sa couverture. Elle couine.

— Excusez-moi mais elle est n'est pas très bien aujourd'hui, dis-je.

— Oh, la choupinette… Quel âge ?

— Cinq semaines.

— Elle est craquante.

La bonne femme ne peut même pas la voir correctement mais elle a raison, Emily est vraiment craquante. Comme tous les bébés. Cette femme est convaincue que Kaden et moi formons un couple avec enfant, et j'adore la sensation que ça me procure. Une sensation de chaleur, comme un câlin. Ça pourrait très bien être notre anniversaire aujourd'hui, comme c'était l'anniversaire de Mary Brokenshire. On aurait pu se rencontrer ici, avec Kaden.

Je sors de mes rêveries dès que Kaden revient. Il est là avec moi parce que c'est un garçon attentionné et qu'il s'en veut de m'avoir fait peur tout à l'heure. Et aussi parce que si je me mets à paniquer dès que mon interphone retentit, c'est que manifestement quelque chose cloche dans ma vie. Et ça, c'est la vérité vraie, celle qui fait toujours le plus mal.

— Voilà, dit-il en posant le milkshake sur la table.

Ce n'est qu'au moment où il prend place devant moi avec sa tasse et sa soucoupe garnie de biscotti que je me rends compte du point auquel ce milkshake fait vraiment boisson de gamine. Kaden a remplacé sa tenue de motard par un tee-shirt, un jean et des baskets blanches. Son cou brille encore légèrement sous une fine couche de sueur mais il ne sent pas du tout mauvais. D'ailleurs je suis assez proche de lui pour détecter très nettement un parfum d'after-shave. Il ne s'agit pas de Paco Rabanne, comme je le pensais au début, mais c'est celui dans le flacon bleu en forme d'homme. *Le Mâle*, de Jean-Paul Gaultier. Hmm, un parfum délicieux. J'en ai le feu aux joues. Avec Foy, on était comme des folles dans le rayon parfumerie de Boots, on s'aspergeait les manches de toutes sortes de fragrances.

Kaden regarde par la fenêtre.

— Je crois qu'il va faire beau, aujourd'hui. D'ici on voit le Lake District.

Je suis son regard et aperçois de vagues montagnes.

— Ah oui. Cool.

— Vous êtes déjà allée voir les lacs de cette région ?

— Non. Mais je suis allée en Écosse.

Oups, je n'ai pas le droit de lui parler de ça. J'enchaîne rapidement.

— Et vous ?

— Oui, fut un temps où avec deux potes de la fac, on allait régulièrement en randonnée autour des lacs. L'endroit est magnifique. Une longue balade de temps à autre, ça fait un bien fou aux poumons. Vous pourriez montrer la maison de Beatrix Potter à votre petite fille.

— Emily n'a que cinq semaines, je doute que ça l'intéresse.

Il part dans un petit rire.

— Ah ! Non, en effet.

— Mais moi, j'aime bien Beatrix Potter.

— Ah.

— Je veux dire, quand j'étais gamine, m'empressé-je de rectifier. L'histoire de Tom Chaton, c'est ma préférée. Et celle avec la grenouille, aussi. Et le conte avec le pâtisson, même si je n'ai toujours pas compris ce que c'est, un pâtisson.

Je sens qu'il ne me suit plus. Les hommes ne parlent pas de Beatrix Potter. Il faut que je trouve un sujet plus adulte, un truc de mecs, comme la moto ou le catch. Mais aucune question de moto ou de catch ne me vient à l'esprit. Je repousse mon verre. Je me lance, même si je connais déjà la réponse.

— Depuis combien de temps êtes-vous dans l'immeuble ?

— Près de deux semaines maintenant. Et vous ?

— Deux mois demain. Les gens n'ont pas l'air de rester très longtemps dans notre bâtiment.

— En effet, et c'est aussi l'impression que m'a donnée le propriétaire, dit-il avec un petit sourire. Vous le trouvez comment, vous, ce vieux grincheux de Sandy Balls ?

Je ris à mon tour.

— Disons qu'il n'est pas très doué pour les rapports humains.

— Et les gens qui habitent dans l'appartement entre nous deux, vous les connaissez ?

— Non, ils sont très discrets.

L'appartement entre nous deux. Un seul appartement nous sépare d'une vie commune. Un étage. Je me demande si son lit est directement au-dessus du mien. Je me demande si la nuit, il est couché au-dessus de moi. Mes joues s'enflamment à cette pensée.

— Et avant, vous habitiez où ? me demande-t-il.

— À Nottingham.

Ce qui est vrai. Certes, je n'y suis restée que quelques mois, moins d'un an, mais je ne peux pas lui raconter tout ça. Ni lui parler de Liverpool, de Dumfries, de Manchester ou de Scarborough… Surtout pas de Scarborough.

— Ah, c'est le bord de mer qui vous a attirée, alors ?

— Euh… Je préfère cet appartement à celui qu'on m'a donné à Nottingham.

— Qui ça, « on » ?

Pas le choix, il faut mentir maintenant.

— Les services sociaux. Le dernier logement était infâme. Pas moyen de dormir tranquillement. Des bandes d'ivrognes qui sortaient de la boîte de nuit toutes les heures en bas de chez moi. Et il y avait des limaces dans le frigo.

— C'est terrifiant, dites-moi.

— Ouais. Le problème avec l'appartement ici, c'est qu'il est au rez-de-chaussée, pas au dernier étage, alors parfois les poivrots pissent dans le jardin de devant, ou alors je retrouve des cannettes balancées par-dessus le mur.

— Mais c'est plus tranquille pour la petite, non ?

— Oui, oui, bien mieux, confirmé-je en embrassant la tête duveteuse d'Emily.

J'ai du mal à le regarder dans les yeux. Il est vraiment trop beau. On dirait un prince tout droit sorti d'un Disney, mais en quatre dimensions et avec les odeurs. En fait, je pourrais passer ma vie à le contempler. Ses pupilles miroitent comme la mer et ses joues sont constellées de discrètes taches de rousseur. Si on apprend à mieux se connaître, je les compterai, ses taches de rousseur. Je m'allongerai à côté de lui et je ferai le décompte en attendant qu'il se réveille, le matin. Peut-être qu'il dort tout nu. Je me remets à rougir furieusement, jusqu'à la base du cou. Je fais semblant de m'intéresser à Emily.

— Et vous avez de la famille ? À part Emily.

L'espace d'un instant, j'envisage de débiter les mensonges longuement répétés avec Scants mais en réalité, je ne tiens pas à mentir à Kaden. Je veux qu'il me connaisse pour de vrai, autant que faire se peut, alors je mets de côté les trucs faux et je secoue la tête.

— Non. Je vis seule.

— Ah, d'accord.

Est-ce un voile de pitié que je décèle dans son regard ?

— Et vous ?

— Moi je suis là seulement pour quelque temps, pour le boulot. Ma famille est à Londres.

Il a dit « ma famille ». Pas « ma compagne » ou « mon compagnon », pas « ma fiancée ». C'est bon signe. Il reste donc le père et la mère. Sauf que ça peut aussi vouloir dire une femme et des enfants. Pas question de me faire des nœuds au cerveau maintenant.

— Je suis coach sportif à la salle de sport Sweat Dreams, sur Tollgate Road, tout au bout du remblai, vous voyez ?

— Ah oui, je connais…

Je prends lentement la mesure de ce qu'il vient de dire et soudain je crains le pire.

— … mais alors, vous n'allez pas rester ici pour toujours ?

— Non, j'ai un contrat temporaire. Un remplacement de six semaines. Mon prédécesseur s'est cassé la jambe pendant un triathlon, je le remplace le temps qu'il se remette.

— Et après, vous êtes sûr de vouloir retourner à Londres ?

— Eh bien, pour l'instant, oui. Mais ils me garderont peut-être un peu plus longtemps, ça dépendra du gars.

Il y a donc un petit espoir. J'aimerais bien qu'il reste ici au moins le temps que j'y serai, moi. Je veux tout savoir le lui, les moindres détails… Heureusement qu'il n'a pas les yeux rivés sur moi parce que je sens une nouvelle bouffée de chaleur m'envahir. Je passe la main sur le dos d'Emily.

— Tout se passe bien avec elle ? me demande-t-il.

— Bien. Elle est très sage. C'est que sa maman doit lui convenir.

— Alors vous êtes en congé maternité ?

— Non, je n'y ai pas droit. J'ai réussi à trouver une nounou qui accepte les nourrissons, comme ça, je peux continuer à travailler. Je travaille au Lalique, je suis femme de ménage.

— Et ça vous plaît, de bosser là-bas ?

— Non. Ce n'est pas le genre de boulot qui est fait pour plaire. Mes collègues me détestent, je ne sais pas pourquoi.

Mais certains aspects me conviennent bien. Par exemple, j'aime bien monter au dernier étage, il y a une belle vue. En ce moment, à la réception, ils mettent un diffuseur de parfum à la lavande, je raffole de cette odeur. Et le portier, Trevor, c'est un gars sympa. Enfin, un jour il m'a donné un bonbon à la menthe. Et puis j'aime bien discuter avec les enfants de certains clients. J'adore les enfants.

— Moi aussi.

Une vision me vient immédiatement à l'esprit : nos enfants en train d'acheter un mug « Meilleur papa du monde » pour la fête des pères.

Il ferait un bon père. Quand il avait donné des cours de natation aux enfants de St Jude à la piscine de la salle de sport, j'étais restée deux heures à le regarder arpenter les bords du bassin, à ranger les planches et les frites, puis à discuter avec les parents. Il est génial avec les mômes. Et il ne se forçait pas, ça se voyait. En partant, j'avais appris plein de choses sur lui et le soir en me couchant, j'avais rajouté tous ces petits bouts d'argile sur la sculpture mentale de lui que je me façonne avant de m'endormir. La forme de son torse, les muscles saillants de son dos, l'aspect de ses pieds dans les claquettes. Sur la cuisse gauche, il a un tatouage d'un tigre rugissant. J'avais imaginé à quoi notre couple ressemblerait. Nous deux. Nous deux le jour de notre mariage. Nous deux le jour de la remise des clés de notre nouvelle maison. Nous deux avec un chariot Ikea, en train de choisir des couverts de table. Nous deux à la maternité, moi en plein travail, un masque sur le nez, lui cherchant sur son téléphone portable une vidéo rigolote à me montrer. Il me caresse les cheveux. Il me dit qu'il est fier de moi.

Mon cœur s'est mis à battre anormalement. Malgré le sifflement de la machine à café et les bruits de vaisselle à la table d'à côté, qu'une serveuse est en train de débarrasser, la voix de Kaden me parvient.

— Vous êtes membre de la salle de sport, alors ?

— Non.

La déception se lit sur son visage.

— Mais j'avais l'intention de m'inscrire, précisé-je.

— Vous devriez le faire. Ou venez essayer un cours, si vous voulez. On a du Pilates pour les femmes, des sessions de renforcement de la ceinture abdominale, du combat aussi, qui est comme un cours de self-défense mais avec de la musique.

Il a plongé ses yeux dans les miens et j'ai bien vu qu'en prononçant le mot « self-défense », il m'a tendu une perche. Il veut que je lui explique ma crise d'hystérie dans le hall de l'immeuble. Je ne peux plus me cacher. Son regard me fait mal, ses pupilles vertes sont comme une mare au fond de laquelle brillent des pièces jaunes. Il me touche le bras. Ses doigts sur mon avant-bras. Sa peau contre ma peau. Je me sens défaillir.

— J'ai sauvé un canard la semaine dernière, déclaré-je. Sur la plage. Il avait une aile cassée.

Kaden fronce les sourcils.

— Ah.

— Et une fois, un de mes chats a attrapé un petit oiseau et l'a déposé sur le pas de la porte. Je l'ai sauvé. Amené à la RSPCA[1] en ville.

Kaden ne me lâche pas des yeux.

— C'est son père ? C'est le père de la petite qui vous fait peur ?

Je me mordille la lèvre inférieure et acquiesce de façon à peine perceptible. Le sujet est clos. Je repars.

— J'adore les animaux. Pas vous ?

— Si, et j'adore les manger, aussi, répond-il avec un clin

1. Royal Society for the Prevention of Cruelty to Animals, équivalent britannique de la Société protectrice des animaux.

d'œil. Allez, je vais me chercher un autre café. Je reviens tout de suite. Vous voulez quelque chose ?

Je décline d'un signe de tête et tente un sourire, le genre de sourire qui ne va pas avec mon visage. Une fois parti au bar, il me laisse avec une sensation nette, un genre de malaise. Je supporte mal de le voir bavarder avec la serveuse. Et cette expression d'adoration qu'il a quand il regarde vers les montagnes du Lake District… Je suis jalouse des montagnes, du biscotti dans sa coupelle à moitié grignoté, qu'il a touché.

Quand il revient s'asseoir, je sais qu'il va vouloir remettre sur le tapis l'épisode dans le hall de l'immeuble. Dans un élan de courage, je le devance.

— Je ne peux pas vraiment vous expliquer ce qui s'est passé, pourquoi j'ai pleuré et paniqué, tout à l'heure.

— Pas de problème. Je crois que je peux deviner.

Il me tend son biscotti, je l'accepte.

Une alarme se met à sonner. Apparemment, un toast au fromage oublié sous le gril. Pendant une bonne minute, le cuisinier fait tournoyer une serviette à bout de bras, en hauteur.

— Je ne suis pas une espèce de folledingue, vous savez. Pas du tout. Mais en ce moment rien ne va plus. Je suis mère célibataire depuis peu mais ça va aller. Son père… il ne fait plus partie de ma vie. C'est plus possible. Voilà.

— Je comprends, Joanne. Vraiment. Ne vous sentez pas obligée d'en parler.

Je me détends un peu. J'aimerais bien qu'il puisse m'appeler par mon vrai prénom. Ça ferait drôle, dans sa bouche. Mais pour l'heure, je suis Joanne, il va bien falloir m'en accommoder.

— Merci.

Kaden jette un coup d'œil sur son portable. Il va bientôt falloir qu'il parte, ça me chagrine.

— Rappelez-vous que je suis deux étages plus haut. Si vous avez encore peur un jour, ou si quelqu'un que vous ne voulez pas voir débarque, appelez-moi. Si je ne suis pas chez moi, c'est que je suis à la salle. Je peux vous mettre mon numéro dans votre téléphone, si vous voulez.

Il tend la main pour que je lui passe mon portable mais tout à coup je me rappelle que j'ai mis sa photo en fond d'écran.

— Attendez, dis-je en pianotant. Je vais créer un nouveau contact… C'est quoi, votre numéro ?

J'enregistre ce qu'il me dicte puis éteins l'appareil.

— Merci. Merci de m'avoir écoutée. Et merci pour le verre.

Je n'ai pratiquement pas touché à mon milkshake. Avec la fine paille en papier je n'arrive pas à aspirer la crème épaisse, mais puisque le plastique n'est pas dans l'air du temps et que je ne tiens pas à engouffrer des grosses cuillérées de crème devant mon futur mari, je me vois contrainte de renoncer au milkshake.

— Il faut que j'y aille, Joanne, un client m'attend dans vingt minutes. Passez donc un peu plus tard, venez voir les équipements si vous voulez. Je vous ferai visiter. Le premier mois est gratuit.

— Pourquoi pas, d'accord.

Il se lève et prend son portefeuille, son portable et ses clés.

— Salut, toi, dit-il à la tête camouflée d'Emily en effleurant le haut de sa capuche.

Il l'a touchée. Il a touché mon bébé. Ils sont liés, maintenant, tous les deux. Il commence à l'aimer comme s'il s'agissait de sa propre fille, j'en suis certaine.

Bien longtemps après son départ, je suis encore au café, la tête tournée vers les montagnes au lointain, celles qu'il a regardées avec tant d'affection. Un jour on ira là-bas, Kaden, Emily et moi. On ira là-bas en vacances. On sera comme une de ces familles à la vie saine qui font des longues balades avec des parkas North Face et des chaussures de randonnée. Emily sera installée dans un porte-bébé de voyage, dans le dos de papa. Ce sera notre famille.

Soudain, une voix me ramène à la réalité.

— Tieeeens, mais c'est pas notre Genevieve, ça ?

Vanda, une fille du boulot, est là debout devant ma table, la face peinturlurée, rouge à lèvres carmin, deux grands sacs de shopping à la main. Autour d'elle une marmaille agitée réclame des glaces.

— Oh, bonjour Vanda. Bonjour les garçons. Et la fille.

Les gamins n'ont pas envie de dire bonjour, ils filent vers le comptoir et commencent à choisir leurs smoothies.

— J'ai vu toi, de dehors. Pourquoi tu pas travailles aujourd'hui ?

— J'ai appelé Trevor pour prévenir. Emily est malade.

Vanda observe le porte-bébé d'un regard suspicieux.

— Plus malade maintenant, alors.

— Euh, non. Elle va bien mieux aujourd'hui.

— Donc demain travail, oui ? Faut que je sais maintenant, sinon remplacement. Si une autre fois tu vas pas travail, je donne place à autre personne.

— Je serai là demain à huit heures, c'est promis.

Ses énormes cils s'agitent comme des pattes d'araignée.

— T'as intérêt être là, sinon, je te jure, une brique sur ta tête pour toi de la part de Vanda, OK ?

— Oui, oui, merci Vanda. À demain.

Ses mioches empêchent deux clients d'accéder à la caisse mais quand Vanda s'approche et hurle « Poussez-vous, enfants ! », les gamins s'écartent immédiatement et se mettent en file indienne sans piper mot.

3

Jeudi 24 octobre

Après avoir laissé un petit tube de Smarties derrière le portail du jardin pour Alfie, le garçon qui livre les journaux, je dépose Emily chez sa nounou sur le chemin du travail. En passant les arcades, je regarde si Matthew est à attendre son bus sous l'aubette, probablement en train de jouer à Grabbers, mais non, il n'y a personne. Ah, on est en période de vacances scolaires, bien sûr. Il doit être avec sa famille.

Être sortie avec Kaden hier m'a redonné du courage, je me sens plus téméraire et les trois hommes chez le coiffeur ne sont plus qu'un lointain cauchemar. Au Lalique, la journée s'annonce tout ce qu'il y a de plus normal. D'ailleurs, les cinquante et quelques derniers jours ont tous été affreusement normaux : changer les draps, passer l'aspirateur, nettoyer à l'eau de Javel, remplacer les capsules de lait, les sachets de sucre, de thé. Puis trajet de retour par le remblai, et direct au lit. Et le lendemain, rebelote. Le point fort de ma journée, c'est en général si je croise un enfant qui rentre seul à sa chambre après être allé chercher quelque chose.

Aujourd'hui cependant, aucun enfant ne traîne dans les couloirs et Vanda est d'une humeur massacrante. Elle est toujours de mauvais poil avec moi. C'est Cruella en version russe, cette femme, et elle me fiche deux fois plus les jetons. Elle déboule dans la salle du personnel au moment où j'accroche mon vêtement au portemanteau. Pas de « Bonjour » ni « Comment ça va ? », non, mais à la place...

— Genevieve, il y a merde dans tuyau aujourd'hui. Tu as la chance je jette pas toi par la fenêtre. Déjà on a le retard. Étage 2. Va aider Trevor.

— Une... « merde dans le tuyau » ?

— C'est bouché. Et y'a un raidi dans chambre 29. Faut fermer tout étage pour que la police vient et après faut attendre et nettoyer quand police fini. Ah, et employé en moins aujourd'hui parce que gamin de Gros Faith fait conjonctivite.

— Bien bien bien...

À ce stade, je ne vois pas bien ce qu'elle veut dire par « raidi » mais au cas où il s'agit du mot pour caca, je ferais mieux de mettre la ventouse dans le chariot de ménage.

— Bébé pas malade, aujourd'hui ? lance-t-elle dans mon dos tandis que j'avance vers l'ascenseur de service.

— Non, elle va mieux, merci. Le médecin a dit que c'était peut-être des coliques.

— Sein ou biberon ?

— Je l'allaite.

— Peut-être allergie à toi, alors.

Ce n'était même pas une question.

— Elle ne se plaint pas, merci.

— Tu tires lait pour quand elle pas avec toi ?

— Oui.

— Elle est jeune pour nounou. Quel âge, un mois ?

— Cinq semaines. Je ne peux pas me permettre de ne pas travailler, Vanda.

Ding ! L'ascenseur ouvre enfin ses portes.

— Combien tu payes, la nounou à toi ?

Me voilà déjà dans la cabine, l'ascenseur referme ses

portes avant que je puisse répondre. Je ressens toujours une forme de soulagement après avoir été mitraillée de questions par Vanda. Alors que les autres posent des questions, Vanda fait passer un interrogatoire et jamais elle ne manque une occasion de me dire ce que je devrais ou ne devrais pas faire avec Emily, et tout ça parce qu'elle a quatre gosses. Elle fait partie de ces gens qui savent toujours tout mieux que les autres. Tout ce que vous avez, elle l'a en deux exemplaires. Vous avez un enfant, elle en a quatre. Vous avez des soucis financiers, elle n'a pas un rond. Une dispute avec votre conjoint ? Son ex-mari l'a poignardée. Deux fois.

Arrivée au deuxième étage, Trevor le portier fait la sentinelle devant la chambre 29.

— Salut, Gen. Les flics sont là ? Et le médecin légiste ?

— Ah, le « raidi »... dis-je, comprenant enfin de quoi il s'agit. Il y a un cadavre dans la chambre ?

— Ouais. Une jeune femme.

— Mais comment... ?

— Elle est sur le lit. Elle s'est chié dessus, en plus, à en juger par l'odeur.

— Mon Dieu quelle horreur...

Trevor s'accoude sur mon chariot.

— Oh, c'est rien, ça. Moi ça fait quatorze ans que je suis là, et des morts, j'en ai déjà vu sept ici. Remarque, toi, à bosser dans un hosto, t'as dû en voir pas mal, aussi, non ?

Prise de court, je reste bouche bée quelques instants. Vite, il faut que je me remette en mode Genevieve.

— Ah, euh, oui, oui, plein. À chaque service, en fait. Comment elle est morte, cette fille ?

— Chaipas. J'ai pas repéré de médocs ni d'alcool. Va jeter un coup d'œil, si tu veux.

— Hein ?

— Y'a personne. Profites-en avant qu'ils débarquent.

— Tu crois ?

— Vas-y, je te dis, pas de souci.

Il sort de l'encadrement de la porte et me fait signe de passer. Un drôle de bruit sourd de moteur se met en route dans ma tête. Trevor me tend un morceau de tissu blanc, carré.

— Si j'étais toi je prendrais ça. C'est propre, t'inquiète.

Je ne sais pas s'il parle du mouchoir ou du macchabée raidi mais je rentre dans la chambre avant d'avoir eu le temps de changer d'avis. Devant la porte de la salle de bains je détecte déjà l'odeur de la fille et m'empresse de plaquer le mouchoir sur mon nez et ma bouche. De toute ma vie je n'ai vu qu'un seul cadavre. Et il ne ressemblait en rien à celui-ci. Elle, on dirait qu'elle dort, les draps remontés jusqu'au menton.

— Elle est peut-être morte de cause naturelle, crie Trevor. J'ai pas trop regardé, à vrai dire. Peut-être un truc cardiaque.

Même l'odeur âcre de la transpiration de Trevor ne parvient pas à masquer l'odeur qui émane du lit. Elle est là, étendue, ses cheveux roux éparpillés sur l'oreiller, ses yeux bleus grand ouverts.

— Les morts ne peuvent pas me faire de mal, murmuré-je. Les morts ne peuvent pas me faire de mal.

Trevor continue à jacasser.

— Tu vois quelque chose ? Quelque chose qui sauterait aux yeux ?

J'écarte le mouchoir de ma bouche un court instant pour lui répondre mais le recolle immédiatement contre mon nez.

— Non.

Mais à y regarder de plus près, je distingue des petits points rouges autour d'un de ses yeux et le blanc de son autre œil est entièrement injecté de sang. Sur son cou et autour des oreilles il y a des hématomes de la taille d'une main.

— Trevor ! On sait comment elle s'appelle ?

— Tessa quelque chose. Elle était là pour une conférence

sur l'enseignement, a dit le mec de la réception. Une prof de maths, je crois.

Ayant repéré le sac à main de Tessa sur le fauteuil, je sais que je ne devrais pas mais j'enfile les gants de ménage en latex et attrape le sac. Je tombe sur son permis de conduire. Tessa Sharpe. Vingt-huit ans. Cheveux roux. Yeux bleus. Originaire de Bristol.

Une peur effroyable m'enserre soudain la cage thoracique.

Dans le couloir devant la chambre, Trevor est adossé au mur, les bras croisés. Je referme la porte derrière moi en sortant et lui rends son mouchoir.

— Un jour Vanda en a trouvé un accroché à la patère de la porte, dit-il en reniflant. T'as le chic pour trouver les macchabées, toi, Vanda, pas vrai ?

Perchée sur ses talons géants, Vanda se dirige vers nous, un rouleau de papier toilette dans chaque main et un spray désodorisant dépassant de la poche de son tablier.

— D'abord je pense à manteau très lourd. Mais il faisait trucs dégueulasses, explique-t-elle en grimaçant. Beaucoup de gens morts dans hôtels. Whitney Houston, Jimi Hendrix. Gars de Glee. Coco Chanel. C'est drogue, souvent.

— Moi je crois qu'elle a été assassinée, dis-je.

— Qui, Coco Chanel ?

— Non, Tessa Sharpe. Je crois qu'elle a été étranglée.

Il y a un instant de silence, puis Trevor et Vanda se regardent et éclatent de rire, de ce rire qui me met toujours mal à l'aise. Le genre de rire qui s'arrête subitement dès que je rentre dans la salle du personnel le matin. Le genre de rire que j'entendais toujours derrière moi dans les couloirs de l'école.

— Genevieve toujours tête dans nuages. Alors c'est meurtre dans notre hôtel, oui ? Faut appeler inspecteur Poirot, ou vieille dame avec machine à écrire ? Ou peut-être Kendall Jenner ? Tu as dit elle travaille chez Greggs en ville, pas vrai ? Peut-être elle sait comment raidi de chambre 29 est mort.

— Je n'ai pas vu Kendall Jenner, protesté-je. Juste quelqu'un qui lui ressemblait.

— Tu as dit c'est elle ! riposte Vanda.

Trevor bat des paupières au ralenti comme s'il était au-dessus de ces chamailleries.

— Revenons-en à notre cadavre à nous. C'est pas louche, *a priori*, parce qu'il n'y a pas d'effraction, les fenêtres étaient fermées, elle s'est enregistrée à la réception comme unique personne occupant la chambre et elle devait repartir aujourd'hui après le deuxième jour de la conférence. Il y a des gens qui savent qu'ils vont mourir, ils préfèrent aller à l'hôtel pour préserver leurs proches. C'est triste mais ça arrive.

— Elle a été étranglée, répété-je en commençant à m'énerver. Son cou est couvert de bleus.

Trevor ricane.

— Sacrée Genevieve, notre femme de chambre est experte en médecine légale, maintenant !

— Et elle a les yeux injectés de sang, ajouté-je en espérant qu'au moins Vanda me croira et le dira.

Mais ils se contentent tous les deux de me toiser.

— Je vous jure que c'est un meurtre !

Vanda regagne son chariot laissé le long du mur, compte quatre capsules de lait et s'apprête à entrer dans la chambre 24. Un couple de traîne-savates en tongs passent devant le chariot, Vanda leur lance un agréable « Bonjour, et bonne journée ! » puis ils se dirigent vers l'ascenseur. Sans réponse de leur part, dès qu'ils ont le dos tourné Vanda leur adresse un doigt. L'ascenseur s'ouvre, le couple entre et Vanda se tourne alors vers moi.

— Et tu sais tout ça par travail de toi avant à l'hôpital, oui ?

— Oui.

— Donc tu as vu déjà personne étranglée ?

— Oui.

— Avant ou après tu as joué dans équipe nationale de hockey pour Angleterre ?

— Après. Et j'étais dans l'équipe des jeunes espoirs.

Elle émet un grognement et saisit deux essuie-mains propres dans son stock.

— Pauvre Genevieve, tu me prends vraiment pour imbécile.

Après un signe de tête entendu à Trevor, elle entre dans la chambre 24 armée d'une pile de linge propre. Trevor monte toujours la garde devant la chambre de Tessa Sharpe, les bras croisés. Ils sont tous les deux convaincus que je mens. Mais il y a une grande différence entre mentir sur certaines choses et mentir sur tout.

Au ting ! suivant, deux hommes en costume sortent de l'ascenseur. Ils montrent leurs cartes de police à Trevor puis pénètrent dans la chambre de Tessa Sharpe. Vanda rapplique immédiatement et m'ordonne de commencer le ménage dans les chambres de l'étage supérieur pendant que les flics procèdent à leurs prélèvements. J'aimerais bien rester à regarder mais Vanda est catégorique, et quand Vanda se montre catégorique, tout le monde courbe l'échine.

D'une fenêtre du troisième étage j'observe le transport du corps de Tessa Sharpe. Ils la sortent par la cour arrière, là où les livraisons sont réceptionnées, et mettent le sac contenant son corps dans une camionnette. Ce sac, j'ai du mal à le quitter des yeux. Je suis obligée de penser à la dernière fois que j'ai vu un cadavre dans un sac, sur un brancard, hissé à l'arrière d'une camionnette. Prête à entamer le ménage de la chambre 39, la main sur la porte pour frapper avant d'entrer, soudain je me rends compte que c'est maintenant ou jamais et je me précipite au deuxième étage. J'aperçois une femme flic entrer dans l'ascenseur avec un sac en plastique rempli des effets personnels de Tessa Sharpe et m'approche à grands pas.

— Désolée, mademoiselle, il faudra prendre le prochain, me dit-elle.

— Je voulais juste savoir… C'est bien un meurtre, non ? La femme aux cheveux roux.

— Disons que ça m'étonnerait qu'elle se soit étranglée toute seule.

L'espace d'un instant je suis bien contente d'avoir vu juste. Mais dès que l'ascenseur se referme, la panique me gagne.

Pendant tout le service je ne fais que penser à Tessa Sharpe. Dans tout ce que je nettoie ou que je frotte je revois ses yeux vides et fixes, et la photo sur son permis de conduire. Sa chevelure rousse. Ici, on est dans une petite ville tranquille de bord de mer. Je n'y réside que depuis deux mois mais les seuls crimes qui y sont commis semblent être liés au trafic de drogue ou de voitures. Peut-être une tondeuse dérobée dans un abri de jardin ou un vol à l'étalage. Mais là, il s'agit d'un meurtre. Et j'ai du mal à croire que les cheveux roux et les yeux bleus, ce soit une pure coïncidence. Sans parler du fait qu'elle avait presque le même âge que moi, presque jour pour jour. Et elle est de Bristol !

Après avoir récupéré mon sac dans la salle du personnel, je m'apprête à partir lorsque j'entends la voix de Vanda appeler mon prénom. Enfin, pas mon vrai prénom.

— Genevieve !

— Oui ? dis-je en me retournant. Je partais.

— Tu avais raison sur fille morte. C'est moi trompée. Donc tu as vu personne étranglée à l'hôpital où travail avant ?

— Oui, en effet, j'ai déjà vu quelqu'un d'étranglé. J'ai vu ce que ça faisait à un corps.

Vanda ne rebondit pas, elle se contente de me regarder des pieds à la tête, puis elle fait un signe de tête que j'interprète comme la permission de quitter les lieux. À tous les coups elle est persuadée que j'invente, comme d'habitude. Cette fois-ci elle a tort, à mon grand désespoir.

Je me sens imprégnée de l'odeur du liquide nettoyant, dans les narines, la bouche, les yeux. L'air de l'extérieur me semble soudain vital. Je quitte la réception par l'entrée principale et me voilà déjà bien avancée sur la pelouse devant le bâtiment lorsque j'entends des petites voix familières.

— Maman, c'est la femme de chambre ! crie l'une d'elles.

Les deux fillettes avec qui j'ai discuté la semaine dernière dans la salle du petit déjeuner traversent la pelouse et courent vers moi.

— Bonjour Genevieve !

Un instant j'oublie la sensation de nausée.

— Salut les filles !

Elles portent un tee-shirt sur leur maillot de bain, Kiki a la pointe des cheveux mouillée. Elles ont dû passer la matinée à la plage.

— Oh, mais vous profitez vraiment de l'été indien, vous deux, hein ? Vous vous êtes baignées ?

— Oui, dit Lola. Et on a trouvé un crabe.

— Non, c'est moi qui l'ai trouvé, précise Kiki.

— Génial ! Il est où ? Je peux le voir ?

— Maman nous a forcées à le remettre dans l'eau, là où il vit.

— Oui, c'est sûrement mieux pour lui. Comme ça, il peut aller retrouver sa petite copine Ariel, pas vrai ?

Les gamines rient.

— Et ton genou, Kiki, comment ça va ?

— Drôlement mieux, ça ne saigne plus.

Sur quoi, elle dresse fièrement son genou vers moi pour exhiber le pansement du Roi Lion que je lui ai mis l'autre jour.

— Heureusement que j'ai toujours des pansements sur moi, hein ?

— Oui. Maman n'en a jamais dans son sac.

— Il y avait beaucoup de sang, se souvient Lola avec une pointe d'écœurement. J'aime pas le sang, moi.

— Mais moi j'ai été infirmière, me vanté-je. Je suis habituée.

— Regarde, poursuit Lola, on a trouvé ça.

Elle retire de son doigt une bague en argent avec une pierre rouge en forme de cœur. Rien qu'un accessoire de déguisement mais les deux petites admirent le bijou comme s'il s'agissait de la bague de fiançailles de Meghan Markle. Kiki la dépose dans le creux de ma main.

— Elle est magnifique, dis-je en l'examinant sous tous les angles avant de la tendre à Lola.

— C'est pour toi, dit-elle.

— Oh non, je ne peux pas accepter.

— On voudrait que tu la prennes parce que ton amoureux ne t'en a pas encore donné. Alors tu pourras garder celle-là en attendant.

— Eh bien je suis enchantée. Je peux vous serrer dans mes bras ?

Les gamines se pressent contre moi et j'inspire profondément dans le cou de Lola. Sel et crème solaire.

— Merci, les filles. C'est vraiment gentil. Je me demande d'où elle vient. Un naufrage, peut-être, vous croyez ?

— Oui, dit Kiki. Peut-être qu'elle appartenait à une princesse qui est tombée par-dessus bord…

— … alors qu'une bande de méchants pirates s'apprêtaient à la kidnapper.

— Oui ! s'enthousiasme Lola. Et la princesse est dans la mer, elle nage pour essayer de rejoindre le rivage.

— … mais elle n'est pas encore arrivée à la terre alors, comme elle est à bout de forces, elle s'arrête sur une île déserte et là, elle est capturée par un dragon.

— Et le dragon…

— Bonjour, Genevieve, excusez-nous de vous retarder, nous interrompt soudain une voix extérieure. Vous partiez ?

La mère, avec son petit carré impeccable, s'est soudain matérialisée derrière les filles.

— Pas de problème, j'ai toujours du temps pour bavarder avec mes deux copines.

Les deux fillettes sourient jusqu'aux oreilles. J'ai tellement envie de les prendre encore dans mes bras que les larmes me montent aux yeux. Elles penseront que c'est à cause du vent de mer.

— Merci de vous être occupée du genou de Kiki l'autre jour.

— Je vous en prie.

— Je suis allée me plaindre auprès du manager de l'hôtel concernant des tessons de bouteille sur la plage. Même si je ne vois pas trop ce qu'il peut y faire. Les filles, il faudra bien vous rincer les pieds avant d'aller dans la piscine, compris ?

— Oui, maman, répondent-elles en chœur.

Je fais une grimace et lève les yeux au ciel, les gamines comprennent le message, pouffent et regardent leur mère s'éloigner.

— Dites-moi, les filles, vous faites quoi, maintenant ? Ça vous dirait d'aller sur la jetée et de jouer aux machines à sous avec moi ? Je peux demander à votre maman, si vous voulez.

— On n'a pas le droit d'avoir d'autre argent aujourd'hui parce qu'on a déjà eu une nouvelle paire de chaussures pour l'école.

— On va retrouver papa et tonton Ray à la piscine et après on va tous manger au Jungle Café.

— Aaaah, d'accord. Tant pis. Et demain ?

— On rentre chez nous demain, dit Kiki. Alors on se verra plus.

Je suis encore plus triste que je ne le laisse paraître.

— Tante Sadie va me faire des tresses indiennes, ajoute Lola.

— Oh, des tresses indiennes ? Voyez-vous ça. Tu sais ce qui va super bien sur une tresse indienne ?

— Non, quoi ?

Je tends mes deux poings fermés devant elle.

— Choisis.

Elle choisit le droit, je retourne et ouvre la main : un paquet de barrettes licorne.

— Oh, super !

— Je ne t'ai pas oubliée, Kiki, ajouté-je en lui offrant mon autre main.

Elle déroule mes doigts et avec un large sourire empreint de timidité, elle prend lentement le sachet d'élastiques avec chatons.

— Voilà, comme ça, ce soir, au Jungle Café, vous serez toutes jolies.

— Merci, Genevieve, disent-elles à l'unisson.

— Mais de rien. Allez, conclus-je en tirant gentiment sur la queue-de-cheval humide de Kiki, vous feriez mieux d'y aller.

Ce n'est qu'une fois les filles sorties de mon champ de vision que je me sens de nouveau nauséeuse. L'odeur de Tessa Sharpe doit s'échapper de la fenêtre ouverte de la chambre 29. À mesure que j'avance sur le remblai, je me sens de plus en plus seule, complètement déstabilisée. Tous les dix pas je regarde à la dérobée derrière moi. Après avoir traversé la chaussée en direction des salles de jeux, je regarde si Alfie ou James ou Carlie sont là-bas à faire un basket virtuel, ou au volant d'une voiture de néons lancée sur une autoroute en plein désert. Mais ils n'ont pas l'air d'être là. Ils doivent être partis pour les vacances.

La brise cinglante me fouette le visage et me pique les yeux. Ma tignasse, toute noire teintée, se soulève dans le vent.

Ce ne sont pas mes cheveux.

Mes vrais cheveux sont roux. Je repense à nouveau la chevelure rousse de Tessa Sharpe. Une rousse avec des yeux bleus. Elle était arrivée seule ; elle comptait repartir seule. Celui qui l'a assassinée avait dû la repérer dans les environs de l'hôtel. Je n'ose même pas y penser. Désormais, je ne peux plus me voiler la face.

Celui qui l'a tuée l'a prise pour moi. Ce qui veut dire que j'avais raison : ils m'ont retrouvée. Ils savent exactement où je suis. Et quand ils vont s'apercevoir qu'ils ont supprimé la mauvaise personne, ils viendront me chercher.

Premier jour des vacances de Pâques,
dix-huit ans plus tôt…

4

Je suis dans le train, assise, les jambes dans le vide, près de ma petite valise. Mon paquet de Jelly Tots, mes livres et Miss Moustache sont à portée de main, papa est installé sur le siège d'en face. Il porte sa chemise de vacances, celle de Bristol City, tient son téléphone portable à la main. En fermant bien les yeux, je pourrais me croire dans le Poudlard Express. On ne ferait le trajet de retour que le jour de la rentrée. Me voilà dans un énorme train à vapeur qui traverse la campagne brumeuse à toute allure. Je me suis acheté des grenouilles en chocolat et des Dragées surprises de Bertie Crochue à tous les parfums, et Miss Moustache, c'est un chat, un vrai. Comme le chat d'Hermione, Pattenrond, un chat magique. Mais comme mon père n'arrête pas de parler et que les adultes n'ont pas le droit de monter dans le Poudlard Express, j'ai du mal à vivre pleinement mes rêveries.

— Tu es contente ? m'interroge papa en faisant tourner le portable dans ses mains.

J'acquiesce et continue à colorier mon dessin.

— Et vous allez faire quoi de beau avec Foy, pour Pâques ?

— Tonton Stu va nous organiser une chasse aux œufs de Pâques. Et Isaac va m'apprendre à faire du vélo, sur son vélo. Et Chelle me fera des tresses dans les cheveux. Et aussi, sûrement qu'on va jouer dans la cour et dans notre château.

— Votre château ?

— Notre château dans les arbres.

— Je croyais qu'elle était à Paddy, cette cabane.

— Il en veut plus. Il a dit qu'il nous la donnait. Alors c'est notre château, maintenant.

— Ah, d'accord.

Un homme avec une boîte calée sur la hanche s'arrête à notre table et demande à voir nos billets. Je sors le mien de la pochette couleur fraise qui me pend au cou. Puis l'homme s'éloigne.

— Papa, tu restes avec moi cette fois-ci ?

— Non, ma belle, il faut que j'aille travailler.

— Mais je croyais que t'en avais pas, de travail.

— Si, j'en ai un maintenant.

— Là où il y a les téléphones ?

— Non, ce boulot-là, je ne l'aimais pas.

— Là où il y a le monsieur avec le stand, au marché ?

— Non, celui-là non plus, il ne me plaisait pas.

— Alors un travail avec les gens qui sont venus à la maison hier soir ?

— Quels gens ?

Mon père fronce les sourcils. Zut, j'avais oublié que j'étais censée être couchée à cette heure-là.

— Ah oui ! Mais ce n'étaient pas des gens… C'étaient les Trois Petits Cochons.

Je pouffe.

— Et je suis copain avec eux, tu sais. Ils me demandent toujours de leur filer un coup de main pour leur construire une maison bien solide, parce que le grand méchant loup n'arrête pas de détruire la leur en soufflant dessus.

— Pff, t'es qu'un menteur. Hou, le menteur !

— Mais pas du tout, ma belle, pas du tout. Et ils me payent drôlement bien, comme ça cette année on pourra avoir un super Noël.

— Je croyais que t'aimais bien travailler là où il y avait les téléphones.

— Non, pas trop. La patronne était une ogresse.

— Hein ? Une vraie ogresse ?

— Oui, vraie de vraie. Le midi, elle dévorait des humains tout crus.

— Beurk.

— Elle habitait sous un pont, tout ça, quoi.

Il jette un coup d'œil sur son téléphone.

— Papa, ce sont les trolls qui vivent sous les ponts.

Le train passe sous un pont et l'espace d'un instant, tout devient noir.

— Un pont comme ça, ajouté-je. Comment ça se fait qu'on soit partis en train cette année ?

— La voiture est en révision au garage.

— Je peux avoir quelque chose à manger ? Regarde, il y a la dame avec son chariot là-bas.

— Attends qu'on soit arrivés à la gare, ma belle. Tata Chelle t'achètera un goûter en ville.

Le train met une éternité avant d'arriver à la gare de Taunton. Bien avant l'ouverture des portes, je suis déjà debout dans l'allée, ma valise à la main. Les jambes flageolantes d'excitation, je scrute le quai à travers toutes les fenêtres, à la recherche du visage de ma tante Chelle. La voilà ! Avec une robe cache-cœur rouge, un gilet bleu et des bottines bleu pétrole à boucles. Je ne vois pas Foy, un éclair fulgurant de déception me transperce. Foy avait dit qu'elle viendrait. Elle est où ?

Et soudain je l'aperçois. Vêtue d'un tutu de ballerine bleu, de collants bleus, un chignon bien lisse derrière la tête. Elle fait des pirouettes sur la piste cyclable derrière Chelle. Les vacances ne s'amorcent réellement qu'à cet instant-là, au moment où je me mets à courir sur le quai vers tante Chelle et qu'elle me voit, glapit de joie et me reçoit dans ses bras.

Elle me soulève de terre et nous nous serrons très fort, je reconnais le parfum au jasmin de ses cheveux bouclés. Le seul truc qui se rapproche le plus de ma véritable mère, c'est l'odeur moyennement agréable de la deuxième armoire de papa. Mais Chelle, elle, c'est une maman pour de vrai, et c'est pour ça que je ne peux pas m'empêcher de la toucher.

De ses deux pouces elle me caresse les joues et me regarde, les yeux pleins de larmes.

— Comment va ma petite chérie ? Si tu savais comme tu nous as manqué, Ellis. Tu nous as énormément manqué à tous.

Elle frotte son visage contre le mien et resserre son étreinte.

— Toi aussi tu m'as manqué, tata Chelle.

Une fois reposée à terre, je me retrouve dans les bras de Foy.

— Regarde, j'ai une surprise pour toi, dit-elle en tendant ses deux mains fermées.

J'en choisis une et reçois un crayon avec un capuchon en forme de chat. Puis Foy ouvre l'autre main et me tend un petit bout de papier soigneusement plié. Elle a fait un dessin de nous deux au-dessus de notre château, avec des épées dressées vers le ciel. Autour de nous, notre armée des chevaliers de la Nuit qu'on appelle Lundi Soir, Mardi Soir, Jeudi Soir et Ça-me-dit Soir. Notre horde de gardes du corps.

— C'est nous, déclare-t-elle en riant.

— J'adore ! Est-ce que le château, il est toujours là après la tempête ? J'ai pas arrêté d'y penser.

— Oui, oui, il y a juste le toit qui s'est envolé mais Isaac et papa l'ont réparé. C'est du solide, maintenant. Papa a trouvé une grande feuille de plastique ondulé pour mettre dessus. Allez, viens !

Elle me prend par la manche et m'entraîne sur la piste cyclable tandis que Chelle et papa discutent. Je n'entends pas ce qu'ils se disent mais ça doit être des trucs barbants de frère et sœur. Ils ne font pas comme nous, ils ne se prennent pas dans les bras.

Sur la banquette arrière de la voiture de Chelle, Foy et moi on fait mine d'être avec notre chauffeur pour une visite de la ville. Foy, c'est la duchesse de Fowey vu que c'est l'endroit qui lui a donné son nom, et moi je suis lady Kemp d'Ashton Gate parce que j'habite à côté d'Ashton Gate. On est tellement riches qu'on a notre propre château et tous les animaux qu'on veut. On doit faire des emplettes en ville, acheter des nouvelles selles pour nos licornes et du bambou pour les pandas.

— Oui, merci mon brave, si vous voulez bien prendre à droite, ce sera parfait, déclare Foy avec un petit geste dédaigneux de la main au moment où Chelle passe un feu et bifurque à droite.

Nous nous engageons dans une rue, derrière l'église, où tante Chelle a l'habitude de se garer. Papa est resté avec nous pour manger un morceau avant de repartir en train pour Bristol.

— Papa, tu peux rester avec nous au pub, dis ?

— Non, ma louloute, je ne peux pas, je t'ai dit qu'il fallait que j'aille travailler.

— Tiens donc ! s'exclame Chelle. Et c'est quoi, ce boulot ?

— Avec un pote on a un plan pour se faire un peu de blé, au black.

— Encore un job qui va rapporter, se contente-t-elle de commenter.

Le sujet est apparemment clos entre eux.

— C'est pour les Trois Petits Cochons, expliqué-je. Il leur construit une maison.

Personne ne rit. Chelle gare le véhicule dans le parking payant derrière l'imposante église.

— Maman, dit Foy, on peut partir devant ?

— Oui, filez, toutes les deux, et passez la commande pour nous. Moi, je prends un Coca.

— Et moi, ajoute mon père, des frites et un Coca. Mais je vous rejoins là-bas, j'ai un petit truc à régler avant.

— Quel truc ? s'enquiert Chelle.

Mon père vérifie quelque chose sur son téléphone avant de le glisser dans sa poche. Il me regarde puis s'adresse à moi pour donner une réponse.

— Eh bien il y a une princesse, ça fait des milliers d'années qu'elle est endormie, et si je ne monte pas tout en haut de la tour pour lui donner un baiser, elle ne se réveillera jamais. Donc je file rapidos là-haut et je redescends tout de suite. D'accord, ma puce ?

Il me tire les couettes, tapote le chignon de Foy et nous gloussons toutes les deux. Puis il s'éloigne en faisant semblant d'être à cheval, ce qui nous fait rire de plus belle.

— Je reviens tout de suite !

Chelle ne rigole pas du tout.

Avec Foy, on commande des cheeseburgers, des frites et des milkshakes, qu'on engloutit à toute vitesse. Chelle est installée devant son Coca. Elle retire les glaçons du verre et les met dans le cendrier.

— Tu as combien d'œufs de Pâques ? me demande Foy entre deux bouchées à la sauce rouge.

— Je sais pas trop. Papa les a mis dans ma valise, faut que je les donne à tata Chelle.

— Non, Ellis, il faut qu'on en achète, intervient Chelle. Ton père a oublié, comme d'habitude.

— Ah, bon.

— On va passer au supermarché en retournant à la voiture. Et je dois aller à la banque, aussi.

— C'est peut-être ça qu'il est allé faire, suggéré-je.

— Ça m'étonnerait, dit-elle avec un sourire avant de prélever quelques frites dans l'assiette à laquelle mon père n'a pas encore touché. Le supermarché n'est pas du même côté que le bureau des paris, que je sache.

— Je sais pas.

— Peu importe. Dis-moi ma belle, qu'est-ce qui te ferait plaisir pendant ces vacances, hein ?

Voilà le meilleur moment des vacances, avant qu'elles ne commencent réellement. Chelle se penche sur nous comme si elle voulait nous confier un grand secret. Mais c'est moi qui parle après avoir essuyé les restes de ketchup épicé autour de ma bouche.

— Tout. Je veux tout faire !

— Alors, eh bien dimanche, on commence par la chasse aux œufs et après on ira faire un tour à la campagne, dans un joli salon de thé qui sert des œufs pochés et...

— Ouais ! s'écrie Foy. Ils ont une maison qu'on peut escalader, un truc plus grand que le château. Et là-bas il y a aussi les chiens avec qui on avait joué la dernière fois, tu te rappelles, Ellis ?

Bien sûr que je me rappelle, très bien même. Un des chiens avait une épine dans une patte, on avait prévenu la maîtresse et pour nous remercier, elle nous avait offert un scone chacune.

— Puis lundi on ira chercher des asperges à la ferme parce que ce jour-là rien ne sera ouvert en ville. Les garçons seront là, je leur ai demandé s'ils voulaient vous emmener faire du cerf-volant ou à la pêche dans le ruisseau. Ça vous irait ?

Je frétille de joie et dois me contenir pour ne pas exploser d'excitation. Mes talons tambourinent contre les pieds de la chaise.

— Ils pourraient aussi nous emmener au cinéma ? demande Foy.

— Oh oui, probablement, confirme Chelle en sirotant son Coca, un œil sur sa montre.

— Et peut-être aussi, continué-je, qu'ils voudraient bien nous emmener dans le restaurant à burgers, là où on nous avait donné des frisbees gratuits.

Les frisbees finissaient régulièrement dans le ruisseau derrière le mur du jardin du restaurant et Isaac était obligé de grimper par-dessus le mur pour aller les récupérer.

Paddy et Isaac sont mes deux super cousins. Isaac a quinze ans, il adore le sport et fait plein d'exercices sur ses machines dans l'ancienne écurie derrière la cave. Paddy a douze ans et lui, il s'intéresse plus à l'art, notamment l'art de se faire des coiffures hyper stylées. Isaac va bientôt passer ses examens de collège. J'espère qu'il aura quand même le temps de faire des courses de vélo avec nous dans le parking.

— Dis, tata Chelle, est-ce qu'on pourrait avoir une tourte au poulet avec de la purée, un soir ?

— Mais absolument, pourquoi pas, hein ?

J'adore entendre ce genre de réponse. Puis c'est à Foy de faire une requête.

— Et une génoise au chocolat avec de la sauce d'extraterrestre ?

— Mais oui ma belle ! D'ailleurs ça me fait penser qu'il faut que je passe au magasin de jouets pour acheter le cadeau d'anniversaire de Stuart.

— C'est quoi ? demandé-je.

Chelle lève les yeux ciel.

— Le Tardis de ses rêves.

— Mais pas un grand modèle, précise Foy. C'est le petit modèle, avec un petit Doctor Who à l'intérieur et un Dalek, et ça fait la musique du film quand on ouvre la porte.

— Ça fait un moment qu'il l'a repéré, ajoute Chelle.

— Et moi, tata Chelle, je peux lui acheter quelque chose aussi ? Une BD avec le Doctor Who peut-être ?

— Ah oui, ça lui ferait très plaisir. Veux-tu que je me charge de garder ton argent de poche ?

— C'est papa qui l'a, mon argent.

— D'accord, dit-elle en souriant.

Elle tourne la tête vers la porte. Une famille avec des poussettes est venue trouver refuge contre la pluie.

— Et dis-moi, ma puce, il va bien ton papa en ce moment ? me demande Chelle.

— Oui, ça va.

— Sais-tu combien il a pu obtenir pour sa voiture, finalement ?

Foy fait courir la pointe de son crayon à la licorne sur mon bras.

— Combien ?

— Oui. Il l'a bien vendue, non ? C'est pour ça que vous êtes venus en train, me semble-t-il.

— Il a dit qu'elle était en révision aujourd'hui.

— Ah, je vois. J'ai dû mal comprendre, alors. Allez, finis ton burger, ma belle.

Les glaçons dans le verre de papa ont tous fondu et ses frites ont refroidi. Chelle finit par les jeter à la poubelle. Un SMS l'informe qu'il nous rejoindra plutôt directement à la voiture à 15 heures. Nous allons donc au supermarché pour les œufs et puis à la banque Nat West pour que Chelle encaisse la recette du pub de la veille, tandis que Foy et moi dérobons une brassée de brochures pour notre propre banque, celle qui prend parfois la place du château.

À 14 h 55 nous arrivons à la voiture mais papa n'est pas encore arrivé. À 15 h 15 Foy et moi avons épuisé nos ressources en devinettes, au jeu de la voiture jaune, aux tests de mémoire et dressé la liste de tout ce que nous allons faire au château une fois rentrées (en premier, peindre les murs, ensuite nettoyer la moquette, puis couper le haut de la boîte qui sert de fenêtre). Après, on jouera à la banque. Et encore après, il faudra retourner au supermarché parce que les dinosaures n'ont presque plus de boîtes de pâtée jurassique.

À 15 h 25, Chelle doit remettre de l'argent dans le parcmètre et toujours aucun signe de papa.

— Je suis désolée, ma belle, je sais que c'est ton papa mais vraiment des fois il me court sur le haricot. On ne peut absolument jamais compter sur lui ! peste-t-elle. Toujours imprévisible.

Foy s'empare de Miss Moustache et la fait rugir dans le cou de Chelle jusqu'à ce que celle-ci réagisse, se retournant en donnant un coup du revers de la main.

— Arrête, tu veux ! Je ne suis pas d'humeur, là.

Au loin, mon père arrive enfin.

— Ça va barder, dit Foy tandis que Chelle sort du véhicule et claque la porte violemment derrière elle.

Au début, Foy et moi, on rigole un peu, mais après, tata Chelle hausse le ton et ils restent là tous les deux debout devant la voiture et Chelle continue à lui crier dessus comme si elle insultait un inconnu. Foy descend la vitre de la portière pour qu'on entende ce qu'ils se disent. Chelle est en train de palper la veste de papa et tout à coup elle lui arrache quelque chose des mains, des petits bouts de papier.

— Putain, mais tu peux pas t'en passer, hein ! Tu es vraiment un pauvre mec.

Là, on ne rit plus du tout, Foy et moi. Quand elle entend ce genre de gros mot, Foy devient toujours silencieuse et se met à pleurer. Je lui prends la main. Elle me la serre très fort.

— Elle a acheté un cadeau d'anniversaire pour Stuart, dit Chelle. Donc tu me dois cinq livres.

— Je les ai pas, Chelle.

— Tu as dépensé l'argent de poche de ta fille de dix ans ? Merde alors.

Foy remonte la vitre.

— J'aime pas ça, quand maman s'énerve.

— C'est toujours à cause de mon père qu'elle s'énerve.

Chelle inspire profondément, expire, puis revient dans la voiture, suivie de papa. On démarre. Personne ne prononce un seul mot de tout le trajet jusqu'à la gare. Chelle laisse le moteur allumé et attend. Papa passe une tête par la fenêtre arrière, il colle doucement son poing sur la joue de Foy et avec la bouche fait le bruit d'une pluie d'étoiles jaillissant de sa main. À moi, il dépose un bisou sur le nez.

— Sois sage, ma louloute. Et tu m'appelles tous les soirs, d'accord ?

Hors de la ville, une fois la voiture engagée sur les petites routes de campagne verte en direction de Carew, la dispute entre Chelle et mon père n'est plus qu'un lointain souvenir pour moi. J'ai la tête bien trop pleine de tout ce qui m'attend dans les jours à venir. Après le dernier virage avant le village, nous nous engageons dans le parking situé derrière le Besom Inn. J'aperçois Paddy et Isaac sur leurs VTT en train de faire des wheelies et des bunny hops.

— Isaac a un nouveau vélo ! m'écrié-je.

Je ne tiens plus en place, il faut vite que je sorte de la voiture.

— Oui, dit Chelle. C'est un Hellcat. Un machin avec un cadre en titane, apparemment. Il l'a eu pour son anniversaire. Il a dit que tu pouvais prendre son ancien vélo.

— AH OUAIS ? Trop cool !

Je le repère tout de suite, les garçons l'ont appuyé le long du mur du terrain de boules. Couleur argent, brillant, avec le mot « Apollo » en rouge imprimé sur l'axe du bas.

— Il a même regonflé les pneus exprès pour toi, précise Foy.

Je bondis de la voiture et me rue vers Apollo, que j'enfourche avant de filer droit vers Isaac.

— Salut Ellis. Il te plaît, ton nouveau vélo ?

— Ouais, j'adore ! Mais vraiment, je peux l'avoir ?

— Oui, pas de problème. J'ai regonflé les pneus pour toi.

Paddy arrive sur son VTT, il s'arrête à côté de moi dans un dérapage.

— Oh non, voilà l'horrible petite cousine ! dit-il en me chatouillant les côtes avant de se lancer dans une course contre moi, qu'il me laisse gagner, comme d'habitude.

Après une heure de vélo nous rentrons dans le pub. Oncle Stu est en train de fermer le bar pour l'après-midi. Je l'embrasse puis les enfants se servent dans le stock de chips et ouvrent des cannettes de Rio. Ce pub est comme un terrier de lapins, plafonds bas, poutres en chêne et lumière chaude et tamisée dans tous les coins. Il y règne une odeur de feu de bois et de bière renversée, quelque part la machine à jus de fruits cliquette et glougloute.

À l'étage il y a quatre chambres et deux pièces inutilisées qu'on appelle les chambres du fond, où l'on stocke les vieux jouets et tout un bric-à-brac, d'anciennes chopes, du matériel de bar comme des dessous de verre et des seaux à glace. Une main sur le papier peint, j'avance. Sous ma paume, je sens des creux et des bosses. Comme je voudrais que ces vacances durent toujours.

Une fois que Foy a changé de tenue et abandonné sa panoplie de ballerine, nous partons tous les quatre sur le chemin qui mène à l'aire de jeux. Foy et moi nous arrêtons régulièrement pour faire le plein de nourriture de dinosaures ou d'essence pour notre Lamborghini ou notre Ferrari, ou acheter des nouveaux souliers d'école pour nos enfants. En tout, on en a quarante, mais comme on vit dans un château, il y a largement la place pour tout le monde.

J'ai dix ans et un besoin vital de cet environnement. Besoin d'une pause dans ma vie angoissante avec papa, les coups de fil énervés qu'il reçoit tout le temps, ses absences soudaines la nuit. Besoin de plusieurs semaines pour gambader partout, manger des barres chocolatées, des cubes de cola, faire des jeux de plateau dans le mauvais sens, courir pieds nus sur la pelouse froide le soir en jouant au base-ball avec les poireaux et les choux de Bruxelles. Besoin de courir à m'en donner des points de côté et d'inventer des chorégraphies sur des chansons de Madonna avec Foy.

Oui, besoin de faire voler un cerf-volant et de confectionner des nids à partir d'herbe coupée dans des champs plus vastes que les océans, le dos réchauffé par un soleil qui projette des ombres géantes sur le sol. Besoin de sauter de meuble en meuble comme dans un désert de cailloux, là où la moquette est de la lave en fusion, de créer des parcours semés d'embûches avec de vieux pare-feu, des chaises cassées et des nappes. Besoin de journées entières dans des endroits secrets où les adultes ne vont jamais, la cour toujours calme de l'autre côté du mur du pub, le château, le refuge sous nos couettes. Des endroits où l'on devine l'heure grâce à la couleur du ciel, et non pas avec une montre, où chacun de mes membres fonctionne avec l'énergie de boissons gazeuses sucrées et de sorbets dégoulinants.

Tous les matins, Chelle me réveille avec un « Elle est câline, elle est coquine, c'est ma Clementine ! Debout ! ». Elle ouvre les rideaux de la chambre de Foy et on descend prendre du lait avec un peu de café et un sandwich au bacon. Puis on aide Stu à refaire les stocks du bar, il nous donne cinq livres et on file les dépenser tout de suite. On achète des feutres, des carnets à dessins, des bonbons lacets bleus et on ramène le tout au château. On dessine nos robes de mariée et on surveille notre propriété, des grands champs couverts de maïs ondulants dans le vent où caracolent nos licornes et où rôde un T-Rex en quête de boîtes de pâtée jurassique à moitié ouvertes.

Ici, c'est l'endroit où tout le monde m'appelle Ellis. Ou Elle. Ou Ellis Clementine Kemp, quand je me fais gronder. Ou Ellis la Malice ou encore Ellis Quel Délice. Enfin toujours, toujours Ellis.

Si j'avais su à cette époque que tout ce monde allait bientôt m'être retiré… Jusqu'à mon nom.

5

Vendredi 25 octobre

À six heures du matin, Kaden est sorti faire des petits sprints sur le remblai. Moi, j'étais dehors uniquement pour déposer les Smarties près du portail, pour Alfie, mais du coup, comme tout était calme et ensoleillé, j'ai décidé de m'asseoir et de regarder Kaden. Donc me voilà installée sur les marches du perron. De l'autre côté de la rue, la camionnette à beignets n'est pas encore ouverte. Je serre mon verre de Nesquick à la fraise. Et je pense encore à nous. Lui et moi au supermarché pour les courses, notre enfant calé dans le chariot, Kaden qui lui fait des grimaces rigolotes. Quand je pense à lui, au moins je ne pense pas à Tessa Sharpe. Il est devenu indispensable à ma vie. Il est en mesure de me protéger des Trois Petits Cochons. Il peut endosser le costume de mon chevalier Ça-me-dit Soir, armé d'un bouclier pare-balles et d'une lance pour percer le cœur de mes ennemis.

Malheureusement, il a toujours l'air d'avoir quelque chose à faire. S'il n'est pas en train de faire un jogging, il travaille. Et s'il n'est pas à la salle de sport, il est parti je ne sais où à moto. Je ne voudrais pas m'imposer.

Mais si je ne m'impose pas, je vais continuer à penser aux mêmes trucs. À Tessa. Je vais me demander si elle a compris ce qui se passait quand deux énormes paluches lui ont enserré le cou. Me demander combien de temps elle a paniqué avant son dernier souffle. Me demander si elle a vu la mort arriver.

Kaden finit par revenir, dégoulinant de sueur, musique dans les oreilles. Je l'appelle.

— Bonjour !

— Ah, salut Joanne, dit-il en m'apercevant.

Essoufflé, il retire ses écouteurs. La sueur lui coule dans le cou mais ce qu'il y a de bien aujourd'hui, c'est qu'il est en short. Et ses jambes sont sublimes. Bronzées, fermes, recouvertes de poils blonds soyeux, mais ça, ça ne m'a jamais dérangée. Il est plus beau que jamais. Des perles de transpiration glissent sur son front, jusque dans son cou.

— Comment ça va aujourd'hui, Joanne ? demande-t-il en reprenant son souffle.

— Oh, bien, bien, dis-je en montrant mon verre de Nesquick.

— Ah, bien. Et Emily, ça va ?

— Oui, bien, merci. Elle dort, là.

Je lève les sourcils comme les mamans qui ont passé toute la nuit auprès de leur enfant et enchaîne :

— Vous faites quoi, aujourd'hui ?

— Une bonne douche et après je file au boulot pour neuf heures. Et vous ?

— Je travaille cet après-midi, dis-je dans un haussement d'épaules. C'est tout.

J'estime avoir tendu la perche pour qu'il me demande de passer la matinée avec lui, mais il ne le fait pas. Un des chats saute sur le mur et fait sursauter Kaden. C'est Tallulah de Puces. On rit tous les deux et il lui gratouille le menton. Bon, il aime bien les chats, alors. Vraiment parfait, cet homme.

Kaden fronce les sourcils en examinant son collier sans médaille.

— J'ai vu une affichette d'un chat qui lui ressemble, à quelques rues d'ici.

— Ah bon ?

— Oui. Elle a la même petite tache blanche ici, tout pareil, ajoute-t-il en la caressant.

— Ah oui, je l'ai vue, cette affichette. Non, ce n'est pas elle. Elle, c'est Tallulah de Puces.

— L'autre s'appelait Pedro, je crois. Bon, faut que j'y aille. À plus tard !

Il trottine jusqu'à l'entrée de l'immeuble. J'attends qu'il se retourne pour me regarder comme parfois le font les hommes dans les films, quand ils sont secrètement amoureux mais qu'ils n'arrivent pas à le dire autrement qu'avec les yeux. Kaden ne se retourne pas.

Et le visage de Tessa Sharpe ressurgit devant moi.

Les premières notes de pleurs se font entendre dans l'appartement, c'est Emily. Je vide mon verre de Nesquick d'une lampée, ramasse mon assiette de miettes et file à l'intérieur.

Elle et moi. Toutes les deux. Je la change. Au beau milieu de la nuit je la berce quand il n'y a personne d'autre à bercer. On est seules. On sera toujours seules… Un élan de colère m'envahit, comme un coup de tonnerre qui gronderait en moi. L'espace d'un instant je voudrais que Tess Sharpe, ce soit moi.

Et tout de suite après, j'en ai mal au ventre. Comment ai-je pu souhaiter ma propre mort, ne serait-ce qu'une seule seconde ? Après tout ce que Scants a fait pour me protéger. Parce qu'être morte, ça voudrait dire la fin de tout ça, ces cachettes à n'en plus finir, tous les mensonges. Et je pourrais enfin être moi. Ellis, la fille qui est morte, plutôt que Joanne, la fille qui existe à peine. Je ne veux pas être la fille qu'on me dit d'être. La fille que Scants m'ordonne d'être. Je n'y arrive pas.

Aujourd'hui, j'ai prévenu le boulot que je serais en retard pour cause d'enterrement. Et c'est la stricte vérité, je vais aux obsèques de June Busby. Même si je ne sais pas qui est cette June Busby. La semaine dernière, quand j'étais à l'enterrement de Leonard Finch, j'ai entendu des gens parler de June Busby, alors je suis allée prendre des renseignements auprès du pasteur. Je me demande s'il y aura des petits vol-au-vent aux champignons, cette fois-ci. Ils étaient délicieux.

En allant à ces funérailles, je n'ai aucune intention de manquer de respect à qui que ce soit, au contraire. J'aime bien les enterrements parce que c'est un moment privilégié pour les familles, et moi j'adore être entourée de membres d'une même famille, même si ce n'est pas la mienne. Et puis, personne ne me demande jamais de décliner mon identité. Du reste, en général les gens sont tellement obsédés par la petite tête qui dépasse à peine de mon porte-bébé qu'ils se contrefichent de savoir si je fais partie de la famille ou si je suis une amie. Je pourrais très bien être une voisine, une collègue, une personne que la défunte a rencontrée au parc en donnant à manger aux canards. J'aurais tout aussi bien pu la conduire à son cours d'aérobic. Ou m'occuper de son chien pendant ses dernières semaines de vie. Personne n'en saura jamais rien.

Mais aujourd'hui je ne suis pas venue avec Emily. Je voulais être seule. Toute de noir vêtue, je marche d'un pas lugubre, comme il se doit, vers le grand portail du cimetière plongé dans le brouillard. Dans le corbillard, j'aperçois le cercueil. Marron foncé, avec des poignées en laiton. Dessus, un assortiment de fleurs et une carte. Le corbillard est suivi de près par une imposante voiture noire. Les deux véhicules s'arrêtent au portail.

Les membres de la famille sortent de la voiture. Un homme à la barbe rousse, en costume sombre. Les gens se pressent autour de lui, on lui serre la main, on lui donne une accolade, on l'étreint dans un geste qui signifie, Allez, tu vas t'en sortir. Je reçois un petit livret au format A5.

Hommage à June Miranda Busby

La liste indique que le premier morceau sera *Yesterday Once More* des Carpenters. Sur la dernière page, j'apprends que le service se terminera avec *Don't Cry for Me Argentina.* À l'enterrement de Leonard Finch, ils ont passé *Oklahoma* à la fin, ce qui a eu l'air, pour je ne sais quelle raison, d'amuser tout le monde.

Le discours de bienvenue et l'introduction sont assurés par la célébrante, Miss Gloria Andrews (je ne sais pas qui est cette personne ni ce que « célébrante » veut dire, sûrement un mot distingué pour une femme prêtre).

Ensuite, une hymne, *Make Me a Channel of Your Peace.* Des vers à n'en plus finir. Ensuite, éloge funèbre et hommage de la famille, lu par le fils de June, Philip. Ensuite, une autre hymne. Ensuite, le départ du cercueil, qui disparaît derrière un rideau. Pour aller au crématoire, je suppose.

Philip, le fils, demande à un homme qui se tient près de moi en train d'observer les couronnes de fleurs s'il compte venir au pub partager un verre avec eux.

— Oui, bien entendu, confirme le type.

— Oui, bien sûr, ajouté-je.

Philip me regarde et sourit aimablement. Il n'a nul besoin de savoir qui je suis, ma présence est suffisante pour le convaincre que j'adorais sa mère.

C'est après la mort de mon père que j'ai commencé à assister à des enterrements. Je n'ai pas pu assister au sien car j'étais encore à l'hôpital et on m'a dit que je n'étais pas assez remise. Sa tombe à Scarborough, je n'y suis allée qu'une seule fois et Scants m'a dit de ne jamais remettre les pieds au cimetière. N'y retourne jamais, c'est trop dangereux. Il faut aller de l'avant, maintenant. De l'avant, oui, mais dans quelle direction ? Quelle direction dois-je prendre ?

J'ai bien tenté de sortir et de rencontrer des gens, comme Scants m'exhorte à le faire sans arrêt, mais ce n'est plus comme quand j'étais petite. Avant, on pouvait simplement demander à quelqu'un « Tu veux faire un Pokémon ou un Tig avec moi ? » et la personne acceptait. Mais les adultes sont méfiants et trouillards. Alors qu'avec les enfants, je n'ai aucun mal à discuter. Quand j'ai une matinée ou un après-midi de libre et que je traîne sur la jetée, la plage ou vers la salle de jeux, je bavarde très facilement avec les gamins. On a les mêmes centres d'intérêt. Les mêmes objectifs dans la vie. C'est-à-dire le bonheur à court terme, là, tout de suite. Ils ne pensent pas au lendemain. Moi non plus, je n'ose pas y penser.

Scants trouve tout cela très étrange. Il dit qu'il ne faut plus que je joue avec les gosses des autres. Que ce n'est pas de l'amitié mais du harcèlement pervers. Qu'il vaudrait mieux que je m'inscrive à un club, que je fasse une formation, que j'aie des hobbies. Que je rencontre des gens de mon âge. Mais les adultes ne sont pas dignes de confiance, ils sont sournois.

Le seul truc que j'adore faire, à part manger et regarder des DVD, c'est aller à la salle de jeux et jouer à Guitar Hero ou faire un bowling avec Matthew, ou encore déguiser les chats. Le week-end, je ne fais pas de plongée, ni de tennis le mercredi soir, non, rien de ce genre. Et je ne suis ni assez sociable ni assez vive d'esprit pour faire partie d'un club de « gens qui vous ressemblent ». Non mais qui fait partie de clubs comme ça, je vous le demande ? Scants doit évoluer dans un monde bien barré et ultra prout-prout pour côtoyer des gens qui sortent exprès pour en rencontrer d'autres, et, horreur parmi les pires horreurs, pour se présenter à des inconnus !

Non, moi, je n'appartiens pas à la race des gens qui mordent la vie à pleines dents. Moi, je suis faite pour rester chez moi, point barre.

Sauf quand il faut aller bosser. Ou que j'ai envie d'un beignet.

— Bonjour Charlotte !

Ce joyeux salut provient justement de la camionnette à beignets garée sur le front de mer que je longe par aller au travail.

— Salut Johnny. Comment ça va ?

— Je vous ai vue, l'autre jour. J'avais mis des beignets de côté pour vous, je vous ai appelée quand vous êtes passée.

— Ah, désolée, je n'ai pas dû vous entendre.

— Vous aviez l'air pressée. Il est où votre petit bout de chou aujourd'hui ?

— Chez sa nounou. Ce matin j'étais à un enterrement.

— Ah, désolé… Quelqu'un de proche ?

— Non, non. Bon, au moins, j'ai quelques heures devant moi pour finir mon roman. Mais avant, je voulais me faire plaisir.

— Aaah, en voilà une bonne idée.

Johnny immerge son bac à beignets dans l'huile bouillante.

— Si vous avez trois minutes, j'en fais des tout frais rien que pour vous.

Tandis qu'il s'empare du bac à mixer contenant la pâte, je me mets en mode Charlotte, torse bombé et écharpe négligemment jetée sur mon épaule.

— Merci. Il va me falloir une bonne dose de sucre aujourd'hui, j'ai toute une partie à réécrire.

— Ah mince, c'est pas bon signe, ça. Votre éditeur n'a pas aimé ce que vous avez fait ?

— Non, j'ai complètement foiré le truc, en fait. Il a fallu couper quarante mille mots. Mais bon, ce n'est pas grave, j'ai vu pire. À chaque livre je trouve l'exercice de plus en plus ardu.

— Oh là là, quarante mille mots ? Ben vous devez écrire sacrément vite, alors.

— Oui, c'est vrai. Je peux refaire ce passage en moins d'une semaine, pas de quoi paniquer. Oh, et vous me donnerez un Lilt, aussi, Johnny.

— Ça marche, dit-il en attrapant une cannette dans le réfrigérateur. Je ne vous vois plus beaucoup, ces derniers temps, Charlotte. Je me suis dit que vous aviez trouvé un autre fournisseur de beignets.

Il a dit ça en me lançant un clin d'œil, mais pas salace, juste sympathique. Ce qui est plutôt agréable dans une ville où personne ne connaît mon nom et où personne ne peut se substituer à ma famille.

— Jamais de la vie, dis-je en souriant. C'est que je très occupée en ce moment. Je viens de rentrer d'une tournée pour la promo d'un bouquin et deux amis, auteurs également, ont sorti un ouvrage cette semaine, donc je n'ai pas arrêté de courir.

Je complète ma tirade d'un soupir, comme si je n'en pouvais plus.

Johnny jette les beignets dans le panier, les anneaux de pâte flottent et brillent dans l'huile dorée.

— Je vois.

Soudain, sur le pied du lampadaire le plus proche, j'aperçois une affichette pour un chat perdu. Suki Shortcake. Disparu en juillet. C'est mon prince Roland, maintenant. Pas étonnant qu'il se soit enfui avec un nom comme Suki Shortcake. Les beignets ont fini de cuire, Johnny les transfère du panier à un plat tapissé de papier absorbant, puis il les saupoudre de sucre roux.

— Pour vous ce sera une livre les cinq, soit quatre plus un pour cent cents.

— Cinq, c'est parfait, merci.

Les beignets sont fourrés dans un sac en papier. Je tends deux livres à Johnny et il dépose le sac encore chaud dans le creux de ma main avant de fourrager dans sa banane pour me rendre la monnaie.

— Merci Johnny, ils sentent merveilleusement bon, comme d'habitude.

Je glisse une main dans le sac mais les beignets sont encore bouillants, je me brûle les doigts.

— Et les ventes sont bonnes sur votre dernier bouquin ? demande-t-il en se penchant vers moi.

— Oui, merci. On vient de vendre les droits en Grèce et... en Belgique, ce matin même !

Deux jeunes garçons se sont approchés de la camionnette, ils passent en revue le panneau des offres.

— Ah, mais c'est génial, ça ! Et au fait, vous avez rencontré David Schwimmer ?

Il y a quelques semaines de ça, je lui ai dit que David Schwimmer avait accepté de jouer dans le film qui sera une adaptation de mon roman *Les Amants de la guerre*.

— Pas encore, non. On m'a dit qu'il allait bientôt venir alors j'espère que je le verrai quand il sera là.

— Extra. J'adore Ross. Je suis un méga fan.

— Oui mais là c'est Chandler, rectifié-je dans un rire.

Il s'esclaffe.

— Ah oui, c'est vrai ! Mais c'est lequel, Ross, alors ?

— Le type aux dinosaures. Trois divorces. On lui a piqué son sandwich.

Comme ni l'un ni l'autre ne parvient à faire une imitation convaincante de Ross, on rit de plus belle. Je récupère ma cannette de Lilt frais, ce qui soulage mes doigts légèrement brûlés. Johnny se tourne vers les deux garçons qui veulent eux aussi des beignets.

— Bon, Charlotte, revenez vite me voir. Bonjour les gars, qu'est-ce que je vous sers ?

Je l'admets, j'utilise ce vendeur de beignets. Je l'utilise pour avoir une meilleure image de moi-même. Et parfois, ça marche. Mais pas aujourd'hui. Les beignets sont trop chauds et il est trop occupé pour avoir le temps de me draguer à un niveau satisfaisant pour mon ego. Je ne veux plus qu'une chose, rentrer à l'appartement, me cacher sous la couette et me goinfrer de beignets.

Mais il faut que j'aille travailler. Tout l'après-midi.

Là, j'apprends un nouveau détail sur les circonstances de la mort de Tessa Sharpe : ses mains ont été attachées avec du câble bleu. J'ai entendu la responsable, Kimberley, discuter avec le détective chargé de l'enquête, le type avec un œil paresseux. Elle a précisé que Trevor utilise exclusivement des câbles noirs pour les téléviseurs des chambres, donc celui qui a tué Tessa avait apporté son propre câble.

La chambre 29 n'a pas été remise en service et la police reste tout l'après-midi à l'hôtel à interroger le reste des employés. Pour une raison que j'ignore, personne ne me pose de questions, à moi, puis Trevor m'explique que les flics ne s'intéressent qu'aux personnes qui étaient en service entre dix-neuf heures et minuit le soir du meurtre.

Vanda est en train de parler à un des enquêteurs dans la salle du personnel. Je passe une tête pour écouter ce qu'ils disent.

— Tu as terminé ? me lance-t-elle en me voyant.

— Euh, non, mais je voulais savoir s'il nous reste des essuie-tout ? Il n'y en a plus sur les étagères.

— Non. Il faut ouvrir nouvelle boîte. Et ferme porte derrière toi.

Je m'exécute. Personne ne veut me dire ce qui se passe, ni Sabrina, ni Claire l'intérimaire, ni Madge. Et tout ce que répète Trevor quand je le croise avec des cartons plein les bras, c'est « Laisse donc la police faire son boulot, ça nous regarde pas ».

Mais je n'ai jamais empêché la police de faire son travail ! Tout ce que j'ai fait, c'est demander s'ils avaient trouvé le coupable. Pourquoi ne me dit-il rien ?

Je retrouve Trevor à la fin de mon service, dans la salle des petits-déjeuners. Il est en train de réparer la machine à café. Je l'interroge.

— Ils n'ont rien vu sur les caméras de surveillance ? Quelqu'un qui serait rentré dans l'hôtel mine de rien ?

— J'en sais rien. La gonzesse, la détective qui est venue hier, a parlé d'un ancien petit copain, je crois qu'ils le recherchent. Mais faut pas croire qu'ils vont nous tenir au courant, pour la simple et bonne raison que ça ne nous regarde pas.

— Bien sûr que si, ça nous regarde. Ça s'est passé sur notre lieu de travail, que je sache.

— Peut-être, mais ça n'a rien à voir avec nous.

— C'est pas dit…

— Comment ça ?

— Eh ben, si c'est un tueur en série et que Tessa Sharpe n'était que la première victime ?

— Non, c'est pas le cas. Je viens de te dire qu'ils recherchent le mec de cette fille.

— Mais ce n'était pas lui l'assassin.

Trevor se redresse et me dévisage longuement.

— Gen, t'es en train de dire que le meurtrier est peut-être encore dans les parages et qu'il va encore frapper, c'est ça ?

— Peut-être bien, en effet.

— Donc tu te prends pour Miss Marple, si je comprends bien. Et qui a fait le coup, selon toi ? Une des cuisiniers ? Le type qui vient faire la plonge ? Moi ?

— Je n'en sais rien. Personne ne le sait. Mais ce que je sais, c'est que je ne me sens pas en sécurité ici. Est-ce que la fille a été… violée ?

Trevor pointe un tournevis accusateur vers moi.

— Une jeune femme est morte dans des circonstances atroces. Tout le monde est bouleversé. Et si tu te mets en tête de faire courir des rumeurs, ça ne va pas arranger les choses. Tu vas flanquer les pétoches à tout le monde.

— Mais je ne veux faire peur à personne, moi. Je te dis juste comment je me sens.

— Laisse tomber, s'il te plaît. Et laisse la police faire son boulot. La famille de la victime arrive demain pour parler à la police, on veut pas de crise d'hystérie ici.

— Je ne suis pas hystérique. Simplement inquiète.

— T'es pas la seule, tu sais. Moi j'ai la trouille de perdre mon boulot.

Trevor met un terme à notre échange. Franchement, je ne comprends pourquoi les gens réagissent comme ça avec moi, ce n'est pas comme si je l'accusais de quoi que ce soit. Vanda et les autres ont dû lui raconter des trucs dans mon dos. Ils me trouvent tous bizarre, de toute façon. Je dis des trucs bizarres, apparemment. Je mange mes gâteaux secs d'une façon bizarre (quand c'est un Digestive au chocolat, je mange d'abord le chocolat, puis je casse le biscuit en deux, puis en quatre ; quand il y a de la crème à l'intérieur, je racle d'abord la crème puis je recolle les deux morceaux et je grignote le gâteau en rond et fais tourner ma langue autour ; quand c'est un Pim's, chocolat en premier, puis la génoise, et le disque à l'orange, je le suce). Je vois bien les regards de travers qu'ils me jettent tous. Le même regard que celui d'une lionne sur son lionceau mal formé qu'elle va abandonner au pied d'un arbre. Je les comprends, en fait.

En sortant par le parking j'aperçois Lola et Kiki près d'un break chargé de valises et de jouets gonflables. Je leur fais un signe de main mais elles ne me voient pas. Je porte encore la bague qu'elles m'ont donnée, mais à présent elle est à mon annulaire. Au cas où quelqu'un me poserait la question, je dirai que c'est une bague de fiançailles. Mais personne ne m'a posé la question.

Le petit corps d'Emily serré contre le mien m'apporte un certain réconfort. Nous rentrons en passant devant la salle de sport de Tollgate Road, je traîne un petit moment devant l'entrée pour voir si Kaden est par là. Oui, il est à la réception avec une fille en train de s'inscrire, apparemment. Elle porte une tenue léopard, elle a de longs cheveux blonds et des triceps maigrichons. Assis dans les sièges baquet, ils remplissent un formulaire. Elle minaude sans retenue, sourit, ramène ses cheveux derrière l'oreille. Je reprends ma route, le cœur lourd.

Si vous avez peur, appelez-moi. Si je ne suis pas chez moi, c'est que je suis à la salle de sport.

Mais je n'ai pas peur, là, j'ai le cafard, c'est tout. Parce qu'au travail, Trevor me déteste alors que c'était mon seul ami. Et Scants ne veut plus que je l'appelle, sauf en cas d'urgence. Et Kaden se laisse draguer par cette nana. Je veux rentrer chez moi. Rentrer à Carew, là où les gens me connaissaient et m'aimaient.

Mais ce n'est pas possible, alors je rentre à l'appartement. Dans la lumière tombante je distingue du courrier dans ma boîte aux lettres. Une brochure pour un nouveau garde-meubles qui vient d'ouvrir sur le périphérique. Chez B&M, c'est la fin des soldes. Chez Harvey, encore – 50 % sur les rideaux. Une circulaire de Vodafone me propose de passer à un vrai contrat plutôt que de payer mes consommations au fur et à mesure. Et un catalogue. Adressé à Miss Joanne Haynes. Un catalogue que je n'ai pas commandé.

Un catalogue de cercueils.

6

Mardi 29 octobre

Voilà quatre jours que je ne suis pas allée travailler. C'est Stan, le manager, qui a pris mon message ce matin, mais derrière lui j'ai entendu Vanda.

— Putain ! Faut qu'elle donne arrêt travail médecin, sinon je peux pas trouver remplacement, moi !

Mais je me contrefiche du boulot. Mes racines orange repoussent, d'un orange pétant. Comme des petits feux partout sur la tête. Il faut que je sorte. Que je fasse des courses pour manger. Tout ce qu'il reste dans les placards, c'est trois tartines de pain complet rassis et un tampon. Donc je suis presque dans une situation d'urgence. Et il a dit qu'en cas d'urgence, je pouvais l'appeler.

Alors je l'appelle.

Scants débarque à 12 h 30, heure à laquelle je couche Emily pour sa sieste. Il arrive les bras chargés de sacs recyclables, tel un pirate ramenant un fabuleux trésor, mais en guise salut je n'ai pas droit à un « Ohé ! Du bateau ! ».

— Les nuggets de poulet, je refuse d'en acheter, par principe. Ça ne me dérange pas qu'ils soient élevés au Brésil, mais je suis contre le transport en Chine pour la transformation.

— Merci, Scants. Si tu savais comme je suis contente de te voir. Merci d'être venu.

J'ai envie de lui sauter au cou mais je sais qu'il n'aime pas ce genre d'effusion. Quand j'étais gamine il me prenait souvent dans ses bras. Pas de façon louche, non, juste comme un père serre ses enfants contre lui. Même si ce n'est pas le cas, des fois j'aimerais bien qu'il soit mon père. Il n'a pas d'enfant. Un jour il m'a confié que sa femme « ne pouvait pas en avoir », sans en dire plus. Il ne voulait pas s'étendre sur le sujet.

— La prochaine fois, tu fais une commande par Internet, OK ? dit-il en me tendant la main pour que je le rembourse. Faut pas croire qu'ils te filent des produits avariés et des bananes toutes marron, tu sais.

Ses yeux sont profondément cernés et sur ses mâchoires, une barbe commence à se voir. Pour une fois, il n'est pas en costume mais porte un pull noir, un pantalon de velours marron et son badge de travail sur un cordon.

J'attrape mon sac et compte la monnaie exacte que je lui dois.

— Tiens.

Il empoche la somme et pose les sacs sur le bar.

— Oh, et j'ai un message de la part de monsieur Zhang, à l'épicerie. « Comment va votre dame avec sa tumeur au cerveau ? »

Il me fusille du regard.

— Mais comment...

Scants me lance toujours des éclairs.

— Comment je sais que tu as fait croire à monsieur Zhang que tu as une tumeur au cerveau ? Parce que c'est là-bas que je suis allé acheter... ça.

Il brandit les trois paquets de lacets bleus à la réglisse que j'avais inclus sur ma liste de courses.

— Et monsieur Zhang m'a dit qu'il ne commande ces confiseries que pour Betsy, la dame qui a une tumeur. Il m'a pris pour ton mari parce qu'il paraît que la dame en question parle tout le temps de moi.

— Ah.

— Et qu'elle porte un bonnet. Et que parfois elle sort avec son nourrisson dans le porte-bébé. Et d'ailleurs, où est Emily aujourd'hui ?

— Elle est dans son berceau, elle dort. Et tu lui as dit quoi ?

— À ton avis ??? éructe-t-il.

Quand il s'énerve, il redevient au moins 20 % plus écossais que d'ordinaire.

— J'étais horrifié. Pourquoi es-tu allée lui raconter que tu es mariée à un type qui s'appelle David et que tu as un cancer ?

— Je ne lui ai pas dit que c'était toi, mon mari. J'ai juste dit que j'avais un mari. Qui s'appelle David. Et qui est roadie pour le groupe Little Mix.

— Et le cancer ?

— La première fois que je suis allée là-bas, j'avais un bonnet qui recouvrait tous mes cheveux parce que mes racines se voyaient. Alors monsieur Zhang en a tiré des conclusions.

— Il tire beaucoup de conclusions lui-même, ce monsieur, dit Scants en s'adossant contre le placard, les bras croisés. Un type sympa. Dommage que certains le prennent pour un imbécile, tu ne trouves pas ?

Scants fait une fixette sur la notion de vérité. Quand j'étais petite, si je lui posais une question, il me disait toujours la vérité. Enfin, dans la mesure de ce que l'on peut partager avec une gamine de dix ans. Peut-être qu'il agissait comme ça pour prendre le contre-pied de mon père, qui me mentait tout le temps. Surtout après m'avoir séparée de Foy.

Ellis, je vais voir si la mère Michèle a retrouvé son chat. Tu n'ouvres pas si un inconnu frappe à la porte, compris ? Surtout s'il porte une chemise de nuit de grand-mère.

Bo Peep a appelé. Elle veut que j'aille lui filer un coup de main pour rassembler ses moutons. Tu restes là bien sagement, tu surveilles la maison. Et tu ne réponds pas au téléphone, ni à la porte.

Bien sûr qu'on va revoir Foy, Ellis. Je t'emmène la voir dès que le vilain empereur nous accorde un droit de visite.

J'étais une enfant. J'avais tout perdu, à part mon père. Je voulais savoir pourquoi mais papa ne me disait jamais tout à fait la vérité, même quand je l'implorais. Ne plus avoir le droit de voir Foy, ne plus pouvoir retourner au château, c'était inconcevable. Et le jour où j'ai eu assez de maturité pour exiger des réponses, il était trop tard.

Mais Scants, lui, il m'a tout dit.

Est-ce que je vais revoir Foy ?

Non.

Et le château ?

Non, je suis désolé, Ellis. Tu ne peux pas retourner au château. Tu dois rester ici, maintenant.

Les trois hommes, ils vont revenir pour nous attraper ?

Non, je peux te jurer qu'ils ne reviendront pas. Tu es en sécurité à présent.

À mon tour je commence à ranger les courses.

— Monsieur Zhang m'a raconté que sa femme aussi a vécu ça. Grade 1, sa tumeur. Ils ont réussi à s'en débarrasser avec de la chimio et ça n'est jamais revenu. Après, c'est allé très vite, il m'a fait un prix sur le cheesecake et il m'a donné l'ancienne perruque blonde de sa femme. Je n'ai pas eu envie de le contredire.

Le bonnet post-chimio ne relevait d'aucune préméditation de ma part, mais franchement, c'est bien utile. Personne ne prend plaisir à ramener un article en magasin ou à faire la queue pendant je ne sais combien de temps, mais quand les gens pensent que vous êtes atteint d'un cancer, ils se comportent bien plus gentiment. Soit ils souhaitent vous aider, soit ils vous ignorent et veulent vous voir disparaître de leur champ de vision le plus vite possible et vous servent avec empressement. Quand je porte mon bonnet de cancéreuse, le service client est impeccable.

Scants fait claquer sa langue et soupire.

— Il me semble qu'on a déjà parlé de ça, du fait que tu mentes à tous les gens que tu croises.

— Pas tout le monde. Une ou deux personnes.

— Et le type qui vend des beignets, tu lui fais toujours croire que tu es une romancière dans le vent avec un contrat pour un film ?

— Oui…

Scants lève les yeux au plafond.

— Si tu mens sur ton identité à tous les gens que tu rencontres, tu ne vas jamais t'intégrer. Tu vas perdre le fil de tes mensonges. Ici on est dans une petite ville, les gens vont finir par te démasquer.

— Je croyais que tu voulais que je sois quelqu'un d'autre. Tu me le répètes tout le temps : la vérité est une porte ouverte sur un tas de dangers.

Il ne trouve rien à répondre à ma remarque.

— Tu vas trop loin avec cette histoire de cancer. Et tu as intérêt à lui dire qu'on n'est pas mariés, tous les deux.

Il range les paquets de lacets dans le placard à confiseries et me passe les corn-flakes, les boîtes de haricots, le pain, les spaghetti, la génoise au chocolat en poudre, la crème anglaise en poudre et le colorant alimentaire vert pour que je les mette dans le placard derrière moi.

— Mais je dis quoi, alors ?

— Tu n'as qu'à dire que je suis ton aide-ménagère. Ou ton oncle. Ou ton mac.

Le duc de York se frotte contre ses jambes, il le repousse.

— Il ne va pas me croire.

— Et pourquoi pas ? Il a bien cru à ta tumeur au cerveau.

— Oh non, tu as oublié les essuie-tout avec l'imprimé de Woody et Buzz !

— Là je dis non.

— Comment ça ? Pourquoi ?

— Parce que tu as vingt-huit ans. On se fait un thé ?

— Non, un jus de fruits pour moi.

J'ouvre un Kit Kat. Après avoir désolidarisé le premier biscuit, je ronge le chocolat sur un des côtés, puis de l'autre, ensuite je grignote le dessus, puis les bouts, et pour finir je sépare les couches de la gaufrette et les garde dans ma bouche jusqu'à ce qu'elles se dissolvent.

Scants, une main dans la boîte à sachets de thé, ne se départ pas de son air contrarié. Je ne me souviens même plus de la dernière fois où je l'ai vu sourire. Depuis notre dernière rencontre il a une nouvelle ride sur le front, juste au-dessus de l'autre, pile entre les sourcils.

Earl Grey saute sur l'égouttoir et se met à boire le lait de la veille encore dans la coupelle. Je demande à Scants s'il veut manger quelque chose mais il refuse. Vu le regard qu'il me jette, je devine qu'il n'approuve pas de laisser un chat monter sur le plan de travail. Scants a une peur bleue de microbes et n'aime pas spécialement la nourriture, surtout quand il y a de la sauce. Personnellement, je le trouve à la limite de la phobie. Ses préférences se portent sur les plats aussi secs que possible, il ne mange aucun légume et jamais je n'ai rencontré quelqu'un avec une telle hantise des menus. Un jour il m'a dit qu'il serait bien content s'il pouvait être nourri en permanence par intraveineuse.

— Quand est-ce que tu vas changer le lino dans cette cuisine ? Il est infâme.

— Quand j'ai emménagé j'ai demandé au propriétaire

mais il m'a dit que ce n'était pas une priorité. J'ai commandé un tapis pour couvrir le sol mais il n'a pas encore été livré.

— C'est un véritable danger pour la santé, ce sol, voilà ce que c'est. Il n'est même pas collé, j'ai l'impression.

Je m'abstiens de répondre, bien incapable de faire la différence entre un lino bien ou mal posé. Le sujet est mis de côté. Scants est venu pour une raison précise qu'il faut à présent aborder.

— Bon, dit-il tandis que derrière lui l'eau dans la bouilloire se met à gargouiller. Alors, de quoi s'agit-il, cette fois ? Tu as dit que tu as reçu quelque chose pas la poste, c'est bien ça ?

J'enfile des gants de cuisine, prends le sac rangé sous l'évier et en sors le catalogue.

— C'est quoi, un catalogue ? demande-t-il.

— Tu devrais mettre des gants, il y a peut-être des empreintes digitales dessus.

Il examine l'objet.

— Oui, celles de ton facteur et de la cinquantaine de personnes qui ont dû le manipuler aux services postaux. C'est de la pub.

— Oui. Mais ce n'est pas moi qui en ai fait la demande. Regarde ce qu'ils vendent.

Il tourne la tête vers le salon. Vers les piles de magazines, de journaux, de publicités et de bons de promotion de la pépinière du coin et de buffets à volonté de restaurants chinois.

— On dirait pourtant que tu en demandes régulièrement, des catalogues.

— Seulement ceux de jouets et de fournitures d'art. Le dernier truc que j'ai commandé, ce sont des paillettes pour faire mes cartes de Noël. Si j'avais commandé un catalogue de cercueils, je m'en souviendrais.

— Tu as peut-être oublié…

— Scants, je t'assure que non, je n'ai pas demandé qu'on m'envoie cette brochure. Et c'est grave.

— Ton nom est sûrement sur une liste de diffusion achetée par cette entreprise et c'est pour ça que tu as reçu ce catalogue.

— Je ne pense pas, non. La semaine dernière, j'étais chez le coiffeur pour refaire faire mes racines et trois types sont entrés. Je les ai reconnus. Enfin, j'en ai reconnu un. Son rire. C'était eux, Scants. Les Trois Petits Cochons.

— Écoute, on a déjà parlé de ça cent fois.

— Je sais, mais la semaine dernière j'ai aussi reçu deux messages sur mon répondeur. J'ai tout le temps l'impression d'être suivie. Et maintenant, ces trois types qui débarquent.

— Je peux savoir ce que tu fichais chez le coiffeur ? On te fait livrer des kits couleur toutes les six semaines. Tu ne les reçois pas ou quoi ?

— Si, mais j'en ai marre de le faire moi-même. Ça me bousille le dos de me pencher dans la baignoire. Et le résultat n'est jamais très convaincant. Je voulais que ce soit bien fait, pour une fois !

— OK, ne t'énerve pas. Ce n'étaient sûrement pas eux, enfin pas lui, le type avec le rire. Je suis même prêt à parier que c'est encore un des petits trucs de rien du tout.

— J'ai reconnu son rire, je te dis. C'est le type aux cheveux blonds. Peut-être qu'il fait partie d'une nouvelle bande ?

Scants n'a pas l'air convaincu. Sa tasse à la main, il fait décamper la reine Georgie, couchée en rond sur une pile de linge propre, puis s'installe sur le canapé.

— Moi je crois que tu recommences à perdre les pédales.

Je ne comprends pas ce qu'il sous-entend mais je m'assieds à côté de lui. À la télévision, on passe un long spot publicitaire pour la nouvelle émission de cuisine de Jamie Oliver, agrémenté de photos de ragoût, de viande grillée et de curry d'agneau couleur diarrhée. « Rejoignez-moi à six heures pour un cours de cuisine en direct... » Un haut-le-cœur se lit sur le visage de Scants. Il s'empare de la télécommande.

— Plutôt crever, bougonne-t-il en coupant le son.

Prenant mon courage à deux mains, je lui confie enfin ce que je n'aime pas dire à voix haute, et ça, Scants le sait parfaitement.

— Je crois que ces trois hommes sont ceux qui ont tué mon père.

— Non, c'est pas eux, répond-il d'une voix monocorde mais claire, tout en continuant à siroter son thé bien trop chaud.

— Mais...

— Je te l'ai dit une bonne dizaine de fois, les hommes qui ont tué ton père son hors circuit. Mon job consiste à surveiller et à évaluer le niveau de danger que tu cours, jour et nuit. C'est ça, mon boulot. Deux d'entre eux sont en prison, ils ne représentent aucune menace.

— Pas de menace connue, précisé-je.

— Et le troisième est mort d'une septicémie à l'hôpital suite à des complications de son opération d'ablation partielle de sa vessie, endommagée lors d'une rixe en prison. Donc on sait où ils sont tous.

— Tu m'as dit qu'ils étaient dix dans le cartel d'origine. Ça pourrait être trois autres membres du cartel.

— Dans ce cas, c'était qui, le type qui rigolait, s'il ne s'agissait pas des trois types qui ont tué ton père ?

— Je n'en sais rien mais...

— Joanne, on sait où sont ces gars. Le cartel a été démantelé. Tu n'es pas en danger, il n'y a aucune menace. On a vérifié toutes nos sources, on a fouillé dans tous les recoins. Avec les services de poursuites judiciaires, de la prison, les unités spécialisées dans le crime organisé de toutes les régions et même les services de contrôle aux frontières, on bosse tous ensemble. Si un de ces types s'était volatilisé, je t'assure qu'on s'en serait rendu compte.

— Mais alors, qu'est-ce que je fais là, moi ? Pourquoi on ne me laisse pas reprendre ma vie d'avant ?

— Tu es là parce que ton alibi fonctionne. Et la seule raison qui fait qu'il fonctionne, c'est justement parce que tu es là. Ça ne te suffit donc pas pour être heureuse ?

— Non. Je veux une autre identité. Joanne Haynes ne me convient plus. Vivre ici ne me convient plus non plus. Je n'arrive pas à trouver ma place.

Tête renversée, Scants lâche un grognement.

— Mais tu n'as même pas essayé !

— Tu es censé me prendre au sérieux quand je te dis qu'il y a un problème. Ton devoir est de me protéger. J'ai peur, Scants. Je suis totalement seule ici.

Il se gratte une paupière. Pas qu'elle le démange, mais il a épuisé tous ses autres moyens de me montrer qu'il commence à en avoir ras le bol.

— En huit ans tu as bénéficié de quatre nouvelles identités, Ann Hilson, Melanie Smith, Claire Price, Joanne Haynes.

— Je sais.

— Et à chaque fois, sous le prétexte que quelqu'un « te regardait de travers » ou parce que tu étais convaincue d'avoir vu « les Trois Petits Cochons », à chaque fois tu as réussi à convaincre les autorités que tu étais en danger.

— Je te signale qu'un homme m'a jeté de l'acide au visage à Liverpool.

— Non, Joanne, un ivrogne a jeté de la bière en l'air quand Liverpool a gagné 3-0 contre le Borussia Dortmund en Ligue des champions. Et tu étais là par hasard, c'est tout. On a vérifié. Il n'y a jamais eu d'acide.

— Oui mais ça aurait pu être de l'acide.

— Ça n'en était pas. Je ne peux pas faire une cinquième demande d'identité auprès du juge à cause d'un catalogue reçu par erreur et des trois types que tu aurais vaguement reconnus. On me flanquerait à la porte et on se foutrait de moi.

Une fois la table basse déplacée, je m'assieds en tailleur devant Scants de sorte qu'il ne puisse pas éviter de me regarder dans les yeux.

— Scants, je te dis que je l'ai reconnu, ce rire. Après Scarborough, tu m'as dit qu'au moindre truc suspect, je devais t'appeler tout de suite.

— On n'est pas à Scarborough, ici. Tu as été attaquée là-bas il y a huit ans maintenant. Et depuis, rien ne t'est arrivé. Ce catalogue, ce n'est rien du tout. C'est juste un magazine.

Malgré l'envie de fondre en larmes, je serre les dents.

— Un magazine pour les morts. Enfin non, c'est encore pire, c'est pour les gens presque morts !

Soudain, je perçois une odeur. Une haleine de whisky, oui, c'est ça. Scants esquisse un mouvement de recul, comme s'il comprenait ce que je viens d'identifier.

— Joanne, arrête de te faire des films, je te prie. Tu sais bien que ça m'énerve au plus haut point.

— Cette fois, je ne me fais pas de films.

— Et ces types, ils ont dit quelque chose ? Qu'est-ce qui te faire croire qu'ils te connaissaient ?

— Il y en a un qui m'a tenu la porte, au moment de sortir, et quand je suis passée devant lui il a dit, « Allez, bonne route », et j'ai cru reconnaître un accent de Bristol.

Scants expire profondément, bruyamment.

— Écoute, si quelqu'un balance un pavé sur ta fenêtre, moins d'une heure après je te trouve un autre lieu de vie. On rentre chez toi par effraction, tu tombes sur un feu d'artifice allumé dans ta boîte aux lettres, ça oui, c'est du concret. Mais un simple rire, un dépliant de pub, un gars avec un vague accent de Bristol, non. Et puis, tu as toujours ton alarme en cas de panique, non ?

— Oui, mais elle ne marchait pas bien au début…

— Je sais, je sais, le type qui est venu faire les réglages a fait exprès de mal la brancher, tu m'as déjà fait le coup.

Emily chouine dans son landau, je vais la chercher. À mon retour au salon, Scants a remis le son de la télévision et changé de chaîne. L'invité de *Loose Woman* est un historien. Scants aime les vieilles choses. L'art, les pyramides, ce genre de trucs.

Je lui tends le journal de la veille. Il met un certain temps avant de réagir, puis lit le titre en première page. Sa mine se renfrogne.

UNE ENSEIGNANTE ÉTRANGLÉE DANS UN HÔTEL DU BORD DE MER

— C'est l'hôtel où tu travailles ?

— J'ai vu son cadavre avant l'arrivée de la police. Elle a été étranglée, comme mon père. Elle avait des marques autour du cou. Des hématomes. Et c'était mon portrait craché. Les yeux bleus, les cheveux roux, le même âge.

— C'est toi qui l'as trouvée ?

— Non, mais je l'ai vue avant qu'ils l'emmènent. Ça, tu ne peux pas dire que ce sont des films. Ni une coïncidence. J'ai besoin de davantage de protection.

— En tant qu'élément à faible risque, tu n'as pas droit à un garde du corps. Les chances que quelqu'un te reconnaisse sont minimes, voire nulles, tu as beaucoup changé en dix-huit ans. Quant à ça, dit-il en faisant un geste vers le journal, ça n'a strictement rien à voir.

Vexée, je file à la cuisine et entame le rangement du plan de travail, des sacs à plier. Scants se replonge dans le journal pour examiner le visage radieux de Tessa, en couverture, celui de son profil Facebook. Je ne demande qu'à le croire quand il dit que ça n'a rien à voir, mais au fond de ses yeux, je perçois très clairement le doute.

— Je sais bien qu'il m'est arrivé de mentir par le passé… dis-je.

— Tu mens tout le temps, riposte-t-il en pliant le journal avant de reprendre sa tasse. J'ai l'habitude, maintenant. La femme cancéreuse, ce n'est que la partie émergée de l'iceberg.

— Pas tout le temps. Pas sur les coups de fil bizarres ni sur le catalogue de cercueils et l'impression d'être suivie. Et maintenant, Tessa Sharpe. J'aurai beau me faire toutes les teintures noires du monde, je reste rousse et j'ai les yeux bleus, comme elle. C'est moi qu'ils cherchaient. Scants, je veux rentrer chez moi.

— Tu es chez toi, dit-il sans se retourner, sans son sourire sarcastique.

— Non, ce n'est pas chez moi, ici. Le château, notre château, avec Foy, c'était ça ma maison.

Je le regarde. Il est en train de faire quelque chose qu'il tente de dissimuler… Il a tiré une flasque de sa poche de manteau et verse du whisky dans son thé. Sans un mot, il remet la flasque à sa place et s'enfonce dans le canapé, les yeux rivés sur le linge étendu sur le séchoir.

— Tu devrais mettre ton linge dehors. C'est pas sain de laisser sécher à l'intérieur.

— Je veux rentrer chez moi, Scants.

Il pose brusquement sa tasse sur la table basse, se lève et sans dire un mot, il commence à plier le linge sec qui forme vite un monticule brouillon sur le canapé.

— Tu vas repasser tout ça ? Tu as un fer à repasser, d'ailleurs ? Ça devrait rentrer dans le budget, si tu n'en as pas encore.

— Je veux récupérer mon nom.

— Ou je peux t'en prêter un, si tu veux, en attendant. Faudra acheter du spray, aussi.

— J'étais heureuse quand j'étais… elle. Je n'ai pas tout oublié, tu sais. Ça ne remonte pas à si longtemps que ça. C'était la seule période heureuse de ma vie. Je veux reprendre mon nom.

Scants refuse obstinément de me regarder. Je vois bien qu'il est en train de se fâcher parce qu'une fois le linge plié, il entreprend de ranger les boîtes de DVD qui traînent devant la télé.

Debout près du bar, je caresse la petite tête chaude d'Emily nichée dans mon cou.

— Hier, dans l'émission *This Morning*, ils parlaient du besoin de clore certaines choses, et que des fois il faut retourner en arrière pour…

D'un coup, Scants fait volte-face et pointe un index sur moi.

— Ça suffit, maintenant ! Tu arrêtes ça tout de suite !

L'air se charge de son haleine de whisky. Il sait que je le sens, mais visiblement il s'en contrefiche.

— La vérité est une porte ouverte sur un tas de dangers, et tu le sais. Tu n'es pas retournée à Carew, j'espère ?

— Non, je te le jure.

— Tu as intérêt à ne pas mentir. Si tu y retournes, on est foutus. Ils te reprendront cet appartement, l'alarme, et ils ne te donneront plus rien du tout, tu seras lâchée dans la nature, seule.

— Je sais tout ça, tu me le répètes tout le temps. Mais peut-être que je pourrais quand même…

— Maintenant tu es Joanne Elizabeth Haynes, tonne Scants, un point c'est tout !

Je dépose un baiser sur la tête d'Emily.

— J'avais oublié.

— Parce que tu n'arrêtes pas de passer d'un rôle à l'autre, dit-il en secouant la tête. Et Emily, alors, dans tout ça ?

— C'est mon bébé.

— C'est une poupée !

Choquée, je la serre contre moi. C'est la première fois qu'il me dit ça. Je sais qu'il a toujours su, mais jamais il n'a mis de vrais mots sur Emily. Il sait très bien que je ne veux pas entendre ce genre de chose.

Des lèvres je caresse les cheveux duveteux d'Emily. Elle me semble soudain plus froide. Elle sent… Une bonne odeur de plastique neuf.

— Je t'interdis de parler comme ça de mon enfant.

— Et depuis quand Amazon envoie des enfants par la poste, hein ? J'en ai ma claque de cette histoire. Il faut que tu te recentres sur Joanne et que tu laisses tomber tous les autres personnages que tu as incarnés. Immerge-toi en Joanne jusqu'à te noyer en elle. Tu es née à Liverpool, en avril ça fera vingt-neuf ans.

— Mais mon anniversaire, c'est la veille de Noël…

— Tu as trois frères : un installé à Brisbane qui est analyste dans l'informatique, un à Dubaï et l'autre à York, qui fait encore des études de droit pour devenir avocat. Tes parents sont morts dans un accident de voiture sur une île de Crète voilà dix ans de ça. Monsieur et madame Steven Martin Haynes.

— Non, ils ne sont pas…

— Tu as commencé des études d'art mais tu as laissé tomber. Tu as passé une année sabbatique en Inde, travaillé avec des orphelins au Cambodge et quand tu es rentrée, tu t'es installée ici parce que tu as des super souvenirs de vacances passées dans cette ville avec tes parents. Tu es employée au Lalique en tant que femme de ménage pour mettre de l'argent de côté et repartir voyager. Voilà. Ça, c'est toi.

Emily comprimée dans mon cou, je me balance d'un pied sur l'autre.

— Tout ce qu'il y a de vrai, là-dedans, c'est que je travaille au Lalique. Tout le reste est faux.

— Tu commences à m'emmerder, Joanne. C'est toi qui as accepté tout ça, après Scarborough. « Je ferai tout ce qu'il faut pour les tenir à distance et retrouver une vie normale », c'est toi qui l'as dit, toi !

Il s'avance vers moi, m'arrache Emily des bras et la flanque sur le canapé. Elle ne pleure pas. Enfin, je n'entends rien, en tout cas.

— T'es qu'un sale type.

— Tu es une femme adulte alors comporte-toi en adulte. Parce que si tu crois avoir des problèmes en ce moment, alors vas-y, sors, donne ton nom à tous les gens qui passent et attends un peu de voir ce qui se passe. Mets ton vrai nom et ton adresse sur Twitter. Je te donne une semaine avant que quelqu'un te zigouille.

Une larme me chatouille le nez.

— Arrête de raconter des trucs comme ça. Tu as dit qu'il n'y avait plus de menace. Des fois je me dis que je ferais mieux d'être morte, au moins je n'aurais plus peur tout le temps.

Il jette un coup d'œil à Emily puis à sa montre.

— Merde, il faut que j'y aille. J'ai une réunion de service tout à l'heure.

Il pose sa tasse vide sur l'égouttoir et laisse derrière lui mon salon aussi bien rangé qu'il l'était le jour de mon emménagement (et jamais depuis ce jour).

— Tu reviendras bientôt ?

— Je ne peux pas te dire.

Voilà une réponse inquiétante. D'ordinaire, il me donne une petite idée de notre prochain rendez-vous, même si ce n'est que « dans quelques semaines ». Dans le couloir, devant la porte d'entrée, il se retourne.

— Sois gentille, arrête de sortir avec la poupée.

— Pourquoi ?

— Ça attire l'attention sur toi. Tu n'as qu'à dire qu'elle est partie vivre avec son papa.

— Ah non, c'est pas possible, trop de gens l'ont déjà vue.

— Eh bien dis-leur qu'elle est morte !

Il est allé trop loin et il le sait. Je pars récupérer Emily sur le canapé et enfonce mon visage dans son cou en plastique. Tout vole en éclats autour de moi, comme des vitraux qui se brisent en mille morceaux.

— Pourquoi t'es méchant comme ça avec moi ?

Je refuse de regarder dans sa direction mais j'entends la porte d'entrée s'ouvrir.

— Je vais voir de quoi il s'agit, cette histoire du meurtre de Tessa Sharpe, OK ? Je vais le faire pour toi. Mais je t'en prie, ne me parle plus d'un nouveau changement d'identité, d'accord ? Je t'appelle dans quelques jours.

— Et je fais quoi en attendant ? demandé-je en reniflant.

— Tu vas bosser, normalement. Tu t'intègres. Et arrête de mentir, conclut-il en jetant un regard noir vers Emily.

Je me redresse, soulève la petite tortue en bronze posée sur la table basse et attrape un paquet de pastilles à la menthe.

— Tiens, prends. Pour ta réunion. Tu as mauvaise haleine.

7

Mercredi 30 octobre

Pendant toute la matinée, les paroles de Scants tournent en boucle dans ma tête comme le chant incessant des petits oiseaux qui tentent de réveiller Cendrillon. *Il faut que tu te recentres sur Joanne et que tu laisses tomber tous les autres personnages que tu as incarnés. Immerge-toi en Joanne jusqu'à te noyer en elle.*

Née à Liverpool il y a vingt-neuf ans.

Trois frères, un à Brisbane, analyste dans l'informatique. Un à Dubaï, avocat. L'autre, je ne me souviens plus de son nom. Parents décédés en Crète voilà dix ans. Steven et… pas moyen de me souvenir du prénom de ma propre fausse mère.

J'ai fait une école de cinéma. Non, une école d'art. Mais j'ai abandonné mes études. Ensuite une année en Inde. Et dans un orphelinat, ailleurs. Je suis venue ici quand j'étais môme alors je me suis installée à Spurrington. J'ai l'intention de repartir voyager et j'économise en travaillant au Lalique.

Tout est complètement faux. Et là je ne parle pas de bobards anodins comme ceux que je peux raconter parfois. Rien à voir avec le petit délire chez la coiffeuse sur mon formidable mari et mes enfants (de toute façon je ne vais pas la revoir, cette coiffeuse), ou avec les réponses que je donne au vendeur de beignets au sujet de romans qui n'existent même pas. Ça, c'est faire fonctionner son imaginaire, comme quand on jouait, Foy et moi. Alors que là, il s'agit de grosses contrevérités qui vous collent à la peau : mon certificat de naissance, mon passeport, mon travail. J'en ai marre de tout ça, marre depuis Melanie Smith, la fille qui bossait chez McDonalds, avait une sœur à Burnley et dont les parents étaient partis vivre à l'étranger au moment de prendre leur retraite. Je n'y arrive plus. Incarner Joanne Haynes me rend triste parce que ça me rappelle la personne que je n'ai plus le droit d'être : Ellis Clementine Kemp.

Ellis Clementine Kemp, fille de Daniel Kemp et de Faye Ellis, un couple d'amoureux depuis leur tendre enfance. Danny était ouvrier dans le bâtiment, Faye, assistante pédagogique. Je suis née par césarienne après dix-sept heures de travail la veille de Noël à 5 h 46 du matin. Mon père m'a prise dans ses bras et maman et lui ont commencé à discuter de mon prénom. Ce serait le nom de jeune fille de ma mère, Ellis, et autre chose pour rappeler Noël, mais pas Noëlle, quand même. Mon père avait toujours associé le parfum des écorces de clémentines à Noël. Au moment où il a dit ça, ma mère s'est arrêtée de parler. Une crise cardiaque fulgurante, ont expliqué les médecins. Énorme hémorragie liée à l'accouchement. Un litre et demi de sang. À cause d'un morceau de placenta resté dans l'utérus. Le médecin légiste a parlé d'« erreur abominable aux conséquences terribles pour une famille aimante ». Il en a été question dans les journaux. Mon père a touché une compensation financière, ce qui lui a permis d'acheter la maison de Smyth Road, à Bristol, tout près du terrain de foot de City, comme ça, il pouvait suivre les matchs de son équipe favorite, les Robins, quand ils jouaient à domicile.

Et c'est lui qui m'a élevée, seul. Il a eu des compagnes mais elles ne restaient jamais bien longtemps, parce que papa n'est pas quelqu'un sur qui on peut compter. Ses boulots non plus, il ne les gardait jamais longtemps, pour la même raison. La tristesse le rongeait de l'intérieur. Et quand mon père est triste, il prend des risques. Alors à partir de ce moment-là, tout est parti en sucette.

Comment faire pour oublier les choses qui constituent les fondations de votre être ? Comment réussir à se regarder dans la glace et ne plus voir celle que l'on est véritablement ? J'arrive à faire semblant pendant quelque temps, à être Annie, Claire, Melanie ou le personnage qu'on m'a assigné. Oui, ça, je sais faire, mais je ne peux pas oublier pour autant. Ce n'est pas moi. Pas Ellis Clementine Kemp.

Je suis allée travailler mais la journée a été particulièrement dure aujourd'hui. Mes collègues ont trouvé une nouvelle façon de me mettre mal à l'aise, un stratagème qu'ils n'avaient pas encore testé sur moi : au lieu de rigoler dans mon dos, ils m'ignorent. Trevor répond bien à mes questions si je lui demande où est mon chariot ou par quel étage ils veulent que je commence, mais de manière générale, je suis un fantôme. Je pourrais presque être Tessa Sharpe.

À 14 heures, je débauche et passe par la salle du personnel pour dire au revoir. « Bye ! » Personne ne me répond.

Dehors s'abattent des nappes de pluie. Je traverse la route en fourrageant dans mon sac pour trouver mon parapluie pliant et prendre de la monnaie. J'ai envie d'un sachet de beignets mais la camionnette est fermée aujourd'hui. De l'autre côté de la chaussée, devant chez moi, j'aperçois un type. Veste cirée verte avec capuche sur la tête, il a posé une main sur le portillon et observe mon appartement à travers les portes de la terrasse. Il fourre une main dans sa poche, sort son téléphone, regarde l'écran puis range l'appareil. Il ne s'en va pas. Impossible de rentrer chez moi.

À la salle de jeux, je tombe sur Matthew en train de faire une partie de basket. Il a toute une bandelette de tickets autour du cou.

— Ah, te voilà ! me dit-il. T'étais où ?

— Désolée, mon copain m'a emmenée quelques jours à Corfou. Un joli cadeau de sa part.

— T'es pas tellement bronzée.

— Je ne bronze pas facilement. Dis donc, tu as gagné tous ces tickets aujourd'hui ?

— Ouais, dit-il fièrement. Tu veux faire un hockey sur table avec moi ?

— Je n'ai pas d'argent.

— Moi j'en ai plein.

Matthew extirpe une liasse de billets de dix livres de sa poche.

— Où est-ce que tu as eu tout ça ?

— C'est mon père qui me les a donnés hier soir.

— En quel honneur ?

— Il doit se sentir coupable. Allez viens, c'est moi qui paye.

Avec deux billets, il nous achète des burgers, des Slush Puppies et assez de jetons en laiton pour nous remplir les poches. L'endroit est bondé, bruyant, et comme je ne suis pas d'humeur à jouer, je préfère rester debout à regarder Matthew. Je sens bien que s'il est content que je sois là, c'est parce qu'il compte sur moi pour flatter son ego. Plus je lui dis, « Bravo ! », « Bien joué ! », « Tu m'impressionnes ! » tandis qu'il fait rentrer vingt-cinq fois d'affilée le palet dans la cage, plus il sourit. Son truc, c'est les tickets. À chaque fois qu'il vient ici il en gagne des centaines sans jamais les échanger contre un cadeau du kiosque. Il doit pourtant bien en avoir assez pour un gros ours en peluche, voire un appareil électronique, mais non, il préfère garder ses tickets.

Le capitaine du bateau pirate surgit de derrière un canon et Matthew le descend séance tenante, en pleine face. Sifflets, cloches et alarmes retentissent joyeusement et la machine crache des centaines de tickets.

— Waouh ! exulte Matthew. Regarde un peu tout ce que j'ai gagné !

En réalité sa recette suffirait à peine pour un paquet de Haribo ou un peigne parfumé mais je le gratifie d'un sourire encourageant. J'aimerais bien lui demander son avis mais je ne sais pas comment aborder le sujet. Et je ne tiens pas à lui parler de Tessa Sharpe, ça risquerait de l'effrayer. Et puis, il a déjà assez de soucis comme ça.

Nous jouons encore sur les machines jusqu'au moment où il doit rentrer chez lui. À la sortie il se contente d'un « Salut » et s'éloigne en consultant son téléphone, comme si partir ne lui faisait ni chaud ni froid. Ce qui est probablement le cas. Mais pour moi, c'est le drame. Je me retrouve à nouveau seule. Et le type est peut-être toujours devant chez moi à faire le pied de grue.

Dehors, j'emprunte une petite rue et décide d'aller dans le seul magasin que je connaisse dans le coin. Le seul endroit où je serai en sécurité. Les Mariées de la mer. Protégée par le store de la mercerie au coin de la rue, fermée cet après-midi, je pose mon parapluie par terre, fouille dans mon sac et en sors mon petit coussin. Une fois mon manteau déboutonné, je place le coussinet sous mon pull, puis je m'achemine vers la boutique de robes de mariée en m'exerçant à la démarche de femme enceinte.

Derrière la caisse, une femme blonde en tailleur gris lève la tête, bat des paupières à toute vitesse et m'adresse un sourire hypocrite.

— Bonjour madame. Je m'appelle Cathy, bienvenue aux Mariées de la mer. Je peux vous renseigner ?

Je me cambre et tapote mon bidon.

— Bonjour. Pensez-vous avoir quelque chose pour faire de moi une jolie baleine le jour de mon mariage ?

— Aaah ! Toutes mes félicitations ! C'est pour quand, le bébé ?

— Oh, pas avant le printemps. Ça vous ennuie si je m'assieds une minute ? Une petite douleur.

— Mais je vous en prie, bien entendu, installez-vous, dit-elle en déplaçant une pile de magazines pour libérer la place sur une méridienne en velours gris.

Une fois assise, je dispose d'une vue d'ensemble de la rue. L'homme à la capuche n'est plus là.

— Ma petite Sarah naîtra à la même période. Ce sera ma troisième petite-fille.

— Ah, super.

— C'est votre premier ?

— Oui. On essayait d'en avoir depuis des années, donc c'est un grand événement pour nous.

Je frotte mon ventre rebondi même s'il ne contient que deux bols de Crunchy Cornflakes aux noisettes, un friand viande-oignons et une cannette de Fanta.

— Ah, je comprends votre joie. Et avez-vous des envies irrépressibles de manger certaines choses ?

— Oh oui, tout le temps. L'autre soir, j'ai envoyé mon Kaden me chercher des cornichons marinés à dix heures du soir. Ça me faisait envie, sur une tranche de pain au malt.

La femme rit.

— Oooh ! m'écrié-je soudain. Il bouge !

Elle sourit jusqu'aux oreilles. Une jeune employée me demande si je souhaite un verre d'eau, je décline. La femme prend place à mes côtés sur la méridienne.

— Je me rappelle très bien ce genre de sensation. Votre mariage est prévu pour l'année prochaine ou avant la naissance du petit ?

— Idéalement, après la naissance, donc il faudrait prendre ce facteur en compte dans les retouches de la robe.

— Aucun problème.

Soudain j'aperçois de nouveau le type. Il rôde. Il attend quelqu'un. Je ne le reconnais pas. Il a l'air nerveux, il ne tient pas en place. En une seconde il disparaît de mon champ de vision.

Cathy me fait l'article des options qu'il faudra envisager : accessoires, dates d'essayage, étoffes, coiffeur. Impossible de retourner Aux Tifs d'enfer, naturellement, mais de toute manière elle ne les recommande pas. Son visage a pris un air dur et navré.

— Une fois, j'ai vu des cafards là-bas. Et je connais quelqu'un qui a essayé leurs injections dans les lèvres et qui a fini avec un bec de canard comme ça !

Elle me propose un rendez-vous la semaine prochaine pour passer en revue les modèles en rayon. « Quand vous aurez plus de temps », ajoute-t-elle. Puisque rien ne justifie plus ma présence dans la boutique, j'accepte le rendez-vous et elle note mon nom dans un petit carnet. Je sors en marchant prudemment.

Il faut que je trouve un autre endroit pour me cacher. L'homme à la capuche est toujours dans la rue mais plus haut, sur le trottoir d'en face. Il est grand, ce n'est pas un des types que j'ai vus au salon de coiffure. Peut-être que ce n'est pas moi qu'il attend, mais quelqu'un d'autre, et qu'il s'agit seulement d'un autre « petit truc de rien du tout ». Mais pourquoi alors se trouvait-il devant mon appartement ? Au bout d'un moment il s'éloigne vers le front de mer d'une démarche dégingandée. Il attend bien quelqu'un.

Je prends la direction de la rue principale. Comme ça, je serai entourée de gens. Le dernier mercredi de chaque mois il y a un marché de produits des fermes locales. Je n'ose pas trop regarder derrière moi mais arrivée au bout de la rue, je jette un coup d'œil à la dérobée. Il est là, à regarder autour de lui d'un air louche, celui du type qui ne veut pas avoir l'air de regarder, justement. Qui ne veut pas se faire remarquer. J'ai du mal à distinguer ses traits.

Tessa Sharpe, Tessa Sharpe, Tessa Sharpe. Elle m'obsède. S'il a réussi à la trouver, il va finir par me trouver, moi. Et je subirai le même sort.

Je me mêle à la foule tout en restant sur le qui-vive, main crispée sur le parapluie. Je fais la conversation avec des vendeurs, on discute fromages, gin local, tapis tissés à la main et légumes bio. Le vendeur de fruits et légumes, qui me connaît sous le nom de docteur Mary Brokenshire, me demande des conseils pour traiter sa verrue. La fleuriste pense que je suis Betsy Warre, la fille en chimio – une fois, j'ai eu droit à un pot de basilic avec 15 % de réduction. Le couple qui tient le stand de gin me prend pour la romancière Charlotte Purfleet, devenue une grande connaisseuse en vins à force de fréquenter les cocktails de lancement de livres. Tout le monde me demande des nouvelles d'Emily et je réponds la même chose à chacun, « Très bien, merci. Je vais la chercher, là, justement ». À chaque mensonge ma peur semble s'éloigner un peu. Les gens gobent tout. Ici, personne ne sait que je suis, je suis entourée d'amis.

Devant la poissonnerie j'aperçois à nouveau le type au look de Liam Gallagher. Il fait semblant de s'intéresser à la vitrine. Impossible qu'il soit fasciné par les maquereaux. Il ne pleut presque plus mais il a gardé sa capuche sur la tête et a chaussé des lunettes de soleil. Je ne risque pas de le reconnaître. Il m'emboîte le pas. C'est bien moi qu'il cherche.

Je ne peux pas rentrer chez moi, je vais paniquer. Je ne peux pas non plus aller au boulot, ils me détestent tous là-bas. Et je ne peux pas rappeler Scants.

Une idée lumineuse me vient à l'esprit. Je vais aller à la salle de sport. Rejoindre Kaden. Après tout, c'est lui qui me l'a proposé.

Je me mets en route d'un bon pas. Utilisant comme bouclier une famille en train de manger des friands dans la rue, je me fraye un chemin dans la foule en essayant de me souvenir du chemin le plus court à prendre. Je m'engouffre dans une petite rue menant à l'artère principale. Le type n'a plus l'air de me suivre mais je presse quand même le pas, traverse une allée et débouche dans la grande rue passante fréquentée par des gens qui promènent leur chien, leurs enfants, et où les voitures peuvent circuler. Des témoins. Plus de danger.

Au moment où je passe devant le magasin de journaux, la porte s'ouvre à la volée et une femme en furie s'avance vers moi. Elle a des yeux verts perçants, porte un legging rose rentré dans des bottes Ugg rose aussi et un haut à paillettes avec l'inscription « Juicy » sur la poitrine. Elle hurle.

— Eh ! Vous, là ! C'est bien vous, Joanna, hein ? Mon fils Alfie vous livre les journaux.

— Euh, oui. Il va bien ? Et l'école, ça va mieux en ce moment ?

— Ça vous regarde pas, que je sache.

Elle m'aboie dessus. Je ne comprends pas du tout ce qui peut la mettre dans une telle colère.

— Et vous pouvez reprendre ça, ajoute-t-elle en me fourrant une boîte dans les mains.

Le carton est esquinté sur les côtés. C'est le jeu de Build a Burger que j'ai commandé sur eBay pour Alfie.

— Ah, mais c'est un cadeau, je ne veux pas le récupérer. L'autre matin il avait de la peine à cause des deux gamins qui le harcèlent à l'école, alors pour lui faire plaisir, je lui ai acheté ça. C'est tout.

— Et les bonbons et les machins que vous lui donnez tout le temps ?

— Ah, les petits tubes de Smarties ? Ceux qu'il préfère, ce sont les violets.

— Les cadeaux que vous lui laissez devant votre portail, il en veut pas.

— Pourtant il les prend toujours, me semble-t-il, dis-je en souriant.

— Vous vous foutez de moi ?

— Mais pas du tout, madame. Je voulais simplement lui faire plaisir, rien de plus.

— Vous le harcelez, ce pauv'gosse, voilà ce que vous faites, espèce de salle bonne femme perverse.

Et sans autre forme de préavis, elle me décoche soudain un coup de poing d'une telle force que je perds l'équilibre et m'écroule contre le mur d'un jardin.

— Foutez-lui la paix, à mon fils. Et à partir de maintenant, vos journaux, vous vous les ferez livrer par quelqu'un d'autre, espèce de salope de pédophile.

— Mais je ne voulais pas…

Une main sur le nez et la bouche, persuadée de saigner, je m'étonne de ne rien voir sortir par mes narines. Mais au fond de la gorge un goût de sang me dit qu'il y a bien une fracture à l'intérieur. La douleur est puissante et lancinante, je crois que je n'ai jamais eu aussi mal de ma vie.

Quel mal y a-t-il à faire un cadeau à un enfant ? Je ne suis pas une pédophile, je ne le harcèle pas. Pourquoi je ferais ça ? Je n'attends rien en retour. Alors maintenant, me voilà pédophile, en plus d'être menteuse ? Complètement perturbée par toutes ces émotions, c'est en larmes que j'arrive à la salle de sport, légèrement commotionnée et la vision troublée.

J'ai besoin de voir Kaden, qu'il pose son regard rassurant sur moi. Mais Kaden est sur le point de partir. J'attends sur le parking et je regarde ma montre, il est seize heures. Il est pressé, il a rendez-vous. À la réception il met du temps à dire au revoir à un autre coach, le genre de situation dans laquelle on a une main sur la poignée de la porte et pourtant les gens continuent à vous parler.

Le voilà enfin dehors, sac à dos rivé aux épaules. Il a l'air de quelqu'un qui va quelque part et qui est déjà en retard. Il n'a pas le temps de me parler. Je veux savoir ce qui est important au point de n'avoir même pas le temps de s'arrêter. Je veux savoir ce qu'il fait quand il n'est pas chez lui ou à la salle de sport. Et s'il avait un rendez-vous galant ? Il a bien dragué la fille en léopard, l'autre jour à la salle. Oh non, mon Dieu, pas elle. Ni personne d'autre. Il est à moi. C'est moi qui l'ai vu la première.

En quelques secondes il a enfourché sa moto et, au lieu de tourner à droite en sortant du parking, en direction du front de mer et de notre immeuble, il prend à gauche et s'éloigne à pleins gaz.

Je n'ai encore jamais été trompée. Ça fait très, très mal. J'en ai mal au ventre.

Si vous avez encore peur un jour, ou si quelqu'un que vous ne voulez pas voir débarque, appelez-moi. Si je ne suis pas chez moi, c'est que je suis à la salle.

Sale menteur. Maintenant, je n'ai plus personne.

Milieu des vacances d'été,
dix-huit ans plus tôt…

8

Un samedi, tata Chelle et tonton Stu se font remplacer au pub pour que nous puissions passer la journée tous ensemble à la plage. Dès qu'ils en ont l'occasion, Stu et Chelle filent en Cornouailles parce que c'est là que Stuart est né et là également qu'il a rencontré Chelle. Et aussi, ils ont choisi Isaac, Paddy et Foy comme prénoms pour leurs enfants parce que ce sont des vrais endroits en Cornouailles. Aujourd'hui, direction St Agnes, à Trevaunance Cove exactement, un endroit où ils ne sont jamais allés. Exceptionnellement, Foy et moi sommes autorisées à faire le trajet dans le coffre du break d'oncle Stu. On surveille le pique-nique. Nous sommes les passagères clandestines d'une charrette traversant le désert. Deux reines kidnappées, la reine Charlotte et la reine Geneviève, les cheveux défaits pour faire plus tragique, et autour de nos poignets, les bracelets de l'amitié.

Paddy et Isaac, sur la banquette arrière, écouteurs dans les oreilles, jouent sur leurs consoles. On entend parfois des petits bruits électroniques.

Arrivés à la crique de Trevaunance, nous descendons à pied vers la plage par un escalier abrupt. La première heure se passe comme je l'avais espéré. Foy et moi, nous courrons vers la mer qui monte et attendons que l'eau parvienne jusqu'à nous, nous penchons nos seaux puis repartons dare-

dare sur le sable pour remplir les douves de notre énorme château de sable. Il ne s'agit pas de construire un château, mais bien d'y habiter. Tout notre imaginaire vit à l'intérieur. Nos belles robes effleurent les murs des grands couloirs, l'écho de nos rires y retentit. On entendrait presque le tintement des bijoux précieux que nous portons au cou, le clip-clop des montures des chevaliers entrant dans la cour et les clairons qui entonnent l'hymne national pour célébrer notre arrivée.

— Maman, dit Foy, appelle-nous par nos nouveaux prénoms. Plus de Foy ni d'Ellis, à partir de maintenant. Moi c'est reine Geneviève et Ellis, reine Charlotte.

— Non, moi, rectifié-je, ce sera Mary, parce que j'ai beaucoup d'enfants.

— D'accord, reine Genevieve et reine Mary. Tu nous appelles comme ça, hein maman ?

— D'accord. Alors si la reine Charlotte veut bien s'approcher pour qu'on lui applique sa crème solaire… Viens là.

Tante Chelle porte un chapeau de paille à large bord et un maillot de bain rouge et bleu marine qui lui donne des airs de star de cinéma. D'habitude, on ne la voit qu'affublée de vieux tee-shirts informes et de longues jupes. Tout le monde a l'air différent, à la plage. Plus heureux. C'est le soleil qui fait cet effet aux gens. Oncle Stu s'est débarrassé de son tee-shirt Doctor Who et de son jean pour le remplacer par un short large. Les garçons ont rangé leur Nintendo. Sur le front de mer, Isaac s'achète une planche à la cabane de surf et une fois dans l'eau avec Paddy, ils l'utilisent à tour de rôle.

Puis nous mangeons. Un tas de choses absolument délicieuses. Des friands à la saucisse, des nuggets de poulet, des rouleaux de jambon, des sandwiches au corned-beef avec de la laitue. Et en dessert, des cigarettes russes au chocolat et des Jammies Dodgers que Foy et moi dégustons à notre manière, séparant les deux biscuits pour lécher la confiture avant de recoller les deux gâteaux secs puis de les grignoter en rond, petit à petit, jusqu'à ce qu'il ne reste qu'un disque minuscule de pâte ramollie par la salive. Le festin prend fin uniquement lorsque survient le mal de ventre. Je n'ai jamais été aussi heureuse. Le genre de bonheur qui ne devient évident que lorsqu'il prend soudainement fin.

Alors que nous entreprenons de mettre la touche finale à notre château, des coquillages décoratifs, je remarque du sang sur mon pied. Une toute petite goutte, certes, mais que fait-elle là ? J'ai dû me couper, pensé-je. Chelle nous a acheté des seaux et des pelles tout neufs, l'une des pelles avait en effet un bord dentelé. Pourtant, aucune éraflure sur mon pied. Je suis à la trace les gouttes de sang et réalise qu'elles viennent de moi. D'entre mes jambes. De… là.

Une pensée affreuse me traverser l'esprit et les battements de mon cœur s'accélèrent d'un coup. Je repense à un cours de biologie sur les règles des femmes et comprends que c'est précisément ce qui est en train de m'arriver. Sans préavis, rien, elles débarquent comme ça alors que je n'ai que dix ans et huit mois, et voilà le sang qui dégouline sur mes bracelets de cheville en caoutchouc. J'en ai les jambes qui tremblent. L'instant d'après, sans rien dire à personne, je m'enroule dans une serviette de bain et traverse à toutes jambes la plage vers les toilettes du restaurant, situées sur le parking.

L'endroit est sombre et crasseux, le sol carrelé recouvert de traces de sable mouillé et de lambeaux de papier hygiénique. Une fois la porte fermée à clé, le constat est indéniable : le sang a traversé l'entrejambe de mon maillot, désormais rouge… sang. Je déroule une longue bande de papier propre, la plie plusieurs fois et la positionne entre mes jambes, puis je rajuste mon maillot. L'horreur de la situation m'envahit par vagues. Je me rappelle très bien du cours de biologie. « Quand on a ses règles, on devient une femme », avait dit la prof. Mais non, non, c'est impossible. Je ne suis pas une femme. Je suis une petite fille. Je suis Ellis la malice, Ellis la louloute à papa. Sur mes jambes, le sang qui sèche commence à former des coulures de croûtes.

Dans les toilettes, devant les lavabos, un groupe de gamins piaillent et jouent avec l'eau, ils se lavent les mains et appellent leur mère pour les aider à retirer leurs maillots. Une petite fille passe une tête sous la porte mais elle disparaît immédiatement. La honte me met le feu aux joues, mes entrailles se crispent. Jamais je ne pourrai sortir de ces toilettes.

Les yeux braqués sur les cubes de désinfectant pour toilettes, je dois me rendre à l'évidence : le puzzle de ma féminité dispose désormais d'une pièce en plus. D'abord, il y a eu deux petits renflements sur ma poitrine, et maintenant, ça. C'est vraiment trop injuste.

Quelque temps après, j'entends quelqu'un qui m'appelle. Une voix de garçon. C'est Paddy.

— Ellis ? T'es là ? Ellis ? Excusez-moi, madame, vous n'auriez pas vu une petite fille rousse là-dedans ? Elle a dix ans, les yeux bleus, une bouille sympa ?

— Non, mon garçon, je ne l'ai pas vue.

Je grimpe sur la cuvette pour qu'on ne voie pas mes pieds sous la porte.

— Ellis ? T'es là ?

Il tambourine sur la porte.

— Va-t'en.

— Ah, ouf !

Je l'entends appeler tante Chelle.

— Maman ! Elle est là, dans les toilettes. Ellis, tout le monde te cherche. Papa était à deux doigts de te faire rechercher par les garde-côtes.

— Qu'est-ce qui se passe ? Il t'est arrivé quelque chose ?

— Oui, suis-je bien obligée d'admettre. J'ai du sang.

— Tu t'es blessée ?

— Non.

— Ah, du sang… comme les filles ?

— Oui, confirmé-je en me mettant à pleurer. Je veux paaaas…

— T'en fais pas, on va s'occuper de toi. Je vais chercher maman.

— Papa va être fâché.

— Pourquoi il se fâcherait ?

— On n'a pas les moyens.

— Pas les moyens… de quoi ?

Je secoue la tête, même si Paddy ne peut pas me voir.

— Ellis, ouvre la porte, s'il te plaît. Personne n'est fâché contre toi, voyons.

Quand je finis par sortir, ils sont tous là en rang d'oignons, Paddy, Isaac, oncle Stu, tante Chelle et Foy. Je me sens vraiment idiote. Idiote comme l'idiot du cirque qu'on a vu l'autre jour, le clown recouvert de tarte à la crème qui est tombé la tête la première dans un tas de plumes. Mais tata Chelle me prend tout de suite dans ses bras, tendrement, et le sentiment d'humiliation se dissipe rapidement. Foy me frotte le dos en même temps, je me sens entièrement protégée. Quelqu'un d'autre me caresse les cheveux.

— Je vais mourir ?

— Mais pas du tout, dit tonton Stu, une main sur ma tête. Isaac a plongé du haut des rochers, il croyait que tu étais en train de te noyer.

— Bon, les garçons, je crois que vous avez mérité une bonne glace, déclare Chelle. Moi et Ellis, on va aller faire un petit tour pour trouver une pharmacie.

— Je viens avec vous ! ajoute Foy.

Chelle me lance un regard interrogateur.

— Ellis, tu veux bien que Foy nous accompagne ?

J'opine de la tête.

— Tu n'as aucune inquiétude à avoir, ma belle, je t'assure.

Mais je sanglote de plus belle. Ils sont vraiment tous tellement gentils. Chelle renvoie tout le monde, sauf Foy, qui refuse de s'éloigner de moi, et toutes les trois nous prenons la voiture en direction de St Agnes. Avec la serviette hygiénique gigantesque que tante Chelle m'a donnée, je marche comme un canard. Foy imite ma démarche, ça me fait rire. Tante Chelle gare la voiture sur deux lignes jaunes.

— Tant pis si j'écope d'une amende. Il y a des choses plus importantes dans la vie.

Tandis qu'elle fait l'acquisition d'un paquet de lingettes et de deux boîtes de serviettes, Foy reste silencieuse. Elle me tient la main pendant que nous attendons dans la pharmacie, sans me quitter des yeux une seconde, l'air de se demander qui je suis soudain devenue. Lorsque tout le monde est revenu sur la plage, Chelle m'emmène aux toilettes du parking et me montre ce qu'il faut faire. J'ai l'impression d'avoir un petit matelas entre les jambes et quand je marche, rien ne va plus. La terre ne tourne plus comme avant. L'été ne sera pas comme je l'avais prévu.

Je n'ai plus envie de jouer au château. Je reste assise sur la serviette de Chelle, dans le maillot de bain de rechange de Foy (je ne sais pas où est passé le mien). Foy s'est installée près de moi, même si elle a envie d'aller faire de la planche de surf puisque c'est son tour. Elle fait des dessins dans le sable humide et moi, je dois deviner ce que c'est.

— Maman, dit Foy, est-ce que moi aussi je peux avoir mes règles maintenant ?

Chelle sourit.

— On ne choisit pas quand ça arrive, tu sais. Ça viendra un jour. Quand Dame Nature l'aura décidé.

— Mais moi aussi je veux avoir mes règles.

— Non, je ne te le souhaite pas, dis-je. Ça fait mal au ventre.

Chelle passe un bras autour de mes épaules.

— Ellis, tu sais, ce n'est pas grave du tout. Le mal de ventre, ça passe. Tu vas saigner pendant quelques jours et après ce sera fini.

— Fini pour toujours ?

— Non, jusqu'au mois prochain. Il faudra noter quand ça arrive.

— Comment ça ?

— Eh bien je vais t'acheter un calendrier. Tu verras, on s'habitue vite. Il faudra savoir la date de tes prochaines règles, prévoir des protections, et c'est tout.

— Je n'ai pas d'argent pour acheter des protections.

— Ton père t'en donnera, ne t'en fais pas. Je vais lui en toucher deux mots.

— Mais il n'a pas d'argent à mettre là-dedans.

— Oh, si, si, si, il va en trouver pour ça, fais-moi confiance, rétorque-t-elle du tac au tac.

Foy a dessiné un chat dans le sable.

— C'est princesse Tabitha, le chat du château. Avec elle les sales rats d'égout ne rentrent pas pour voler le fromage. Et si j'allais chercher des coquillages pour qu'on continue à décorer les murs du château ? D'accord ? J'y vais.

Elle part en courant, du sable gicle sous ses pieds à chaque pas. J'en profite pour poser à Chelle une question qui me taraude depuis le jour de mon arrivée à la gare.

— Tata, est-ce qu'on peut rester chez vous ?

— Mais bien sûr que tu restes chez nous, et tout l'été, même.

— Non, je veux, dire papa et moi.

— Mais ton père doit aller au travail, ma belle.

— Il a perdu son travail. Encore.

Chelle repousse quelques mèches que le vent plaque contre mon visage. Elle sent le citron, la verveine et le coton frais. Ses boucles effleurent mon nez. Elle a l'air contrariée.

— Allons bon. Et qu'est-ce qui s'est passé, cette fois-ci ?

— J'en sais rien. Un après-midi, il est rentré à l'hôtel et il a dit que la patronne était une sorcière, qu'elle essayait de l'empoisonner avec des pommes pourries.

— Typique, peste Chelle avant de se tourner vers moi. Mais… tu as bien dit « l'hôtel » ? Quel hôtel ?

— Le New Moon. Ça ressemble plus à un pub, d'ailleurs, mais pas aussi bien que votre pub à vous. Le soir il y a plein de motos dehors.

— Mais pourquoi étiez-vous là-bas ? Il travaillait tard ce jour-là, c'est ça ?

— Non, on habite là-bas, maintenant.

— Dans un pub ? Mais depuis quand ?

— Ils louent des chambres, aussi. Ils ont même des poissons tropicaux. Le patron me laisse les nourrir. Et leur chat, des fois il dort sur mon lit. Il s'appelle Jasper.

— Et depuis quand vivez-vous là-bas ?

— Depuis l'incendie.

Chelle réagit comme si elle avait reçu une gifle, elle s'écarte brusquement de moi.

— Quoi ? Quel incendie ?

Elle s'agace, et comme mes réponses ont l'air de la mettre dans tous ses états, je décide de ne plus répondre. Elle revient vers moi et me cajole.

— Ellis, ma puce, dis-moi, de quel incendie parles-tu ?

— L'incendie de la maison. Elle a brûlé quand j'étais à l'école.

Chelle émet une sorte de rire.

— Ton père ne m'a jamais parlé de ça. Bon… et quand pourrez-vous vous réinstaller dans la maison ?

Je hausse les épaules.

— Papa dit qu'on n'y retournera pas.

— Alors vous vivez tous les deux dans un bed & breakfast, le temps que l'assurance vous rembourse, c'est ça ?

— Je pense pas que papa avait d'assurance. Je l'ai entendu le dire, l'autre jour, au téléphone.

— Eh non, bien entendu, soupire Chelle.

Isaac remonte la plage vers nous, ses lunettes de plongée cassées à la main. Chelle les lui répare sans même regarder puis Isaac repart vers l'eau.

— Paddy, dit à ton père que je voudrais lui parler !

Foy est de retour avec un seau rempli de coquillages blancs. Nous décorons le château. Sur mes règles, elle ne pose qu'une seule et unique question, « Tu sens quelque chose quand ça sort ? ». Durant le reste de l'après-midi, oncle Stu et Chelle discutent beaucoup, à voix basse. Les garçons jouent au foot tandis que Foy et moi nous occupons le château et écoutons en boucle une chanson d'Alanis Morissette sur le walkman d'Isaac. On prépare une nouvelle choré.

Sur le trajet du retour, le silence règne dans la voiture. Paddy s'endort avant même que nous ayons atteint l'autoroute et Isaac fait la tête parce que Foy et moi avons vidé les piles de son walkman.

Dans le coffre, étendues l'une près de l'autre, Foy et moi nous touchons la tête pour lire les pensées de l'autre. Elle chante la chanson d'Alanis Morissette en changeant les paroles, ajoutant des gros mots çà et là. Je pouffe de rire.

— Ça raconte des bêtises, dans le coffre, j'entends tout ! lance tante Chelle.

Nous continuons à chanter, blotties l'une contre l'autre. C'est comme si rien n'était arrivé, comme si nous venions de passer une journée normale à la plage. Et je ne suis pas devenue une femme, je suis toujours une petite fille. Comme si tante Chelle n'était pas fâchée avec papa. D'ailleurs elle bavarde et rit avec oncle Stu. Et puis, Foy et là, près de moi.

— J'espère que tu vas venir vivre avec nous, murmure Foy. Tu pourrais prendre le clic-clac dans ma chambre et ton père, il dormirait dans la pièce du fond. C'est ce qu'elle a dit, maman.

— Elle a dit ça ?

— Oui. Et tu irais dans la même école que moi. Tu serais ma sœur.

Elle se pelotonne contre moi sous la couverture à carreaux, serre son ours en peluche, moi Miss Moustache, et nous nous assoupissons tête contre tête pour partager nos rêves.

9

Toujours mercredi 30 octobre

Scants ne répond pas à son portable alors je décide d'appeler son numéro de travail. À la troisième sonnerie un répondeur se met en marche. Le message n'est pas terminé que quelqu'un décroche, mais ce n'est pas Scants, c'est une voix de femme.

— Allô, Joanne ? Je m'appelle Gina Hewer, je suis une collègue de Neil. Il est toujours en congé sabbatique et le restera jusqu'à nouvel ordre.

— En congé sabbatique ? Pourquoi ?

— Oui, ça fait bien quatre mois, maintenant. Je peux vous aider ?

— Non. Tant pis.

Je raccroche et me laisse glisser le long de la paroi de la cabine téléphonique, le visage encore endolori après le coup de poing de la mère d'Alfie. Je commence tout juste à me rendre compte de l'intensité de la douleur. Comme une migraine permanente. Où vais-je aller, maintenant ? Scants ne veut plus entendre parler de moi, mon faux mari est parti rejoindre une autre femme et un à trois hommes me poursuivent pour me tuer.

Toutes les directions semblent aussi funestes les unes que les autres... C'est dans des moments comme ça (enfin pas exactement comme ça) qu'en temps normal, je foncerais à la maison et m'installerais sur le lit avec Emily dans les bras pour me calmer. Mais je trouve qu'elle dégage une drôle d'odeur, maintenant. Je l'ai rangée dans l'armoire.

J'ai besoin de parler à Scants.

Et comme par magie, à cet instant mon téléphone se met à sonner.

— Scants, c'est toi ? Oh, mon Dieu, merci d'avoir rappelé !

— Pourquoi as-tu appelé mon boulot ?

— Il fallait vraiment que je te parle.

— Tu as toujours « vraiment besoin » de me parler, Joanne… Je t'interdis d'appeler au travail compris ? Utilise mon portable.

— Tu ne réponds jamais.

— Qu'est-ce que tu veux ?

— Je ne sais pas trop par où commencer. J'ai été attaquée dans la rue. Par une femme. La bonne femme qui vend des journaux.

— Pourquoi ? Qu'est-ce qui s'est passé ?

— Eh bien, son fils, c'est lui qui me livre mes journaux, et la mère n'apprécie pas que je laisse des petits bonbons pour son fils au pied du portail. Et un jeu de plateau aussi, qu'il aimait bien…

J'entends Scants jurer dans sa barbe à l'autre bout de la ligne.

— Je t'avais prévenue que ça pouvait être vu comme une forme de harcèlement pervers.

— MAIS JE NE LE HARCÈLE PAS ! Je suis simplement gentille avec lui, c'est tout.

— C'est ça, comme tu es « simplement » une romancière célèbre, « simplement » une mère de cinq gosses et « simplement » une ancienne copine d'école de Meghan Markle…

— Elle ressemblait vraiment à Meghan Markle, ma copine…

— Pourquoi ? Pourquoi tu ne peux pas assurer ? Qu'est-ce qui t'arrive ?

Il rit, longuement, bien trop longtemps pour que ce soit un rire agréable. Et la situation n'a rien de drôle.

— Ma femme est décédée. Ça fait un an. Je te remercie de me poser enfin la question.

— Tu avais dit qu'elle allait mieux.

— Oui, et ça a été le cas pendant quelque temps, en effet, jusqu'à ce que ça tourne mal. Elle a été hospitalisée, et elle a fini par mourir.

— Et tu ne m'as jamais rien dit.

— Tu n'as jamais demandé de ses nouvelles non plus. Tu vis dans ton petit monde à toi, Joanne, tu ne remarques même pas ce qui se passe autour de toi. Ton monde de paranoïa, de faux bébé, de copains qui ont dix ans. Ton monde de mensonges. Tu vis dans ton monde de mensonges.

Les larmes se mettent à couler.

— Scants, tu ne peux pas ne plus t'occuper de moi.

— Ah, donc c'est toute la sympathie à laquelle j'ai droit, c'est ça ? On en revient déjà à toi ?

— Et je suis désolée pour ta femme, vraiment.

— Non, ce n'est pas pour ma femme que tu pleurniches, c'est sur ton propre sort, parce que tu m'as poussé à bout et que tu flippes. Et si je cède et que les choses continuent comme avant, dans quelques semaines tu vas m'appeler pour me dire que tu es prête à sauter de la jetée, moi je vais prendre la voiture illico et conduire comme un dingue sur l'autoroute, et quand j'arriverai tu me diras : « Oh, fallait pas t'en faire comme ça… »

— Scants…

— Tu te rends compte que je suis obligé de faire attendre des dossiers urgents pendant que je suis occupé avec tes conneries ? La semaine dernière, j'ai accepté de faire tes courses pour venir te voir une dernière fois. Et ce que j'ai pu constater, c'est qu'à part les mensonges incessants et la paranoïa, tu t'en sors plutôt bien. Alors je n'ai aucun sentiment de culpabilité : la semaine prochaine, ton dossier sera entre les mains de Gina. Elle a toujours trouvé que tu étais un cas fascinant, donc elle se chargera de toi, maintenant.

Il va raccrocher. Il va me dire « Bye bye » et me laisser, pour toujours. Je n'ai pas le choix. Il faut que je le dise.

— Si tu m'abandonnes, je dirai à ton patron que tu t'es remis à boire. Je lui dirai que tu étais soûl quand tu es venu me voir.

Silence. Il est encore là, j'entends sa respiration.

— Tu crois vraiment qu'il n'est pas déjà au courant ? Tu crois qu'il pourrait en vouloir à un gars qui a passé six ans à s'occuper de sa femme malade et qui se remet à picoler ?

— Je t'en prie, Scants, j'ai besoin de toi. Dis-moi ce que je dois faire. Je ne sais plus quoi faire.

— Tu dois me foutre la paix, voilà ce qu'il faut que tu fasses.

La communication est coupée.

Scants ne m'a jamais parlé comme ça. Jamais. Il s'est moqué de moi, il m'a traitée d'imbécile et il m'a même dit, à plusieurs reprises, que je n'avais pas intérêt à lui demander de retrouver ma famille. Mais jamais il ne m'avait dit de lui f... la paix. Je n'aime pas qu'il parle comme ça.

Et ça ne me plaît pas non plus quand il dit que je harcèle ces gosses. Je ne harcèle personne. Je les aime bien, ces enfants, c'est tout. Leur compagnie me plaît parce que ce ne sont pas des adultes. Et la compagnie des adultes me rappelle que je ne suis plus une enfant. C'est bien pour ça que les gens ont des enfants, non ? Pour revivre leur enfance, encore et encore, et pareil avec les petits-enfants. Parce que la vie des grands, c'est pas la joie. Et on ne peut pas revenir en arrière.

Je ne veux pas rentrer à l'appartement. Kaden sera chez lui, probablement en train de faire la bête à deux dos avec la pouffiasse de la salle de sport. Je pourrais aller au travail, mais ils seront tous là à se faire des messes basses, à me juger et à se marrer si je trébuche sur le tapis de l'entrée.

La nuit tombe. Où pourrais-je aller ? J'ai l'impression qu'un saignement de nez est imminent mais rien ne sort. En reniflant plusieurs fois je réussis à faire remonter tout ce qui aurait pu dégouliner de mes narines. Je sors mon bonnet du sac et me dirige vers un endroit où je sais que je serai bien accueillie, et en sécurité : le supermarché chinois de monsieur Zhang.

Les portes du magasin sont ouvertes car une livraison de mobilier de jardin est en cours. Monsieur Zhang, accroupi devant un rayon d'eau de Javel, m'aperçoit et, chose rare, un grand sourire se dessine sur son visage. Les autres clients vous le diront, personne n'a droit à un accueil comme ça.

— Mais c'est notre courageuse petite Betsy ! Comment allez-vous ?

— Pas trop mal aujourd'hui, monsieur Zhang. Juste un peu fatiguée.

— Ah, c'est tous ces trucs chimiques, hein ?

Je lui adresse un sourire embarrassé.

— Oui… Je suis tombée hier. Après la séance de chimio, j'avais la tête qui tournait et je me suis cassé la figure dans les escaliers, à l'hôpital.

— Oh mince ! Saloperies, ces marches. Asseyez-vous. Je vous fais vos courses ?

— Non, merci, ça va, je vous assure. Il faut juste que je n'oublie pas de prendre des mouchoirs en papier. Ça n'arrête pas de saigner. Mais ça va, monsieur Zhang, vraiment, merci. Il faut bien que je bouge un peu, de toute façon.

— D'accord, madame courage, allez-y, bougez, bougez.

— Et vous et votre femme, comment ça va la santé ?

— Bien, bien, très bien.

Il me raconte l'opération de sa femme, ce qu'on lui a retiré de cancéreux. Il m'accompagne dans tout le magasin, porte mon panier à cause des effets de la chimio sur mes « pauvres petits bras » et me donne gratuitement quatre boîtes de pâtée pour chat et un rouleau d'essuie-tout décoré de fleurs rose.

— J'ai servi votre mari, l'autre jour. Vous étiez mal ce jour-là ?

— Assez mal, oui, mais ça va mieux maintenant. En fait il ne s'agit pas de mon mari mais… de mon père.

— Votre père ? s'esclaffe-t-il. Et moi qui pensais que c'était votre mari ! Il est drôlement jeune.

— C'est vrai qu'il fait jeune. Il doit avoir de bons gènes.

— Vous ne lui ressemblez pas. Vous brune, lui blond.

— C'est que j'ai été adoptée.

— Aaaah, je vois. C'est pas lui qui vous a faite.

— C'est ça.

Derrière le comptoir il y a des haches toutes neuves en promotion et tandis que monsieur Zhang encaisse mes achats nous blaguons sur les meurtres à la hache.

— Dites à Neil, votre papa, qu'il faut vous faire les courses plus souvent. Vous avez besoin de repos pour reprendre des forces.

— Promis, je lui dirai.

— Au revoir, Betsy, prenez bien soin de vous.

La compassion de monsieur Zhang m'a redonné de la vigueur, me voilà prête à retourner chez moi. Une fois à la maison, je nourrirai les chats puis j'irai à la police pour leur parler des Trois Petits Cochons. Après tout, je ne suis pas obligée d'en parler uniquement à Scants. Pourquoi n'y ai-je pas pensé avant ? Dans cette ville, les flics ne me connaissent pas. Oui, je vais faire ça. Je leur expliquerai tout.

Mais dès que j'ai mis un pied dans l'immeuble, je sens que quelque chose n'est pas normal. Dans le vestibule, mes sens sont sur le qui-vive. L'ampoule ne marche pas, j'utilise la lumière de mon téléphone pour me guider jusqu'aux boîtes aux lettres. Pas de courrier aujourd'hui. Il flotte dans l'air une odeur inhabituelle. Et je ne parle pas de l'after-shave de Kaden, je m'en souviendrais. Dans l'appartement, les chats se mettent à miauler en me voyant. La litière dégage une puanteur atroce. Et l'autre odeur est perceptible également, ici aussi. Plus forte, même. Comme si quelqu'un venait de partir.

J'allume toutes les lumières et vérifie dans chaque pièce qu'il n'y a personne. Non, personne ni rien de spécial. Ça doit être mes tendances paranoïaques. Après avoir fait sortir les chats qui voulaient aller faire un tour, je donne à manger à ceux restés à l'intérieur.

— Allez, venez là que je m'occupe de vous.

Il me faut une bonne heure pour les nourrir, changer leur eau et nettoyer ce qu'il y avait à nettoyer. Et pendant tout ce temps je me penche à de nombreuses reprises, pour récupérer les gamelles puis les remettre en place près de la porte, pour atteindre la Duchesse qui aime dormir dans le placard, pour racler le fond des bacs à litière et jeter le contenu dans un sac-poubelle. Et soudain mon nez se met à saigner comme si les vannes d'un barrage s'ouvraient d'un coup.

La quantité de sang est impressionnante. Il y en a partout, sur la moquette de la chambre, dans la salle de bains, sur le canapé. Impossible de stopper le flot. Et me voilà renvoyée à cette journée à la plage quand j'avais dix ans, en larmes, paniquée, en train d'enrouler le ruban de papier toilette autour de ma petite main.

— Du calme, je saigne du nez, voilà, rien de grave.

Je cours aux quatre coins de l'appartement pour trouver des torchons propres mais il ne me faut pas bien longtemps pour me rendre compte que je n'en ai pas, pas plus que de serviettes propres, d'ailleurs, si bien qu'il ne me reste plus qu'à utiliser du papier toilette puisque je ne vois pas comment faire autrement. J'ai envie de vomir. Le sang fait gonfler le papier dans un écoulement sans fin.

Comme la poubelle sent mauvais, j'enveloppe ma main d'une épaisse couche de papier toilette, plaque le pansement de fortune contre mon nez et sors par la terrasse. Après avoir gravi les quelques marches qui mènent aux cabanes à poubelle, j'entends le grondement d'une moto puis le faisceau d'un phare balaie le parking gravillonné. J'ai une chance folle d'être sortie à ce moment précis. C'est lui, c'est Kaden. L'espace d'un instant j'en ai le souffle coupé de joie.

Il est là, devant moi, à deux ou trois mètres. En déposant le sac d'ordures dans la poubelle avant de refermer le couvercle, je prends soin de respirer profondément pour ralentir les battements de mon cœur.

— Salut, dit-il en retirant son casque. Je suis allé me chercher un fish & chips, j'avais envie de m'empiffrer, ce soir. La journée a été vraiment longue.

Par politesse j'accuse réception de ses paroles avec un simple « Ah » accompagné d'un petit rire mal venu, puis je tourne les talons. Mais sous la lumière crue du lampadaire, je l'ai vu plisser les yeux.

— Qu'est-ce qui vous est arrivé ?

— Oh, je saigne du nez, ce n'est rien.

Un frisson soudain me parcourt le dos et la tête.

— Mince alors. Faites voir.

Il descend de son engin et s'approche. Il ne sent pas le parfum pour femmes et il fait trop noir pour voir s'il a des suçons dans le cou.

— Ça pisse le sang, dites donc.

— Ah bon ?

— Regardez le papier, il est entièrement rouge.

— Oh là là, oui. Mais ce n'est pas grave, ce n'est rien du

tout. Là je ne peux pas trop vous expliquer parce que je me sens un peu étourdie.

— Bien sûr, bien sûr, je comprends. Attendez.

L'instant d'après il accourt vers moi et me soutient.

— Je vous raccompagne. Appuyez-vous sur moi.

Et me voilà appuyée contre lui, son bras autour de mon cou cependant qu'il me conduit vers l'entrée du bâtiment. Kaden pivote pour me tenir la porte ouverte, m'aide à rentrer chez moi puis, une fois dans l'appartement, dépose son casque de moto sur la table basse. Il va chercher des renforts d'essuie-tout.

— Asseyez-vous là, au bord du canapé, et pincez-vous un côté du nez. Voilà, comme ça.

— Ça fait mal.

— Il faut rester comme ça au moins dix minutes, voire plus. Jusqu'à ce que les saignements s'arrêtent.

— Je ne peux pas respirer.

— Respirez par la bouche. Détendez-vous, ça va passer. Écoutez, vous n'êtes pas obligée de me raconter ce qui s'est passé dans le détail, mais… c'est lui qui vous a fait ça ? Le type dont vous avez peur ?

— Quoi ? Non, non, ça m'arrive de temps en temps de saigner du nez, c'est tout.

Il ne me croit pas mais s'abstient de poser d'autres questions. Mon excuse bidon suffit à renforcer ses soupçons sans toutefois les confirmer.

Il balaie la pièce du regard.

— Où est Emily ?

Je ne sais pas quoi lui répondre alors je le laisse deviner.

— Il l'a prise ? Votre ex l'a emmenée ?

Tête baissée, j'acquiesce de façon presque imperceptible.

— Bon, j'appelle la police.

Téléphone en main, il s'apprête à composer le numéro.

— Non, attendez. C'est moi qui lui ai dit qu'il pouvait

l'emmener. En réalité, c'est moi qui la lui ai prise. Il en a la garde. Tout ça, c'est de ma faute, dis-je, un faux sanglot dans la voix.

Tiens, pas de suçons dans le cou, remarqué-je. Peut-être n'était-il pas avec cette fille, après tout. Alors pourquoi a-t-il parlé d'une journée « vraiment longue » ? Il a quitté le boulot assez tôt, je l'ai vu. Sa main sur mes cheveux me fait lâcher un petit glapissement que je fais passer pour un sanglot.

— Je suis vraiment désolé, Joanne.

— J'ai taché mon pantalon, dis-je dans un reniflement avant de m'écarter.

— Ce n'est pas bien grave.

Il a posé sa main encore gantée sur mon bras et me sourit avec tellement de compassion que mon énervement contre lui n'est plus qu'un lointain souvenir.

— Vous avez des petits pois congelés ? demande-t-il.

— Euh, non, je ne mange pas beaucoup de légumes.

— Il faudrait mettre de la glace sur votre visage. Vous en avez ? Ou quelque chose de froid ?

— J'ai un curry au poulet dans le congélateur. Mais il est dans une boîte.

— Alors je vais monter mettre mon fish & chips dans le four, au passage je regarde ce que j'ai dans le freezer, et je redescends.

— Oh, je vais me débrouiller, ne vous inquiétez pas, ça va aller.

— Oui, mais pour l'instant ça ne va pas, vous saignez encore, ça traverse le papier. Je reviens tout de suite.

Assise sur le bord du canapé, je reste là à l'attendre, une douleur lancinante dans tout le visage, les joues rouges de honte et la bouche desséchée.

À cet instant je remarque, dans son casque, une petite lumière qui clignote. Son téléphone. Il a reçu un e-mail. D'une certaine Cynthia Currie.

Le désespoir m'envahit. Kaden et Cynthia cachés dans un arbre. En train de se faire des BISOUS.

Mais le message a l'air de concerner un emploi : « OBJ : Poste en décembre à Liverpool ? »

Impossible de lire le contenu de l'e-mail parce que le téléphone ne clignote plus. Je me rappelle alors le jour où j'avais eu ma crise de panique, quand il m'avait emmenée au café et qu'il m'avait offert un milkshake. Ce jour-là, je l'avais vu faire son code pour déverrouiller l'écran.

Trois, zéro, zéro, trois. L'oreille tendue, je vérifie qu'il n'est pas en train de redescendre. Pas de bruit de pas dans les escaliers. Alors je me lance, attrapant le téléphone avant de pianoter le code. L'écran s'allume. Déverrouillage accompli. J'ai accès à tout. Il a reçu plusieurs e-mails, tous pour des nouveaux jobs. Rien de compromettant. Cynthia est sa patronne ! Oh, quel soulagement. Je reviens sur l'écran d'accueil et clique sur la galerie de photos. Il pourrait y avoir des photos d'une autre fille, des preuves d'une relation. En vacances en train de s'embrasser sous une cascade. Des selfies au lit, les joues cramoisies. L'étau qui m'enserre la poitrine supplante la douleur au visage. Et toujours personne dans l'escalier. Il faut que je regarde. C'est un risque mais j'ai besoin de savoir. Je pose le doigt sur l'appli photos.

Mes Albums : La première photo est un coucher de soleil sur un lac.

WhatsApp : Photos de lui devant un miroir. Abdos en tablettes de chocolat. Un cliché en plongée, le regard étincelant. Une autre photo de lui, zigounette à la main, toute rouge et gonflée. Je suis choquée, et même si je n'ai pas envie d'en voir plus, il faut absolument que je sache. Que je sache ce qu'il fait, à qui il parle, quel genre de messages il envoie. Sur WhatsApp je découvre un tas de messages de plusieurs femmes. Et d'autres photos de son zizi. Des photos des femmes, aussi. Je sors de l'appli, écœurée. Alors comme ça, il aime le sexting.

Je retourne dans Photos parce qu'on peut voir les endroits dans lesquels il s'est rendu depuis un an. La salle de sport, le parc, une station essence sur l'autoroute, l'Espagne l'été dernier. Et Londres, régulièrement.

Copies d'écran : des factures de coach sportif. Je n'ai pas le temps de les étudier, j'entends Kaden qui redescend. Je clique sur Appareil photo. Une série de miniatures de clichés apparaît. Des plans larges, des plans rapprochés, des gros plans. Tous de la même femme.

De moi.

10

Jeudi 31 octobre, jour d'Halloween

Ce matin, même Johnny, le vendeur de beignets, remarque ma bonne humeur.

— Bonjour Charlotte. Vous avez l'air d'avoir la forme, dit-il avant de froncer les sourcils. Oh, mais qu'est-ce qui vous est arrivé au visage ?

— Un de mes chats m'a fait tomber, mais ce n'est pas bien grave.

Malgré l'épaisse couche de fond de teint Maybelline, mes hématomes sont encore visibles, donc inutile de tenter l'excuse du simple saignement de nez.

— Faudrait quand même voir un médecin. Qu'est-ce que ce sera ? Comme d'habitude ?

— Oh, ce n'est rien, et aujourd'hui j'ai déjà beaucoup moins mal. J'allais vous prendre une bouteille d'eau, mais puisque vous me tentez, d'accord pour un sachet de beignets.

— Je vous prépare ça tout de suite, répond-il avec un clin d'œil avant de plonger le bac dans l'huile.

Le rôdeur d'hier n'a plus l'air d'être dans les parages. Tout est comme s'il n'était jamais venu. Le soleil est déjà haut dans le ciel, sa chaleur me fait un bien fou sur le visage.

— Alors, c'est quoi cette mine ravie aujourd'hui ? Une raison en particulier ?

— Pas vraiment, non. Enfin, j'ai vendu mon dernier roman en Thaïlande et au Vietnam, donc c'est vrai que j'étais contente.

— Génial ! Félicitations. Ça fait combien de pays, en tout ?

— Oh, j'ai perdu le fil, dis-je en riant. Une cinquantaine environ.

— Vous êtes une véritable vedette internationale, alors.

Il sourit largement et sort les beignets de la friteuse avant de poursuivre.

— Je suis allé sur Amazon pour jeter un coup d'œil à vos bouquins.

— … Ah oui ?

— Oui. Je n'ai rien trouvé.

— Bizarre.

— Sur Book Depository non plus, rien. Et à la librairie ils n'avaient jamais entendu parler de vous.

— Peut-être mon éditeur ne distribue-t-il pas mes ouvrages en ce moment. Je crois qu'ils sont en train de revoir toutes les couvertures.

— Ah, d'accord.

— Et puis, mes ventes se font surtout à l'étranger. En Russie, je cartonne. Et au Bahreïn.

Ce sont les deux premiers endroits qui me sont venus à l'esprit. Je ne sais pas trop s'il me croit.

— Et alors, la raison de ce joli sourire sur votre visage aujourd'hui ? Un rendez-vous amoureux ce soir ?

Je souris.

— Oh non, pas du tout. Je n'ai pas le temps pour ça, je passe tout mon temps à écrire. Non, je suis simplement de bonne humeur aujourd'hui. Il fait beau, tout va bien.

Il dépose le contenu du bac sur du papier absorbant.

— Ah, ça va alors, je croyais que j'avais de la concurrence, commente-t-il en m'adressant à nouveau un clin d'œil.

Je n'arrive pas à savoir s'il me drague gentiment comme il le fait avec toutes ses clientes, mais le fait est qu'une fois repartie avec mon sachet, le bout de mon écharpe négligemment repoussé sur une épaule, je me dis qu'après tout, je ne suis peut-être pas aussi moche que ça. Pas moins de DEUX hommes me tournent autour en ce moment : Johnny le vendeur de beignets et Kaden Corretill, le mec canon du dernier étage.

Deux hommes, qui l'eût cru ?

Aujourd'hui, c'est officiel, je suis amoureuse. Et Dieu que c'est bon ! J'ai passé une soirée merveilleuse avec Kaden hier, après avoir regardé les photos sur son téléphone. Enfin, sur le moment, ça m'a quand même drôlement perturbée. Quand il est redescendu avec un sachet de petits pois, je pleurais à chaudes larmes, et quand il m'a demandé pourquoi, il s'est fâché en apprenant que j'étais allée fouiller dans son téléphone. Mais ensuite, il m'a tout avoué. Il m'a dit qu'il craquait complètement pour moi mais ne savait pas comment me le dire, qu'il savait bien que la situation était compliquée avec « le papa d'Emily » et qu'il ne pensait pas que je sois prête pour une autre relation.

Et après ça, on s'est embrassés. Enfin, c'est moi qui suis allée vers lui. Un bisou sur la bouche, qui a duré huit secondes. Rien que d'y repenser, je sens mes joues s'embraser. Rien que le souvenir !

Il a partagé son fish & chips avec moi. Et on a beaucoup parlé. Il m'a invitée à assister à son Fight Club ce soir, un cours de prises de self-défense. Et hier, après, on a regardé une série détective des années 1950 à la télé et on s'est encore embrassés, pendant vingt secondes cette fois-ci. La bouche un peu ouverte à un moment, mais sans la langue. Ensuite il est remonté chez lui, ce qui m'a paru ultra romantique de sa part. À la télé, les gens se seraient déjà arraché leurs vêtements à notre place, mais là j'ai trouvé qu'il faisait preuve de beaucoup de respect. Comme à l'époque où on prenait le temps de faire la cour.

J'ai eu du mal à dormir. Et depuis que je suis levée, un sourire semble incrusté sur ma face.

Ce qui m'inquiète un peu, c'est que forcément il va vouloir... le faire. Un garçon comme Kaden, qui envoie des photos de lui tout nu à des femmes qu'il ne connaît même pas, doit aimer les filles qui savent y faire. Et moi, je n'y connais strictement rien. Enfin, presque rien. Je sais où les choses doivent aller, disons, et ce qu'il faut toucher et lécher, enfin tout ça, quoi. Mais le faire pour de vrai... En suis-je capable ? Peut-être qu'en étant amoureuse, ça me dérangera moins.

Quand il a dit « Je crois que je suis en train de tomber amoureux de toi », j'ai eu l'impression que me jambes se ramollissaient. Je n'avais jamais compris pourquoi les gens disaient ça, que parfois ils avaient « les jambes en coton », mais maintenant je vois très bien ce que ça fait. Toute la matinée, je n'ai pas arrêté de fantasmer sur lui. Enfin, des fantasmes habillés. On se prendrait la main, on se baladerait parmi les attractions de touristes ou dans une pépinière, avec nos paniers. On irait tous les deux chez Lidl, nos quatre mains sur la barre du chariot, et on cocherait les articles de notre liste de courses. Au magasin de bricolage on irait chercher des planches pour construire des étagères, pour notre chambre. Et on vivrait dans une maison, notre maison à nous. Il tondrait la pelouse et moi je lui ouvrirais le sac-poubelle d'herbe coupée. À notre mariage, j'aurais la robe à plumes que Foy m'a dessinée quand on était petites. J'ai retrouvé le dessin original, plié, dans un de mes livres de Beatrix Potter.

Quant à la véritable intimité... Faire l'amour, avoir un vrai rapport sexuel... Là, c'est passer à un autre niveau. Un niveau d'adultes. J'appréhende beaucoup. Mais on va y aller doucement. Je lui poserai la question, ce soir au cours d'autodéfense, juste pour avoir une petite idée de quand il compte me fourrer son kiki entre les jambes. Hi hi hi, c'est rigolo à imaginer.

Ma petite bulle de bonheur éclate à l'instant où j'entre dans la salle du personnel au Lalique.

— Genevieve, ta figure ressemble à une pizza au chorizo, m'informe Claire, hilare.

— Merci.

Vanda déboule dans la pièce.

— Hier soir enterrement vie de garçon, dégueulis partout dans toilettes hommes. Obligé d'interdire accès. Genevieve, c'est pour toi. Ah, et plus de Javel. Faudra frotter et tirer chasse d'eau plusieurs fois.

Je crois que Vanda ne m'a jamais gratifiée d'un seul « Bonjour » ou « Au revoir ». Elle se contente d'aboyer ses ordres puis elle repart aussi sec. Mais aujourd'hui, je m'en fiche. Tous les vomis du monde, et Dieu sait s'il y en a dans ces toilettes, ne pourront me faire oublier mon Kaden. Avec une pince à linge sur le nez, l'odeur est tenable.

Ensuite je suis envoyée au troisième pour terminer les chambres que Faith a dû laisser en plan pour cause de rendez-vous urgent chez le dentiste pour son gamin. Il ne reste que cinq chambres à faire et l'étage est désert, je ne croise personne. Certes, je change des draps souillés, récure des toilettes et retire des poils dans les douches à l'aide d'un tissu humide, mais dans ma tête j'entends le *Duo des fleurs* de Lakmé tandis qu'avec Kaden nous déambulons dans le jardin paysagé d'une belle demeure. Une légère brise se lève, Kaden remonte la fermeture éclair de la veste Adidas qu'il m'a prêtée puis il me demande où je souhaite aller déjeuner : ce sera le joli petit salon de thé que nous avons aperçu en allant à la maison de Beatrix Potter, ou bien le drive du McDonald's sur l'autoroute.

Je n'ai vraiment pas la tête à travailler. Et Vanda ne perd pas une occasion de me le faire remarquer.

— Genevieve, merde, pourquoi t'as pas dit que dans chambre 37 il y a matelas brûlé ? Les clients refusent payer la note, maintenant, et ce sera retenu sur salaire à nous.

— Genevieve, merde, c'est deux bouteilles dans chambre 32 et une dans chambre 33. Et pourquoi il y a pas nécessaire toilette dans chambre 38 ? Combien de fois je dois répéter ?

On dirait la Grandissime Sorcière quand elle se met à crier. Je me rappelle qu'une fois, quand je dormais chez Foy, Isaac nous avait lu *Sacrées Sorcières* avant de dormir. Il faisait drôlement bien les voix. Mais aujourd'hui rient ne peut m'atteindre. D'ordinaire, chaque parole de Vanda me reste coincée dans la gorge et me rend malade, mais là, je m'en contrefiche parce que j'ai Kaden, maintenant. Mon gilet pare-balles.

Alors, quand Vanda s'avance vers moi en vociférant, moi je pense au corps de Kaden sur les photos de WhatsApp. Je me demande s'il dort sur le dos ou en chien de fusil, comme moi. S'il ronfle. Et peut-être qu'il dort tout nu. Je glousse.

— Tu fous de ma gueule, c'est ça ? explose Vanda.

— Non, non pas du tout, protesté-je en fourrant les draps sales de la chambre 34 dans un sac.

— T'as pas intérêt, sinon je balance toi dans les escaliers.

— Je ne me moque pas de toi, Vanda, je t'assure, je suis de bonne humeur, c'est tout.

— Ah oui ? Et pourquoi ? dit-elle comme quelqu'un cracherait.

Elle attend. Elle est prête à attendre toute la journée, apparemment.

— Je… je suis amoureuse.

En plein milieu de ce champ de bataille, je sais que je suis intouchable. Personne ne pourra m'atteindre. Je suis blindée. Le pouvoir de l'amour, c'est ça, et l'amour est là, bien là.

Vanda hausse un sourcil.

— Encore tes conneries.

— Non, il est bien réel, il est beau et il est à moi. Il s'appelle Kaden.

— Kaden, c'est poupée gonflable, oui ? Pour aller avec bébé en plastique ? Va pas imaginer qu'on a cru à vrai bébé, pas une seconde. Au début tu as fait pitié à nous, mais maintenant, c'est sûr, t'es vraiment pauvre fille. D'abord bébé en plastique et maintenant mec en plastique. Avec petit zigouigoui à sucer, aussi ?

Préférant ignorer l'humiliation de savoir qu'ils n'ont jamais été dupes pour Emily, je sors mon téléphone du tablier et lui montre l'écran.

— Mais Kaden est bien vrai, regarde.

Elle m'arrache le portable des mains et observe la photo. Elle éclate d'un rire sonore.

— … Quoi ? dis-je d'une voix grêle.

Le couloir semble s'allonger, l'ascenseur s'éloigner. Impression d'être prise au piège.

— Toi, tu sors avec lui ? Sabrina ! Sabrina, viens voir un peu…

Sabrina sort de l'ascenseur de service avec son chariot, qu'elle abandonne devant la chambre 31 avant de rappliquer, en bon petit soldat.

— Oh, pas mal, commente-t-elle.

— C'est nouveau mec à Genevieve, annonce Vanda.

Coincée entre les deux femmes, les poings serrés, je sens que je rougis. Sabrina s'esclaffe.

— Bah tiens. Le père de la poupée, c'est ça ?

Je reprends mon téléphone par la force.

— Non, protesté-je faiblement.

— Tu as pris cette photo à la salle de sport, dit Sabrina. Ce type, je l'ai vu quand j'ai emmené mes gosses aux cours de natation. Tu as raison, Vanda, cette fille à un problème avec le concept de réalité.

Sur ces entrefaites, elle retourne à son chariot.

— Je savais bien que pas vrai tout ça, conclut Vanda. Pauvre fille.

Mon cœur bat tellement vite qu'en voulant remettre le téléphone dans ma poche, je le fais tomber par terre. Je le récupère et m'élance derrière Vanda.

— Mais c'est vraiment mon petit ami maintenant, insisté-je. Il vit dans mon immeuble. On s'est embrassés, hier soir.

Elle me dévisage comme on examine un poulet pour savoir s'il est totalement décongelé.

— Menteuse. Tu mens tout le temps. On sait que ton nom pas Genevieve.

Je reste collée à ses talons. La voilà dans l'ascenseur avec son chariot, elle appuie sur le bouton du rez-de-chaussée.

— Je ne suis pas une menteuse, plaidé-je. Je le jure.

— Ton vrai nom, c'est quoi alors ?

— J… Joanne.

— Et quand on découvrira que Joanne c'est nom de connerie, tu changeras nom encore ?

Les joues me brûlent, mon cœur bat à tout rompre. Et elle n'en a pas fini avec moi.

— Si tu peux pas avoir enfants, je comprends, mais faire semblant que poupée c'est vrai bébé, et prendre jour de congé parce que poupée « malade », merde alors.

Elle a mimé les guillemets sur le mot « malade » de ses longs ongles rouges. Et elle n'en est pas restée là : lorsque je retourne dans la salle du personnel, Madge et Claire sont déjà au courant de la discussion et s'en prennent à moi.

— La première semaine, quand tu es arrivée ici, tu nous as dit que tu t'appelais Genevieve Syson. Que tu avais connu

Meghan Markle à l'école et que tu faisais du hockey au niveau olympique. Ensuite, Trevor tombe sur tes papiers et découvre qu'en réalité tu t'appelles Joanne Haynes. Claire t'a entendue parler à la camionnette à beignets, tu racontais que tu étais en train d'écrire un roman. Ton cinquième roman. Alors, tu es qui, en vrai ?

Claire enfonce le clou.

— Mon mari m'a dit qu'il t'a croisée dans la salle d'attente du dentiste, l'autre jour, avec un ventre de femme enceinte. Tu te faisais appeler Ruth.

Madge secoue la tête.

— Et ta couleur de cheveux… On voit bien que tu es rousse aux racines. Comment peux-tu imaginer une seule seconde t'en tirer avec tous ces mensonges dans une petite ville comme la nôtre ?

— Je sais pas… bredouillé-je.

— Mais tu es qui, au juste ? hurle Claire.

— Je sais pas non plus.

Toutes les pensées agréables de Kaden se sont évaporées. Je poursuis le ménage sans dire un mot, comme plongée dans l'obscurité qui règne dans ma tête. Ce qui me vexe le plus, c'est la façon désinvolte qu'elles ont de m'attaquer. Elles savent que je mens mais elles ne disent rien. Au lieu de ça, elles me surveillent, partout où je vais. Impossible d'échapper à Joanne Haynes, cette fille que je ne connais même pas.

Mon service terminé, je récupère mon manteau et mon sac et passe devant tout le monde rassemblé dans la salle, Vanda, Trevor, Sabrina, Claire et le concierge, Benito. Ce dernier lève la tête et m'accorde un vague signe de tête cependant que la petite bande continue à bavarder en ricanant dans mon dos. J'entends le mot « lamentable ».

Tête baissée, je traverse le restaurant où règne un vacarme assourdissant. Des chiens qui aboient, des enfants qui hurlent, des couverts qui s'entrechoquent, des gens qui passent leur commande, une vraie cacophonie. Je remarque un visage tourné vers moi, un homme seul assis à une table pour trois. Un homme blond. Il a posé son blouson, un bomber, sur le dossier de la chaise placée devant lui. Sur la table, un portefeuille, des clés et un verre.

Un homme aux cheveux blonds examinant le menu. Un homme seul.

Une décharge me traverse le corps. C'est lui ! L'homme au rire si particulier. Il m'a retrouvée. Il a violé et tué Tessa Sharpe mais il s'est rendu compte de son erreur. S'il me voit, je suis foutue. Mes racines rousses sont bien visibles, maintenant. Ellis la rouquine, celle qu'il cherche. Bon, eh bien je n'ai plus rien à perdre. Go !

Stimulée par la présence de multiples témoins, je fonce droit vers sa table et je me plante devant lui, attendant qu'il daigne lever les yeux du menu. Mon cœur bat à cent à l'heure, des gouttes de sueur perlent sur mon front. Il fait tellement chaud ici, c'est tellement bruyant.

— Monsieur ?

Il ne me regarde toujours pas.

— Monsieur !

— Ah, euh, oui, je vais prendre la terrine de saumon suivie de la lotte. Les autres prendront la friture comme entrée et deux steaks à point, merci.

— NON.

Il pose le menu et relève enfin la tête. Aucune réaction sur son visage. Il indique les deux places vides de la main.

— Ils font une pause nicotine.

Ses yeux, petits sur un visage buriné, m'avisent. Je connais ce visage. Je l'ai vu à la télé. Mon ressentiment se métamorphose en une émotion différente, que j'ai d'abord du mal à cerner.

Le type fronce les sourcils.

— Excusez-moi, il y a un problème ?

J'ouvre la bouche pour lui répondre mais il enchaîne.

— Ah ! Pardon, je croyais que vous étiez une serveuse !

D'une poche il tire un stylo en argent, fait sortir la mine en un clic et reste la main en l'air.

— Désolé. Vous voulez un autographe adressé à qui, mademoiselle ?

Je ne comprends rien de ce qu'il raconte.

— Arrêtez de me suivre, lui ordonné-je.

— … Pardon ?

— Arrêtez de me suivre, fichez-moi la paix ou je préviens la police.

— Mais qu'est-ce que… ?

Il regarde autour de lui, l'air incrédule. Une serveuse vêtue d'un tailleur noir et d'un chemisier blanc se précipite vers nous.

— Monsieur Whittle, est-ce que tout va bien ?

Il fronce toujours les sourcils et rit de ce petit ricanement ironique.

— Cette demoiselle pense que je la suis.

La fontaine à larmes est déclenchée, elles glissent sur mes joues. Kimberley me fixe d'un œil noir.

— Genevieve, qu'est-ce que c'est que cette histoire ?

Les deux autres hommes, le brun qui porte également un bomber et le tank reviennent à la table, traînant derrière eux une odeur de tabac. Ils se postent derrière le blond.

— Ken, qu'est-ce qui se passe ?

— Cette jeune femme pense que je la suis.

— Vous me suivez tous les trois ! m'écrié-je dans un sanglot. Mais je n'ai plus peur. Si vous avez l'intention de me tuer, faites-le ici, maintenant, devant tout le monde. J'en ai assez de fuir, je n'en peux plus.

L'instant d'après, je m'écroule au beau milieu du restaurant, encerclée par les pieds de chaise, les miettes, les frites écrabouillées et les serviettes. Au-dessus de moi, c'est l'agitation, quelqu'un me prend sous les bras et me remet sur mes pieds. Je hurle. Une longue plainte. Un cri de douleur. Et l'écho de son rire résonne en moi à l'infini.

— Allez, ma belle, on va te ramener chez toi.

J'ignore qui a parlé jusqu'au moment où je me retrouve dehors, sur la pelouse, devant l'hôtel des torrents de larmes bloquant ma vision.

— Trevor, lâche-moi. Ils n'ont qu'à me tuer, c'est ce que je veux.

— Mais qu'est-ce que tu racontes ? T'as oublié de prendre tes médicaments, c'est ça ? Pourquoi veux-tu que Ken Whittle ait envie de te tuer ?

— Ken qui ?

— Ken Whittle, le comédien. Il donne un spectacle au Winter Gardens ce mois-ci. Regarde.

Son index pointe vers une affiche collée sur un lampadaire.

Le drôlissime Londonien Ken Whittle sera à Spurrington deux soirs de suite pour un one man show hilarant. Whittle, qui incarnait Petit Frère dans la célèbre sitcom Our House *et qui a animé de nombreuses émissions télévisées le samedi soir durant les années 1990, est également connu pour avoir participé à plusieurs reprises à* La Chasse aux antiquités et à Maisons célèbres à reconstruire. *Le public est tellement enthousiaste que plusieurs spectacles de sa tournée sont déjà complets. Avec son regard acéré sur le mouvement #MeToo, le véganisme, la question de genre et les flocons de neige, Whittle ravira une fois encore Spurrington grâce à son humour ravageur. #BrittleWhittle #QuickWhittle #WhittleYeNot. Attention, ce spectacle ne convient pas aux personnes âgées de moins de 18 ans.*

Au-dessus du texte, le visage de Ken Whittle, les deux pouces en l'air, coiffé d'un borsalino blanc et maquillé avec plusieurs couches de fond de teint.

— Il n'était pas maquillé comme ça dans le restaurant.

— Normal, il n'est pas sur scène, explique Trevor, mains sur les hanches. Bon Dieu, mais qu'est-ce que t'as, Genevieve ?

— Et les deux autres types, c'était qui ?

— Son manager et son garde du corps, je crois. Tu t'imaginais quoi ?

— Les Trois Petits Cochons.

— Écoute, y'a pas de cochons, ici.

Je me tourne enfin vers Trevor. Je reconnais tout de suite son expression, une expression d'inquiétude profonde. Il pense que je suis folle. Il faut que lui explique que ce n'est pas du tout le cas, mais comment faire quand tout ce que je fais et dis semble confirmer que j'ai perdu les pédales ?

— Son rire, marmonné-je, je l'ai entendu, quand j'étais par terre. Ils m'avaient attachée avec des chaînes. Et ils ont tué mon père.

Et tout refait surface. J'étais sur une civière, je l'entendais rire. C'était une grande star, il y a dix-huit ans. *Sur la route avec Ken Whittle Superstar. Une heure de rire avec Ken Whittle.* Je me rappelle très bien ces émissions. Et il était là… dans le coin où mon père était en train de mourir. Il riait à gorge déployée. À la télé.

— Joanne, tu veux que j'appelle quelqu'un ? Quelqu'un qui pourrait venir te chercher ? demande Trevor. Il vaudrait mieux que tu ne restes pas seule.

— Non, dis-je d'une voix plate.

Et c'est la stricte vérité.

Trevor s'en va, me laissant seule quelques instants sur le trottoir, à genoux, les yeux rivés sur l'affiche de Ken Whittle. Il revient bientôt avec mon manteau et mon sac.

— Tiens, ma belle.

Il m'aide à me relever, à enfiler mon manteau, passe la lanière du sac par-dessus ma tête, le place en bandoulière, comme ça, je risque moins de le perdre. Il me boutonne même mon manteau, comme papa le faisait.

— Fais attention à toi, hein, et repose-toi bien.

Je me mets en marche, sans but précis, poussée par le vent. Devant moi s'étend la zone humide et au bout, la jetée. Je donnerais cher pour avoir le courage de me jeter dans la mer, me noyer, ou plutôt, noyer la personne que je suis censée être. Joanne Haynes me sort par les yeux. Je ne veux plus de cette vie. C'est comme jouer dans une série télévisée qui ne s'arrête jamais. Il faudrait que quelqu'un me ramène à la réalité. Seule, je n'ai pas assez de forces. J'ai besoin de Kaden.

11

Je marche longtemps avant de le trouver. Il est là, dans la salle d'entraînement 3, en train de ranger les tapis de sol utilisés pendant son cours de self-défense. Je suis accueillie avec un sourire.

— Salut. Eh bien alors ? Je croyais que tu viendrais au cours.

— Je n'étais pas trop d'humeur.

— Ah. Tu aurais pu apprendre des prises d'autodéfense, comme on avait dit.

— Oui, je sais bien, mais tant pis. En fait, je voulais juste te voir, toi.

Il m'adresse à nouveau un gentil sourire, ce qui est suffisant pour me combler.

— Attends, ne bouge pas, dit-il.

D'une réserve fermée à clé, il sort un matelas bleu épais et le pose devant moi.

— Allez, au tapis.

— Hein ?

— Sur le tapis. Je vais te montrer ce qu'il faut faire quand on est plaqué au sol.

Sans argument pour refuser, je m'exécute et m'étends sur le tapis.

— Euh, non, précise Kaden, je voulais dire debout sur le tapis.

Je me relève et me place devant lui. Quelques gouttes de sueur glissent lentement sur son visage, jusque sous le menton, puis dégoulinent dans son cou trempé. Il pose ses deux mains chaudes autour de mon cou, sans me comprimer.

— Alors, imaginons que j'arrive chez toi et que je te prenne comme ça par le cou. Qu'est-ce que tu fais ?

« Je t'embrasse » est la première réponse qui me vient à l'esprit. Je la garde pour moi.

— Je crie ?

— Oui, crier, c'est bien, confirme-t-il à mon grand étonnement.

Ses mains ne décollent pas de mon cou.

— Tout ce qui est susceptible d'indiquer que la limite acceptable a été franchie est une bonne chose. Et après, comment te débarrasses-tu de mes mains ?

— Un grand coup dans les bras pour que tu lâches prise ?

— Vas-y, montre-moi.

J'y mets toute ma force mais ses bras restent fermement en place. Je tape, je tire, je pousse, rien n'y fait, sa force est largement supérieure à la mienne.

— Alors, commente-t-il, que se passe-t-il ?

— Tu es plus fort que moi.

— Tout à fait. Et avec le type en question, ce sera pareil. Donc ce qu'il faut faire, c'est tendre les muscles de ton cou, te pencher légèrement et puis d'un coup, rejeter la tête en arrière pour te dégager. Vas-y, essaie.

J'obéis, et ça marche, même si les premiers essais sont laborieux. Mais dans la voix de Kaden je ne perçois aucune admiration particulière, il me dit, « Voilà, bien », comme si je n'étais qu'une élève normale.

— Ensuite, disons que tu es dans la rue, un soir, et comme il fait nuit tu ne me vois pas arriver vers toi, et tu ne m'entends pas non plus. Soudain je t'attrape par le cou, comme ça.

Il met immédiatement en pratique, se poste derrière moi et passe un bras autour de mon cou, le coude sous le menton. Mes narines distinguent nettement l'odeur de sa transpiration. Je me retiens pour ne pas sortir la langue.

— Le type essaie de te traîner, il tire. Tu fais quoi ?

— Je crie, encore.

— Impossible, mon bras écrase ta gorge. Je te traîne jusque dans des buissons. Tu fais quoi ?

Je tire plusieurs coups secs sur son bras mais il serre de plus en plus fort. Je ne peux plus respirer. Je lui martèle le bras comme une sauvage.

— Il faut avancer sur ta jambe d'appui, t'écarter de moi, du bras, au maximum, faire glisser cette épaule et me repousser en arrière d'un coup.

Après plusieurs tentatives, je parviens à faire la manœuvre à la perfection et ai droit à un nouveau « Bien ».

— Et si je suis flanquée à terre, je fais quoi ?

— Alors, si tu es à terre…

— Oui, comme ça, dis-je en m'allongeant. Tu vois, si je me retrouve sur le dos et qu'il est sur moi ?

Kaden marque un petit temps d'arrêt et regarde autour de lui.

— Bon, alors si tu as crié, que tu l'as repoussé, que tu t'es dégagée de son bras mais qu'il a quand même réussi et te faire tomber, au sol il va forcément avoir besoin d'être en position dominante.

— Oui…

Je frémis.

— Je vais te montrer pas à pas ce qu'il faut faire. Si tu n'es pas à l'aise, tu n'as qu'à crier « Stop ! » et j'arrête. D'accord ?

— D'accord.

— Reste allongée mais relève les genoux.

J'obtempère. Il s'installe à califourchon sur moi, les cuisses plaquées contre mes côtes, son torse en position dominante, comme il a dit. Mais je n'ai pas peur parce que c'est lui, parce qu'il m'a prévenue.

— Je te montre ce qu'il faut faire si un jour tu te retrouves comme ça sur le dos, coincée. Le salaud qui te fait ça va comprendre son malheur, dit-il avec un clin d'œil du même genre que ceux du vendeur de beignets, sauf que quand c'est Kaden qui le fait, ça me fait perdre mes moyens.

— OK.

La respiration courte, les yeux plissés, je pourrais presque distinguer sa cotte de mailles et la lance de chevalier… Mon chevalier Ça-Me-Dit venu me sauver des griffes de l'ennemi qui a envahi le château.

— Dans cette position, tout le monde pense que la solution, c'est de donner un coup dans les parties du mec, mais à ton avis, ça aura quel effet.

— J'en sais rien…

Je n'arrive plus à réfléchir. L'idée que son machin pourrait me frôler… Je ferais quoi, alors ?

— En tant que victime tu es un peu sous le choc et tu ne t'y attendais pas, mais moi, bourré d'adrénaline comme je suis, je m'y attends, et du coup je vais répliquer tout de suite, probablement en te filant un énorme coup de poing qui te fera perdre connaissance. Et là, c'est perdu pour toi, pas vrai ?

— Si.

— Alors, ce qu'il faut faire, c'est te coincer les coudes le long du corps, le tout bien serré. Ensuite tu mets ta main gauche sur mon poignet droit et tu t'agrippes. Puis ta main droite sur mon triceps, de sorte que mon bras ne puisse plus bouger. Les coudes toujours bien serrés, c'est ton dos qui va faire tout le boulot.

Je suis ses instructions et nous formons un entrelacs de jambes et de bras, puis d'un coup sec des hanches je réussis et le faire tomber sur le dos. Je me suis dégagée, c'est moi qui domine, à présent. Moi à califourchon sur lui. Avec une énorme envie de l'embrasser.

— Maintenant tu maîtrises la situation, tu fais ce que tu veux. Bravo, Joanne, tu t'es bien débrouillée.

Il se dégage, s'assied à côté de moi et me parle des tactiques « de la dernière chance ». Fascinée, je l'écoute me raconter comment donner un coup de boule sans se faire mal, comment enfoncer des yeux, poignarder quelqu'un avec une clé, casser une mâchoire, donner un coup de poing dans la tempe, un coup de genou dans les reins. Je suis aux anges. Le comble du romantique dans un contexte on ne peut moins romantique. Mais déjà il regarde sa montre.

— Bon. Tu veux qu'on revoie les mouvements vite fait ?

— Non. Je veux t'embrasser comme hier.

À ma stupéfaction, il esquisse un net mouvement de recul.

— Désolée, Joanne, mais non. On ne s'embrassera plus.

Le sol se dérobe sous mes jambes. Son rejet me provoque une douleur intense, sa réaction physique me donne soudain l'impression de le dégoûter.

— Mais on s'est bien embrassés hier soir… C'est parce que j'ai encore des bleus ? Ça va partir.

— Je sais, mais…

— C'est parce qu'on est sur ton lieu de travail ? Tu as honte qu'on nous voie ensemble ? C'est Vanda qui t'a dit des trucs sur moi ?

— Qui est Vanda ?

— Une Russe, blonde. Un vrai monstre.

— Je ne connais pas de Vanda. Écoute, Joanne, on ne va pas recommencer, c'est tout. Moi je croyais que tu voulais vraiment apprendre des techniques pour te défendre.

— Mais hier soir tu m'as embrassée. Tu as même dit que tu craquais complètement pour moi…

Je m'entends parler et reconnais la voix de celle qui supplie, la voix de la faiblesse, du besoin absolu. Oubliée, Frida la féministe, il ne reste plus qu'une petite fille perdue, désemparée. Kaden n'est plus le même.

— Alors j'ai rêvé, hier ? demandé-je.

— Non, tu n'as pas rêvé, mais ce n'est pas possible, c'est tout. Je suis désolé.

— Mais tu es fou de moi. Toutes ces photos dans ton téléphone.

Il se lève sans répondre.

— Qu'est-ce qui a changé depuis hier, Kaden ?

— Ce n'est pas possible, c'est tout. Toi et moi, ce n'est pas correct, pas professionnel.

— Comment ça, pas correct ? Je ne suis même pas inscrite dans cette salle.

Il me fait signe de me redresser, récupère le tapis et s'achemine vers la réserve. Je lui emboîte le pas vers la pièce de rangement.

— Tu as dit que tu étais amoureux de moi.

— Je n'aurais pas dû dire ça. C'était un mensonge.

— Quoi ?

— Je t'en prie, oublie tout ce que j'ai dit hier soir.

— Mais je ne peux pas oublier ! Kaden, mais pourquoi rien ne va plus aujourd'hui ? Pourquoi tu as menti ? À cause d'Emily ? Elle n'est plus là, maintenant, tu sais, elle est partie avec son père.

— Ce n'est pas à cause d'elle.

— C'est parce que je suis moche ? Que je suis grosse ? Je peux arrêter les beignets, tu sais. Et on n'est pas obligés d'attendre pour coucher ensemble, je veux bien le faire maintenant. Ici, même, si tu veux.

— Ça n'a rien à voir avec tout ça, je t'assure.

Son regard à cet instant m'évoque instantanément celui de Trevor quand il m'a vue devant l'affiche de Ken Whittle.

C'est le regard de la pitié, pas de l'amour. Pitié pour la folle, pour la grosse.

— Désolée, Joanne, mais tu es… une cliente.

— MAIS JE VIENS DE TE DIRE QUE JE NE SUIS MÊME PAS INSCRITE ICI !

Il attrape sa serviette et sa bouteille d'eau posées par terre, me regarde une dernière fois et tourne les talons avant de quitter la salle.

Vacances de Noël,
dix-huit ans plus tôt…

12

14 décembre, anniversaire de Paddy

Depuis septembre, papa et moi on habite à Carew. Tata Chelle et tonton Stu lui on fait « une offre qui ne se refuse pas », il travaille au pub, change les fûts de bière et sert les clients. Il lui arrive encore de disparaître de temps en temps mais il fait moins de bêtises avec son argent. Il m'a acheté des chaussures et un nouveau cartable pour l'école. On a même une nouvelle voiture.

Je vais à la même école que Foy, à moins de trois kilomètres du pub et tous les soirs, en rentrant à la maison, Foy et moi on s'arrête au magasin de confiserie. On achète des bonbons et après on prend le raccourci par le cimetière, derrière le pub, c'est là qu'on les mange. On se trouve une tombe bien plate pour s'installer. On crache dans nos Sherbet Dabs puis on touille avec un bâtonnet de réglisse pour que ça fasse une pâte. Après, on racle le tube jusqu'à ce qu'il soit vide. Les Wham Bars, on s'assied dessus un moment pour qu'elles deviennent toutes molles et chaudes, ensuite on déchire le papier et on s'enrobe les doigts de nougat collant, et pour finir on mord dans les cubes de cola. Le but, c'est de voir combien de temps on peut tenir à sucer les cubes sans les croquer.

Nos seuls témoins sont Mary, Charlotte, Genevieve, Betsy et Ruth.

La tombe de Mary Brokenshire est la plus ancienne. Mary est enterrée avec ses cinq enfants, tous morts avant elle. La sépulture la plus récente, celle de Charlotte Purfleet, est toujours décorée de fleurs fraîches posées le long des livres en pierre – elle était écrivain. Sur la tombe de Genevieve Syson il y a un ange en marbre, avec les ailes déployées – elle, elle aimait voyager. Celle de Betsy Warren est la plus petite. « À ma femme adorée et chère amie, arrachée trop tôt à la vie. » La plus triste, c'est la tombe de Ruth Gloyne : décédée en couches et inhumée avec son enfant. Donc pas vraiment un endroit réjouissant, mais moi et Foy, on n'a jamais été aussi heureuses. Et dans tous nos jeux on utilise ces noms : Mary, Charlotte, Genevieve, Betsy ou Ruth. Un nouveau nom pour chaque jeu.

Le 14 décembre, jour de l'anniversaire de Paddy, à la fin du repas Paddy souffle ses treize bougies. Il coupe le gâteau tandis que Chelle distribue les assiettes. Papa s'éclaircit la voix et tire une liasse de billets de la poche de son sweat-shirt à capuche, qu'il pose devant tante Chelle et oncle Stu.

— Au fait, dit-il, ça, c'est pour vous.

Isaac est muet de saisissement.

— Oh la vaaache ! s'écrie Paddy.

Oncle Stu demeure interdit.

— Mais qu'est-ce que…

— Danny, arrête, intervient Chelle.

— Mate un peu tous les biftons ! renchérit Isaac.

— Génial, tonton ! Avec ça tu vas pouvoir te payer la Countach !

Mon père rit et pousse l'argent sur la table pour le mettre sous le nez de Stuart et Chelle, dont les yeux sont toujours écarquillés.

— S'il vous plaît, acceptez, dit-il fébrilement. Ça me

fait drôlement plaisir de pouvoir vous donner enfin quelque chose, pour changer.

Tante Chelle le regarde dans les yeux.

— Daniel, c'est quoi cet argent ?

— Ma façon de vous remercier pour votre hospitalité, le temps qu'on se reprenne.

— Le temps que *tu* te reprennes, rectifie Chelle. Ellis n'est en rien responsable de cette situation.

Foy se jette sur les billets et les étale sur la table. Elle m'en donne la moitié et prend l'autre.

— Maman, on peut jouer à la banque ?

— Non, rétorque Chelle en lui arrachant l'argent des mains avant de reformer un paquet. Les enfants, prenez vos assiettes, allez vous servir en Viennetta. Il y a de la jelly maison dans le frigo.

— Quel parfum ? s'enquiert Isaac.

— Citron.

— Trop cool.

Pour une fois, personne ne proteste. On a dû sentir que l'ambiance a soudain radicalement changé et qu'il est temps de nous éclipser. En silence, nous quittons la table mais quand nous arrivons dans le couloir, les discussions vont déjà bon train sur ce que chacun s'achèterait avec tant d'argent. De voitures pour Isaac et Paddy, une Lamborghini pour le premier, une Porsche pour le dernier. Foy veut des poneys, en quantité suffisante pour remplir tout un champ. Moi, je me suis attardée près de la porte et tends l'oreille. Oncle Stuart et en train de compter la liasse.

— Il y a presque vingt mille livres…

— Dix-sept mille cinq cents exactement, précise mon père. Prenez-les, j'y tiens vraiment.

— Tu as touché le jackpot aux jeux, c'est ça ? demande Chelle.

— Non, non, ça, c'est de l'argent gagné honnêtement. Rien de louche, je vous jure.

Il a levé les mains pour bien montrer qu'il ne croise pas les doigts dans son dos.

— Chelley, je t'en prie, accepte. Je tiens à vous remercier. Acceptez cet argent. Vous nous avez recueillis, vous m'avez donné un boulot, Ellis est dans une nouvelle école, vous nous nourrissez tous les deux…

— Quand tu es arrivé ici tu n'avais pas un sou en poche. Et trois mois après tu as dix-sept mille cinq cents livres à nous donner ? Il vient d'où, cet argent ?

— Mes économies. Vous ne voulez pas que je paye un loyer.

— On ne te demande pas de payer de loyer justement pour que tu puisses te refaire une santé financière. Stu te verse un salaire pour que tu sois en mesure de vous trouver toit. On ne fait pas ça pour être payés. La famille, ça ne fonctionne pas comme ça. Quand on soutient quelqu'un, ce n'est pas pour lui envoyer une facture après. Tu es chez nous parce qu'on veut te donner un coup de main. Tu ne nous dois rien du tout.

— Oui mais moi, je veux vous donner quelque chose. Franchement, je ne comprends pas ta réaction Chelle.

— Si je réagis comme ça, c'est que je ne comprends pas comment mon frère, arrivé ici il y a trois mois avec les poches pleines de tickets de paris sans valeur, peut tout à coup, après avoir servi trois ou quatre pintes dans un pub, se retrouver avec autant de fric que Rockefeller.

— Il vient d'où, cet argent ? demande Stu d'une voix plus posée que celle de Chelle.

Derrière moi, Foy approche avec un petit bol de Viennetta et de jelly. Un doigt sur la bouche, je lui fais signe de ne pas faire de bruit. Nous écoutons.

— J'ai fait des petits boulots, au black. Un de ces boulots m'a rapporté beaucoup.

— Quel genre de boulot ?

— Dans le bâtiment.

— Tu as bâti quoi ?

— Ben, des maisons, évidemment, ricane mon père. Stu, t'es pas obligé de me croire mais je te jure que c'est la stricte vérité.

— Tu as recommencé, hein ? Tu continues à bosser pour ce monstre.

— Pas du tout. C'est fini, tout ça.

— Oh Danny, mais quel genre d'emprise il a sur toi, ce type ? s'emporte Chelle, les larmes aux yeux. Il ne te fichera jamais la paix.

Foy colle sa bouche contre mon oreille et chuchote.

— C'est qui le monstre qui lui fichera jamais la paix ?

— Je sais pas, dis-je le cœur lourd.

Mon père ne lâche pas le morceau.

— Bon, vous l'acceptez cet argent, oui ou non ?

Chelle retire les billets des mains de Stu et les donne à mon père.

— Tiens, reprends-les et retourne-les aux égouts où tu les as trouvés.

— Je ne peux pas le retourner. C'est pas aussi simple que ça.

— Comment ça ? Tu l'as volé ?

— Non. J'ai juste fait quelques livraisons.

— De drogue, précise Chelle.

Tonton Stu lui fait signe de parler plus bas. Ils regardent tous les deux vers la porte derrière laquelle nous sommes cachées et d'instinct Foy et moi reculons. Mais ils continuent à parler.

— C'était simplement le temps de payer mes dettes de

jeu, l'équivalent de deux mois de salaire. Maintenant, c'est fini, tout est remboursé.

— En fait tu as recommencé à travailler pour lui quand, après avoir foutu le feu à ta propre maison sans réussir à obtenir quoi que ce soit des assurances, il a quand même bien fallu rembourser tes dettes, c'est ça ?

— Non, Chelley. C'est de l'argent que je me suis fait sur des chantiers, je te jure. Avec une grosse entreprise, qui payait super bien. J'ai vraiment beaucoup bossé. Et ça, c'est une partie de la récompense.

— Danny, c'est seulement à nous que tu mens ou également à toi-même ?

Stu a posé une main sur le paquet de billets.

— Je n'ai qu'une chose à dire, poursuit Stu. Fais enfin quelque chose de bien, va déposer cet argent à la banque sur un compte épargne logement, pour toi et ta fille. Fais-le au moins pour elle.

19 décembre, premier jour de vacances de Noël

Après le concert de chants de Noël, les garçons, pourtant censés nous raccompagner au pub à pied, prennent un bus et disparaissent. Paddy a rendez-vous avec sa petite amie et deux autres copains, tandis qu'Isaac veut aller faire des achats en ville. Foy et moi, nous prenons la direction du pub en passant par le cimetière. Elle s'assied sur Mary Brokenshire et moi sur Charlotte Purfleet. Foy ouvre la serviette en papier rouge et nous commençons à manger les mini tartes de Noël gratuites offertes au concert.

— Je me demande comment ils sont morts, tous ses enfants, dit Foy.

— Les enfants de qui ?

Elle indique la pierre tombale derrière moi.

— De Mary.

Dans l'obscurité naissante, je ne distingue pas grand-chose.

— Ça ne dit pas pour tous. Il y a des parties effacées. Ça dit que Harold est mort à quinze ans et que David est mort-né.

— C'est trop horrible.

— Ouais. Pauvre Mary.

— Toi, tu en veux, des vrais bébés, un jour ?

— Oui, un jour, dis-je en m'essuyant les doigts sur la serviette. Et toi ?

— Ah oui, j'espère bien.

— Moi j'espère que j'arriverai à être maman.

Foy mastique sa tarte.

— Ma mère pourra te montrer comment faire. On sera toujours là, elle et moi.

— Merci.

— Elles sont trop bonnes, ces tartes.

— Carrément trop bonnes. Dis, tu as entendu ce qu'ils disaient, Paddy et Isaac après le service ?

— À propose de quoi ?

Foy s'est levée pour me rejoindre sur la tombe de Charlotte.

— Il a dit qu'il avait entendu tata Chelle et tonton Stu parler, hier soir et qu'il paraît que mon père fait du trafic de drogue. Et que c'est pour ça qu'il voulait leur donner tout cet argent, l'autre jour.

Foy fait « oui » de la tête.

— Tu crois que ça veut dire que ton père va aller en prison ? demande-t-elle.

— Je sais pas.

— Si c'est le cas, toi tu pourras rester avec nous pour toujours.

— Mais je veux pas que papa aille en prison.

— Non, mais au cas où, toi tu resterais habiter chez nous.

Une boule s'est logée dans ma gorge.

— Je sais pas ce qui va se passer mais je crois qu'il a des soucis. Tonton Stu dit qu'il devrait faire « un deal » avec la police.

— Ça veut dire quoi ?

— Je sais pas trop. Peut-être que s'il rend l'argent il ne sera pas obligé d'aller en prison.

Foy fronce les sourcils puis passe un bras autour de mon cou.

— Je vais demandera à Isaac, dit-elle avec une pointe de défiance. Il saura, lui.

13

Vendredi 1er novembre

Le nouveau tapis est arrivé ce matin. Les couleurs ne sont pas les mêmes que sur la photo du site internet. Il est vraiment moche, dans les tons marron et orange, pas du tout rose et rouge. Et il rebique aux deux extrémités. Inutile d'en faire une maladie, il servira au moins à dissimuler l'affreux lino.

J'ai le moral dans les chaussettes. Kaden a disparu et Scants aussi, apparemment. Je crève d'envie que quelqu'un me prenne dans ses bras. Une personne, une vraie personne. N'importe qui.

Cathy, la vendeuse des Mariées de la mer qui s'est occupée de moi lors de ma dernière visite, est à nouveau de service aujourd'hui. Lorsque je franchis le seuil de la boutique, elle est occupée à plier du papier de soie derrière le comptoir. Sa première réaction en me reconnaissant est d'échanger un regard avec sa collègue, le même genre de regard que ceux que partagent Vanda et Sabrina quand j'arrive au travail.

— Ah, bonjour mademoiselle ! lance-t-elle en plaquant sur son visage un sourire automatique. Comment allez-vous ?

— Oh, ce n'est pas trop la forme, à vrai dire. On a perdu notre enfant.

Nouvel échange de regards entre les deux employées. Cathy abandonne son sourire forcé.

— Mon Dieu... Je suis vraiment désolée. Venez vous asseoir. Alice, mets de l'eau à bouillir, s'il te plaît.

— Tout de suite, répond Alice.

Jeune, plus jeune que moi, elle ne doit pas avoir plus de dix-neuf ans. Les cheveux longs châtain clair, légèrement ondulés, elle porte des chaussons ballerine et évolue dans la pièce comme quelqu'un qui s'excuse d'être là, et quand elle me regarde sa mine est maintenant défaite.

J'ai donc obtenu leur compassion et me voilà entourée de sympathie, de soie couleur crème et de pétales de fleurs roses. On pose une main sur mon bras, on veut me réconforter, on m'adresse des sourires chagrinés. À croire que j'ai là deux amies.

Cathy fait le tour du comptoir et s'avance vers moi, les bras tendus comme les branches d'une agrafe. Je reste immobile pendant son accolade. C'est ce que je voulais. En revanche, elle me serre tellement fort que je ne suis pas sûre d'aimer ça.

— Ma pauvre, il faut que vous ayez bien du courage pour revenir ici après ce que vous avez traversé. Je suis vraiment désolée. Je ne sais pas quoi vous dire, si ce n'est que je comprends ce que vous vivez en ce moment. Pour moi, c'était il y a bien longtemps mais la douleur est toujours présente.

— Merci. On tient tout de même à se marier en février mais évidemment, la taille de la robe ne sera plus celle que vous aviez prévue au début.

Ses paupières s'abaissent lentement, comme pour appliquer une pellicule de sincérité sur ses globes oculaires.

— Non, bien entendu... Prenons tranquillement un thé et passez de nouveau en revue les modèles de robe pour voir si quelque chose vous plaît, d'accord ? Nous avons presque toutes les collections en stock, Sassi Holford, Maggie Sottero, les plus cotées. On vient également de recevoir les nouveaux modèles de chez Romantix Brides, dans une gamme un petit peu plus onéreuse.

— Peu importe le prix, dis-je. David dit qu'il s'en fiche, maintenant que… enfin, maintenant qu'il y aura moins de frais que prévu, après.

Tant pis si la dernière fois j'ai dit que mon futur mari s'appelait Kaden. De toute manière, elles n'ont pas l'air de s'en souvenir. Désormais, mon homme, c'est David, un prénom choisi au hasard.

Cathy m'étreint la main brièvement.

— Je comprends. Tenez, regardez ces modèles-là pendant que je vous fais un thé. Avec du lait et deux sucres, c'est ça ?

— Trois sucres, merci.

— Ah oui, trois. Je vais voir s'il nous reste quelques biscuits, aussi. On doit avoir des Prince Charles au citron, délicieux.

Les robes du magazine Romantix sont tellement bon marché et laides qu'une grimace se forme sur mon visage. Soit ultra décolletées, soit ras du cou, toutes moulantes et avec de la dentelle partout. Et pas un modèle au-dessus de cinq cents livres. En revanche, celles signées Maggie Sottero sont extrêmement élégantes, tous les clichés des mariées ont été pris dans un environnement champêtre parfaitement assorti à la dentelle de motifs végétaux et aux broderies complexes de fleurs dont tous les modèles sont parés. Parmi la pile de magazines, il y en a un de lingerie, que Cathy me voit consulter lorsqu'elle revient avec un thé et deux gâteaux secs.

— Ah, ce catalogue recèle de choses adorables, et à moitié prix en ce moment. On a un body Victoria's Secret et une petite nuisette en dentelle de satin crème d'ordinaire à quatre-vingt-dix livres, mais en ce moment…

— Non, non, ça ne m'intéresse pas, la lingerie. Je veux uniquement une robe.

— Je comprends, pardon, oui, dit Cathy en mettant de côté catalogue de lingerie avant de m'ouvrir à la première page celui de Sassi Holford. Tenez, regardez celui-ci, si vous aimez le style très classique, vous allez trouver des modèles mortels.

Elle rougit de honte mais je fais comme si je n'avais rien remarqué, consciente que ce serait malpoli de ma part.

— Et vous avez tous les modèles en magasin ?

— Oui, la plupart. Sauf la Dominique, qui a eu beaucoup de succès. Comme vous pouvez le voir, c'est un modèle sans bretelles, avec un superbe voile en dentelle et une ceinture large couleur champagne ou ivoire. Le design de la jupe comprend une traîne…

— Je veux rentrer chez moi ce soir avec une robe.

— Très bien. Voilà ce que je vous propose, alors : décrivez-moi ce que vous recherchez et je pourrai aller tout de suite voir ce que j'ai à vous suggérer, d'accord ?

J'ouvre mon sac à main et en sors la feuille de papier pliée sur laquelle Foy a dessiné ma robe.

— Avec ma cousine, quand on était gamines on s'était fait un dessin de nos futures robes de mariage. Et on s'était dit que le jour où on serait prêtes à se marier, on tâcherait de trouver une robe qui serait au plus près du dessin.

Cathy prend la feuille par le bas, du bout des doigts, comme si le papier était souillé de taches douteuses.

— Alors, voyons ça. Ah. Donc, nous avons… hésite-t-elle en levant les yeux vers moi avant de se replonger dans le dessin. Une longe traîne… Un voile… Des manches longues… C'est de la dentelle, ça ?

— Le gribouillis, c'est pour montrer que c'est de la dentelle, oui. D'ailleurs elle a marqué « dentelle », à côté.

— Ah oui. Et des plumes. Beaucoup de plumes, partout

sur la jupe… Bon, c'est parti, je crois qu'on a quelque chose en réserve qui correspond exactement à ça. Un modèle de la prochaine saison, on vient juste de le recevoir. Vous faites du 42, quelque chose comme ça ?

— Oui, enfin c'est un minimum. Plutôt du 44. Ça pose un problème ?

— Seulement pour celles qui décident d'en faire un problème, dit-elle avec un clin d'œil entendu et un sourire écœurant. Je vais vous dégoter la perle rare, Ruth, faites-moi confiance.

Sur ces entrefaites, elle se lève et part dans l'arrière-boutique en faisant des petits bonds à la Mary Poppins sur un toit d'immeuble. Je sirote mon thé et lorsque ma tasse est vide, Alice l'assistante s'offre de m'en faire un deuxième. Cathy revient à ce moment, une lourde housse transparente posée sur le bras.

— C'est ce que j'ai trouvé de plus ressemblant à votre dessin avec des plumes et dans votre taille.

Elle ouvre la housse et suspend la robe à une tringle fixée au plafond, que je n'avais pas encore remarquée.

— Qu'en dites-vous, Ruth ?

— Oh… Elle est splendide.

Le haut en satin a de longues manches d'un blanc cristallin. La traîne de la jupe en plumes volette sous l'effet d'un courant d'air provenant d'une fissure dans l'embrasure de la porte. Sur le cintre, elle évoque à merveille la petite fille sur le dessin, classique, élégante, angélique. Mais moi je n'aurai pas les pieds et les mains palmés, j'aurai juste les cheveux noirs. Noir corbeau. Un faux noir. Aussi faux que mon nom.

— Elle est faite pour moi, déclaré-je. C'est exactement ce que je voulais.

— À la bonne heure ! Il s'agit d'une robe de la gamme Milo de Havilland, un designer italien qui vient de créer sa marque. Elle est un peu plus chère que la moyenne.

— Je la veux, il me la faut.

— Parfait. Alors venez l'essayer et on va commencer à réfléchir à un voile. Et si vous voulez, vous pouvez aussi jeter un coup d'œil à notre magasin de chaussures, juste à côté, pour trouver les accessoires assortis.

Devant la glace, je me contemple longuement, une main caressant les longues manches blanches, effleurant les plumes sur mes hanches, pivotant dans tous les sens sur mes escarpins en soie ivoire. Soudain, mon regard se pose sur une passante arrêtée devant la vitrine, qui m'observe. Oh non ! C'est Vanda, elle passe par là pour aller travailler. C'est bien moi qu'elle regarde, aucun doute. Je sens ses prunelles me lancer des éclairs. Puis elle éclate de rire de façon ostentatoire. J'ai peur qu'elle n'entre dans la boutique, mais non, elle finit par s'éloigner. Oh et puis zut, exceptionnellement je ne suis pas si inquiète que ça.

Je n'arrive pas à détacher mes yeux de cette robe, et moi dedans. Dans la boutique, quelques futures mariées me gratifient de regards et commentaires admiratifs. Une jeune femme blonde d'à peu près mon âge, prénommée Antonia, va épouser au printemps un type qui s'appelle Toby.

— On nous appelle Toby et Toni, ironise-t-elle.

— Moi, mon fiancé s'appelle David. Il est biologiste marin, improvisé-je.

— Félicitations !

— À vous de même.

— Merci.

Sa mère, une certaine Theresa, me dit que je suis magnifique. Et pour une fois, je la crois.

Alice l'assistante s'approche de moi à pas de velours.

— Alors, tout se passe bien ? roucoule-t-elle.

— Je la prends.

Avec l'achat de cette robe, je me sens bien mieux. Le même genre de « mieux » que lorsque je mange des beignets.

La satisfaction d'un besoin urgent qui dure cinq minutes. Je me goinfre, c'est l'extase de l'orgie de graisse, de sucre et de pâte. Et la sensation de satisfaction apparaît. Suivie par un atroce sentiment de culpabilité. Avec les beignets, il ne s'agit que de graisse, qu'un blocage de plus dans une artère. Mais là, quatre mille livres sont en jeu… Sur la terre des gens sont en train de crever de faim, un tas de chats n'ont pas de foyer, et moi je dépense quatre mille livres en une journée pour une robe que je ne porterai jamais.

Mais je m'en fiche complètement puisque de toute façon, aujourd'hui… je vais mourir.

Lorsque j'arrive au travail, je croise Trevor et Sabrina dans la salle du personnel. Je ne pointe pas mais m'adresse à deux.

— Où est Vanda ?

Sabrina observe mon paquet.

— Elle est partie vers les cuisines. C'est quoi, ce que tu as là ?

— Une robe de mariée.

— Pour qui ?

— Pour moi, répliqué-je en prenant la direction des cuisines.

Je les entends ricaner dans mon dos. En cuisine Vanda est avec Alexander, le cuisiner, ils établissent le planning. Elle me tombe dessus sans perdre une seconde.

— Tu es encore en retard. Et qu'est-ce que tu fous à neuf heures du matin essayer robe de mariée, pauvre folle ?

Je brandis la housse.

— Je n'ai pas fait que l'essayer, je l'ai achetée.

Elle s'esclaffe.

— Achetée ? Et tu maries à qui, l'Homme invisible ?

— Vanda…

— Quoi ?

— Je pars. Aujourd'hui. Maintenant, en fait.

— Tant mieux. T'es trop bizarre. Faut que tu soignes, t'es pas nette dans tête à toi.

Il faut que je le dise, j'ai besoin que ça sorte. Surtout parce qu'après, ce sera trop tard, ce soir je serai morte.

— Vanda, tu es une sale méchante. Vous êtes tous méchants, vous me persécutez. Voilà, c'est dit.

Vacances de Noël,
dix-huit ans plus tôt…

Avant-veille de Noël

Nous sommes dans la cabane de l'arbre à concevoir nos robes de mariées. Foy dessine la mienne et je dessine la sienne.

— Tu seras obligée de la porter, déclare Foy.

— Oui, oui, juré. Mets plein de plumes dans le bas, j'aime bien les plumes.

— D'accord.

Elle colorie en rouge le rubis de la bague passé au doigt de la mariée. Soudain mon père se matérialise au pied de l'arbre.

— Les filles, vous venez avec moi en ville ? Il faut que j'aille faire quelques courses pour Noël.

— On est obligées ?

— Oui, j'ai besoin de votre aide. Pour une mission secrète. Il me faut deux hommes de main.

— On est des filles, papa.

— Deux femmes de main, alors. Je pourrais aussi vous acheter un livre chacune…

Il laisse sa phrase en suspens parce qu'il sait pertinemment que c'est le moyen radical pour que nous abandonnions tout séance tenante. Deux secondes plus tard nous descendons par l'échelle.

Nous passons une bonne partie de notre temps chez Debenhams sans nous préoccuper des achats de mon père. Il traîne au rayon parfums, bijoux, drague la fille au maquillage et pendant ce temps-là, Foy et moi nous prenons pour deux reines, reine Ruth et reine Betsy ce jour-là, donnant des ordres à nos domestiques pour acquérir la panoplie complète d'une tenue à la Elton John. Foy prend des airs de grande dame.

— Oui, on prend ce sac et trois chapeaux, et cette broche, aussi. Non, mettez plutôt dix broches et cinq paires de bottines, une pour chaque château.

— Et moi je prends toutes les flacons d'after-shave de la boutique, une pour chacun de mes amoureux.

Pouffant de rire, nous partons à toute allure dans les escalators qui débouchent sur le rayon jouets.

Lorsque mon père nous rejoint enfin, il est chargé de sacs bien remplis.

— Allez, on y va. Il faut encore qu'on passe à Woolworths, après à Waterstones, et avant de rentrer au pub je vous paye un milkshake à la fraise.

Arrivées à Waterstones, la librairie située à l'autre bout de la ville, pour choisir nos livres, Foy et moi sommes déjà fourbues. Mais mon père tient sa promesse et nous donne cinq livres à dépenser.

De retour au pub, l'excitation de raconter notre périple shopping de Noël et de montrer à Chelle les cadeaux que mon père nous a achetés est telle que nous gravissons les marches quatre à quatre pour débouler dans le salon. Mais ma tante a une mine lasse. Elle se frotte constamment la bouche.

— Bon, écoutez les filles, je regarderai vos livres tout à l'heure.

— Tonton Danny a acheté plein de trucs pour toi aussi, dit Foy en s'apercevant instantanément qu'elle aurait mieux fait de se taire. Mais je ne peux pas te dire ce que c'est.

Le visage de Chelle s'assombrit encore plus.
— On mange dans une demi-heure.
— On va au château ? suggéré-je à Foy.
— Ouais, faut qu'on finisse nos robes.

Jour de Noël

Je me réveille bien trop tôt. Dans la chambre du fond, allongée sur le clic-clac près de la fenêtre, je regarde les rideaux fins et la lune pleine et basse. Sa lumière argentée enveloppe le parking et la terrasse du pub. Au toucher la fenêtre est froide, je me pelotonne sous la couette. Ne percevant aucun ronflement, je tourne la tête vers le lit de mon père. Personne.

Mon regard est attiré par quelque chose qui bouge dehors : quelqu'un vêtu d'une tenue rouge et de bottes noires traverse précipitamment la terrasse. Le Père Noël ? Il grimpe à l'échelle en corde, passe au travers des herbes de la pampa, accède au toit au-dessus du terrain de boules, puis, une fois le parking franchi, il ouvre lentement la porte du terrain de boules et s'engouffre à l'intérieur.

Le réveil près du lit de papa indique 2 h 37 du matin.

Au bout d'un moment, l'homme ressort par la même porte, la referme derrière lui puis retraverse le parking en direction de la terrasse. Là, il s'immobilise et regarde vers ma fenêtre. Les deux mains sur le ventre, il lance un « Ho ho ho » et part en courant.

J'ai beau avoir dix ans et une imagination débridée, je sais que c'est mon père. « Qu'est-ce qu'il fabrique ? » murmuré-je devant la vitre embuée.

Un long moment s'écoule avant qu'il revienne se coucher. Je fais mine d'être endormie. Au pied de mon lit, un craquement m'indique qu'il est en train de fixer un bas de laine au montant. Et dire que je n'ai jamais eu de bas de Noël jusque-là ! Je frétille intérieurement mais prends bien soin de ne pas ouvrir les yeux pour ne pas tout gâcher. Se rendormir relève du calvaire mais lorsque j'entends enfin les ronflements de papa, je dois bien me forcer. Et quand je les rouvre enfin…

C'est Noël !

La lumière a envahi la chambre. Je n'ai pas encore eu le temps de me redresser que Foy est déjà là avec son bas de Noël.

— Réveillez-vous ! Debout !

— Encore dix minutes, marmonne mon père.

Moi, j'ai bondi sur mon bas de Noël, enfilé ma robe de chambre, et l'instant d'après nous déboulons dans la chambre de Paddy. Il est déjà levé, les cheveux mis en forme avec soin, en forme de petit nid perché sur la tête, les yeux encore gonflés de sommeil. Il s'empare de son bas, de sa robe de chambre et nous poursuivons notre raid vers la chambre d'Isaac. Nous sautons sur les couvertures jusqu'à ce qu'Isaac accepte de se lever. Assis tous les quatre sur le lit, nous ouvrons nos cadeaux, blottis les uns contre les autres. Le paradis.

Les bas de Noël ont été presque entièrement dépouillés quand Chelle fait son entrée dans la chambre, les cheveux ébouriffés, dans sa chemise de nuit rose bonbon.

— Joyeux Noël les enfants !

Elle nous embrasse tour à tour et feint la surprise en découvrant ce que le Père Noël nous a apporté. Tonton Stu se joint bientôt à nous et nous embrasse aussi. Mais mon père ne vient pas. Il est déjà en cuisine, l'endroit où nous le trouvons. Il porte une toque de cuisinier et son tablier de « Top Chef ».

— Qui veut un petit déjeuner royal ?

Sur le bar, tout est déjà prêt : du bacon, des œufs, des pancakes, des gaufres, du sirop d'érable, des tomates cœur-de-bœuf et d'énormes saucisses.

Oncle Stu se frotte les mains.

— Eh bien, tu n'as pas fait les choses à moitié, Dan !

Posée entre la salière et la poivrière, une enveloppe attire son attention.

— Tiens, pourtant le facteur n'est pas encore passé, si ?

— J'en sais rien, dit mon père en ouvrant le paquet de bacon. Ça a été glissé par la fente de la porte d'entrée.

— C'est bizarre, commente Chelle.

Stu aussi a l'air intrigué. Il ouvre l'enveloppe, se met à rire, puis nous l'écoutons nous en lire le contenu.

Chère famille Keeton,
Un joyeux Noël à tous et que la chasse aux cadeaux commence !
Le départ de votre quête, et j'insiste bien sur ce point, a lieu dans un endroit où les oiseaux chantent. En hauteur il vous faudra regarder, puis de l'autre côté, et seulement là, vos cadeaux vous trouverez.

— C'est quoi ce truc ? s'amuse tonton Stu.

Il a passé la carte à Chelle, qui contrairement à lui n'a pas du tout l'air de trouver ça drôle.

— Danny, c'est quoi cette histoire ? soupire-t-elle.

Mais mon père arbore un large sourire. Il pose son paquet de bacon.

— Je crois que pour le petit déjeuner, on va attendre un peu. On y va, les enfants ?

Pendant deux heures a alors lieu une chasse au trésor dans tout le pub et autour du bâtiment. Mon père a dû passer la nuit à cacher les cadeaux un peu partout. Une fois le premier indice obtenu, et c'est Paddy qui le découvre dans la cabane, il faut trouver le suivant quelque part dans un des placards du bar et nous voilà de retour dans le pub, tous encore vêtus de nos robes de chambre, chaussons aux pieds, après avoir traversé le parking à vive allure dans un nuage blanc d'essoufflement et d'excitation.

— Pourquoi tu fais tout ça ? demande Chelle à mon père.

Mon père regarde le sourire encore un peu contrarié de sa sœur puis la cajole.

— Ce n'est pas moi, c'est le Père Noël.

Chelle n'est pas encore entièrement ralliée à sa cause, mais au troisième indice elle se laisse enfin aller et ne résiste plus à la joyeuse humeur générale. Certains cadeaux sont pour elle, notamment une montre rose en or avec des diamants sur le cadran, un pull rose très doux et un flacon géant d'un parfum qu'elle adore mais ne s'autorise jamais à acheter. Stuart reçoit de l'after-shave, un abonnement à *Bristol City* et un gril George Foreman dont il vante tout le temps les mérites. Pour Pad, un téléphone. Pour Isaac, une PlayStation. Foy et moi recevons des livres, des poupées, une batterie de cuisine pour le château, des feutres, du vernis à ongles pailleté, les œuvres complètes de Beatrix Potter pour moi et celles de Roald Dahl pour Foy.

L'indice 25 nous résiste quelque temps, jusqu'à ce qu'Isaac fasse remarquer que « la longue course » pourrait bien faire référence au terrain de boules. Nous, les quatre enfants, traversons une nouvelle fois le parking. À l'autre bout du terrain, une boîte rouge recouverte de petites lumières brille de mille feux. Paddy, arrivé en premier, reste un instant à la contempler.

— Allez, ouvre, l'incite Isaac en arrivant derrière lui, essoufflé. Regarde donc ce que c'est.

Paddy s'attaque à la boîte, son frère la débarrasse de l'étoffe. Ils en sortent une enveloppe.

Stu est là, maintenant.

— Allez, ouvre, Paddy, lui dit-il.

Et Paddy s'exécute. Il déchire l'enveloppe, puis fronce les sourcils.

— Ce sont des billets d'avion.

— Sept billets pour la Floride, ajoute Isaac, des étincelles dans les yeux.

Chelle porte une main à sa bouche, ses yeux se gonflent de larmes.

— Mon Dieu…

— Nom de Dieu de nom de Dieu, renchérit Stu.

Nous, les enfants, nous hurlons de joie et entamons une petite danse sur le terrain de boules et la terrasse, conscients d'une seule chose : nous allons à Disneyworld. Tous ensemble. Le rêve de tout enfant. L'espace d'un instant je remarque que papa a les yeux brillants et je me dis que lui aussi doit être heureux. Ce n'est que bien plus tard que je me rendrai compte qu'il ne s'agissait pas de larmes de joie.

Toute la matinée, moi et mes cousins faisons les fous dans le jardin, nous énumérons les personnages de Disney que nous allons rencontrer, Foy et moi nous nous badigeonnons les joues de paillettes et essayons nos nouvelles robes de fête, et pas un instant nous ne pensons aux conséquences de cadeaux aussi extravagants. Pas un instant je ne me demande pourquoi Chelle quitte la table au milieu du déjeuner. Pas un instant je ne réfléchis aux raisons qui ont conduit mon père à nous offrir un Noël pareil.

14

Vendredi 1er novembre

Avant de se suicider, il y a un certain nombre de choses à régler. Sur Internet, j'ai trouvé une liste.

En premier lieu, pensez à ceux que vous allez laisser derrière vous. Emily n'étant qu'une poupée, elle n'aura besoin de personne, donc inutile de l'abandonner devant chez quelqu'un. Je l'enroule dans une serviette, la place sur le siège auto resté dans le placard et ferme la porte du placard.

Mais avec les chats, la situation est différente. Il faut que je m'occupe d'eux correctement.

Le centre qui s'occupe de la protection des animaux m'envoie un type qui arrive camionnette vers midi un quart. Il ouvre les portes arrière et sort deux boîtes de transport. Il porte un uniforme bleu marine et une chemise blanche, et son badge m'indique qu'il s'appelle Sean Lowland. Je l'ai déjà vu au centre, le mois dernier, quand je leur ai amené un canard blessé, mais en temps normal il doit faire des tournées un peu partout. Je trouve qu'il fait jeune mais en réalité il a exactement le même âge que moi.

— Ça fait trois ans que je travaille au centre. J'adore ce boulot. J'adore les animaux.

— Moi aussi j'adore les animaux, lui dis-je en lui donnant un mug de thé.

— Vous êtes déjà passée au centre, non ? Vous n'aviez pas amené une bête, il y a quelques semaines ?

— Si. Un canard. Avec une aile cassée. Je crois qu'il avait été percuté par une voiture.

Son visage s'illumine.

— Ah oui, c'est bien ce que je pensais.

— Il s'en est sorti ?

Sean fait une grimace.

— Ah, me contenté-je de dire.

— On fait toujours le maximum, mais les ailes cassées, c'est très compliqué. Désolé.

— Tant pis. De toute façon je ne le connaissais par personnellement, ce canard.

Il sourit et je me demande bien ce qu'il y a de drôle. Sean a des cheveux châtains bouclés et un regard très doux.

— Alors, vous avez combien de chats ?

— En fait, ce ne sont pas vraiment les miens. Je les ai tous trouvés dans la rue. À moitié morts de faim, tous.

— Ah. Donc vous les avez sauvés ?

— C'est ça, je les ai sauvés. Le blanc était dans un arbre. Les deux, là-bas, je les ai trouvés il y a quelques semaines, blottis l'un contre l'autre sous une poubelle à roulettes, pas loin de la jetée. Ils étaient tellement sales que je les ai embarqués, nourris, brossés, et je leur ai administré un traitement antipuces.

— Le mieux, dans ce cas, c'est de nous appeler tout de suite. Parce que les familles qui ont perdu ces chats, c'est nous qu'elles appellent.

— Ah bon ?

— Oui, vous n'avez pas vu les affichettes ? Pas mal de gens sont déjà venus au centre pour savoir si on ne les avait pas trouvés.

— Il y avait des enfants, aussi ?

— Euh, oui, pour une des familles, oui. Mais ne vous

inquiétez pas, je suis certain que ces gens vont être ravis de savoir que vous vous en êtes si bien occupée.

Il a vraiment l'air gentil, ce garçon. Du coup, je décide de tout lui dire.

— En fait, j'en ai d'autres…

— D'autres quoi ?

— D'autres chats.

— Ah. Où ça ?

— Ici.

— D'accord… Combien ?

— Un ou deux.

— Deux ?

— Trois.

— Je vois.

— Enfin, quatre, en fait. Mais c'est tout. Il y en a sept en tout.

Sean a l'air dépassé.

— Princesse Tabitha a pris pas mal de poids depuis que je l'ai. Ses maîtres ne lui donnaient pas assez à manger, c'est sûr. Et le prince Rupert a eu de la conjonctivite mais je l'ai soigné moi-même.

— Pourquoi ne pas nous les amener tout de suite dans des cas comme ça ? Ça vous éviterait tous ces soucis et ces frais pour des chats qui ne sont même pas les vôtres.

— En fait je voulais… m'occuper de quelqu'un. Je voulais qu'ils restent avec moi.

Il finit son thé et se lève.

— Je comprends. Bon, montrez-moi où ils sont et je vais les mettre dans la camionnette, je pense que j'ai assez de boîtes. Il faudra peut-être mettre les deux plus petits ensemble, mais le centre n'est pas bien loin.

— Vous allez prévenir la police ?

— Hein ?

— Pour vol de chats.

— Je devrais peut-être, mais bon, vous les rendez, maintenant, et en plus ils ont l'air en forme. Donc je ne vois pas l'intérêt pour qui que ce soit.

Sean m'adresse un sourire que je lui retourne. Il veut se montrer agréable, rien de plus.

Nous passons vingt minutes à récupérer les chats un à un et c'est plus fort que moi, à chaque fois que je referme la porte grillagée d'une cage, je me mets à pleurer. Je glisse une friandise au félin enfermé et lui dis que ça a été un honneur pour moi de m'en occuper. Mais je parle tout bas pour que Sean ne m'entende pas et ne s'imagine pas que je suis encore plus zinzin que je n'en ai l'air.

La Duchesse est la seule sur laquelle nous ne parvenons pas à mettre la main, impossible de la trouver. Elle ne se trouve dans aucun de ses endroits habituels (sous mon lit, derrière le canapé ou couchée en rond sur la pile de serviettes au pied du radiateur de la salle de bains). À bien y réfléchir, voilà quelques jours que je ne l'ai pas vue.

Je ne sais pas pourquoi mais cette chasse aux chats avec Sean m'amuse beaucoup. Même s'il doit penser que je suis vraiment bizarre à voler des chats et à vivre dans un endroit répugnant, avec une poupée installée dans un siège auto remisée au fond d'un placard, je trouve qu'il est de bonne compagnie. Somme toute, nous passons un chouette moment, ce qui me permet également de me séparer des chats plus facilement.

Sean charge le dernier félin, Tallulah de Puces, dans la camionnette, il referme les portières puis revient dans le hall de l'immeuble.

— Voilà, terminé, dit-il. Voulez-vous que je prenne vos coordonnées au cas où certaines familles voudraient vous contacter pour vous remercier ?

— Euh, non, non, ce n'est pas la peine.

— Comme vous voulez. Bon, eh bien, si la Duchesse refait surface, passez-moi un coup de fil.

Il plonge une main dans une poche et en sort une carte de visite, qu'il me tend.

— Sean Lowland, inspecteur de la RSPCA, dis-je à voix haute.

Quelque chose dans son regard me pousse à lui dire la vérité. Je me jette à l'eau.

— Moi c'est Ellis. Ellis Clementine Kemp.

Ça a l'air de l'impressionner.

— Ouah, ça, c'est un sacré nom.

— Merci.

— Bon, je vais y aller. Merci encore de vous être si bien occupée de ces chats. J'espère que la Duchesse va finir par montrer le bout de son nez.

— Moi aussi. Merci.

J'ai tellement honte de moi que je sens mes joues chauffer. Je prie le ciel pour qu'il ne remarque rien. Et le plus drôle, c'est que lui aussi se met à rougir. Nous voilà un peu gênés tous les deux, mais ça ne dure qu'un instant, nous nous empressons de sourire. Il me laisse deux brochures : l'une, intitulée « Vous êtes un véritable ami des animaux domestiques, merci ! », comprend un autocollant détachable d'un chien avec les pouces en l'air, et l'autre sur le thème de l'adoption d'un animal de compagnie.

— Vous savez, vous devriez adopter officiellement la Duchesse si personne ne la réclame. Moi, j'ai adopté un chien, il n'y a pas longtemps.

— Ah oui ?

— Oui, un Jack Russell qui s'appelle Arthur. Un vrai filou. Il fait les tournées avec moi, des fois. Mais pas aujourd'hui, parce qu'on lui coupe les bijoux de famille, le pauvre.

— Aïe.

— Oh, c'est mieux pour lui, en fait. Ça va le calmer un

peu et lui permettre de vivre en bonne santé plus longtemps. Quand il aura récupéré je vais lui faire prendre des cours de socialisation. Allez, je file. Merci encore, Ellis.

J'aime bien quand il dit mon nom. Je n'ai pas du tout envie qu'il parte. Parce que quand il ne sera plus là, il faudra que je me penche sur le deuxième point de la liste *Préparez votre méthode de suicide*. Et à l'heure actuelle, je n'ai pas du tout envie de penser à ça. Ce que je veux, c'est continuer à bavarder avec Sean. Je voudrais bien apprendre à le connaître un peu mieux. Mais le voilà déjà au bout du palier et dehors. Arrivé devant sa camionnette, il se retourne.

— Ce soir je serai au Smuggler's, le pub de Cook Street. Si ça vous dit de prendre un verre… Vers dix-neuf heures ?

— D'accord.

Qu'est-ce que ça veut dire ? Qu'il veut que je sorte avec lui ? Alors qu'il a bien vu que je suis un peu dérangée, comme fille, que je kidnappe des chats et que j'ai un nourrisson en plastique… Je regarde la camionnette s'éloigner avant d'avoir pu tirer les choses au clair.

Quoi qu'il en soit, il ne voudra jamais de moi. Il faudra bien que je lui parle de tous les bobards que j'ai racontés, et là il partira en courant. Ou alors il m'embrassera, comme Kaden, et il verra que je suis nulle en baisers et il me repoussera en me regardant comme Kaden l'a fait. Ou alors il utilisera la même excuse : « Ce n'est pas professionnel, tu es une cliente. » Et ce qu'il voudra vraiment dire, c'est : « Tu es lamentable, une grosse mytho, tu me dégoûtes. » Je ne mérite qu'une chose, rester seule.

Certains conseils du site internet sur le suicide me paraissent un peu débiles. *Parlez à quelqu'un. Confiez-vous. Avant de passer à l'acte, faites un dernier repas. Et pendant ce repas, pensez aux préparatifs : comment procéder, pourquoi et où.*

Mais moi, je n'ai pas faim. Je me sens seule.

Je repense à Sean, à ce qui pourrait arriver entre nous. Pourtant j'ai en ma claque d'imaginer ce qui pourrait potentiellement arriver. Les licornes n'existent pas ; lui et moi ensemble, ça n'existe pas davantage. Moi en couple n'existe pas. Reviens sur terre. Il n'y a plus rien à faire. C'est trop dur.

Alors, en ce qui concerne le « comment procéder », j'ai le choix entre la mort par arme à feu (mais je n'ai pas de pistolet), la pendaison (pas de corde et la ceinture de ma robe de chambre est introuvable), le sac de plastique sur la tête (trop de transpiration), la drogue (mais ça peut faire vomir et je ne supporte pas les vomissements), l'empoisonnement par monoxyde de carbone (je n'ai pas de voiture), sauter du toit d'un immeuble (je doute qu'à Spurrington il y ait des bâtiments assez hauts, et si j'opte pour cette méthode, je tiens à être sûre de ne pas me réveiller à l'hôpital), se jeter sous un train (non, le pauvre conducteur) et la mort par noyade.

Pas loin, la mer est déchaînée. Pour ça, on peut dire que l'endroit est idéal. Mais comment fait-on pour réussir à se noyer ? Je me tourne à nouveau vers Google.

Apparemment, il y a deux façons de se noyer : boire de l'eau jusqu'à ce que mort s'ensuive ou lester ses poches des pierres lourdes et se jeter dans « une pièce d'eau ». Ma baignoire devrait faire l'affaire. Certaines personnes s'endorment bien dans leur bain. Mais je n'ai pas sommeil. Je pourrais prendre des somnifères. Que je n'ai pas. Bon, je vais sortir en acheter.

En ce début de soirée, les rues de la ville sont bondées de gens, d'ogres et de trolls qui crient et me dévisagent, malgré mes efforts pour raser les murs. Vers 19 h 15 je me retrouve dans Cook Street et passe devant le Smuggler's. Par la fenêtre du pub, j'aperçois Sean assis devant une petite table ronde près de la cheminée, plongé dans la lecture d'un journal. J'aimerais bien entrer et m'installer avec lui. Après tout, il m'a invitée. Il voulait que je le rejoigne. Ou était-il simplement poli ? Oui, c'est plutôt ça, il a dû proposer par simple politesse. Il vaut mieux que je le laisse tranquille.

Alors je rentre à la maison. De retour à l'appartement, je me sens prête. Je fais couler un bain bien chaud, verse le fond de la bouteille de bain moussant et un pavé de sel de bain acheté voilà des lustres chez monsieur Zhang. « Lune et Étoiles », indique le packaging. Je le gardais pour une grande occasion. Placé directement sous le robinet, le pavé se dissout en une coulée bleue, libérant des nuées de minuscules étoiles flottantes. Je prends les boîtes de somnifères rangées dans le sac à pharmacie. Puis deux autres boîtes restées dans le sac Morrison, et deux autres encore dans le sac Tesco Metro. Je ne savais pas qu'on ne pouvait pas acheter plus deux boîtes dans le même magasin.

J'appelle Scants. Pas de réponse, mais je ne m'attendais pas à ce qu'il décroche. Je laisse un message. Un message comme il les aime, « sans bullshit ». Je caresse les plumes de la robe de mariée, suspendue à la porte de la chambre pour que je puisse l'admirer de la baignoire. C'est vraiment la robe la plus belle du monde. Dans la salle de bains, je me déshabille, laissant les vêtements tels quels par terre. Mon téléphone est mis sur Spotify, prêt à passer la playlist des chansons que nous écoutions étant gamines, Alanis Morissette, Madonna, Kylie Minogue. Je le pose sur le rebord de la fenêtre.

Mon corps s'enfonce dans l'eau chaude jusqu'à ce que seule ma tête dépasse. Tous mes membres se réchauffent, du bout des doigts aux orteils. Autour de moi, sur moi, les petites étoiles dorées flottent, m'enveloppent et m'emportent loin, très loin… Chez moi. Au pub. Avec Foy, dans le jardin, à faire des chorégraphies. À la fin du show, tante Chelle applaudit et siffle.

J'ai mon sac fétiche avec moi, un ancien sac à main ayant appartenu à ma mère, que j'ai trouvé dans le placard de papa. Il est rempli de choses indispensables : un flacon de vernis à ongles Fée Clochette couleur perle, une seringue d'un kit de docteur Fisher Price, mon collier de princesse en faux diamants, une décoration d'arbre, des coquillages, des crayons de couleur, des bonbons, des vieilles pièces jaunes et une Jeep miniature, cadeau Kinder. Foy et moi portons nos robes de mariées. Nous avons pris la fuite le jour de notre mariage à deux princes malfaisants.

— Oh, Foy, regarde un peu l'heure, il faut aller à la galerie marchande avant la fermeture si on veut acheter à manger pour les dinosaures.

— OK, on y va.

Nous descendons par l'échelle et nous ruons sur nos vélos. Si on ne se presse pas, les magasins seront fermés et nos animaux mourront de faim. La galerie marchande, plus connue sous le nom de terrain de boules, est encore ouverte lorsque nous arrivons (et ce, grâce à notre Lamborghini Countach et à notre Ferrari Testarossa). Nous fonçons à la boutique Plumes et Nageoires, l'animalerie, pour faire nos emplettes : des steaks d'ours polaire, du bambou pour les pandas, des graines pour les dodos, des boîtes de Pedigree Chum pour dinosaures et des bananes pour les gorilles.

Nous ne jouions pas seulement au jeu du château. Il y avait aussi le jeu de la tanière. Le jeu des vingt enfants. Le jeu de la cabane dans les arbres. Le jeu de l'usine à guimauve (même principe que le jeu de la tanière mais l'action se déroule dans une usine à guimauve). Et le jeu de *Chéri, j'ai rétréci les gosses*, où nous étions des personnages miniatures. Mais ce dont je me rappelle le mieux, c'est le jeu du château.

Une fois les super bolides garés, nous remontons dans notre château par l'échelle et sortons nos cahiers à dessin. Il faut construire une extension au château, agrandir le parc de la baleine bleue et ajouter un hippodrome à vélociraptors.

Il fait bon au château mais il y règne une sale odeur de peinture fraîche. Près de la fenêtre nous avons posé des plantes en pot, des pensées et des crocus qui pousseront au printemps. Dans l'arène, tous les chevaliers sont à l'entraînement de joute et taekwondo. Le son du feutre bleu de Foy sur le papier m'apaise. Elle regarde moins souvent que moi par la fenêtre parce que moi, je ressens le besoin de m'imprégner de cet endroit le plus possible avant de devoir le quitter jusqu'à l'été prochain. Mon regard se perd dans les grandes étendues herbeuses. Les licornes batifolent, agitant leurs crinières et leurs queues arc-en-ciel. Mes lions se prélassent au soleil sous le chêne. Le T-Rex dévore sa pâtée jurassique. Et si je tends bien l'oreille, j'entends paître les vaches magiques, celles qui donnent du lait à la fraise. Foy époussette les plumes de sa jupe. Je fais pareil avec la mienne. Nous sommes les bonnes fées du royaume.

J'inspire profondément et plonge la tête sous l'eau. Les yeux ouverts, je ne distingue que vaguement l'ampoule nue, et floue, au plafond. Si seulement je pouvais me calmer un peu. Me laisser flotter comme les petites étoiles, et partir en m'endormant. Mais je n'ai plus d'air, mon corps veut rester en apnée et une voix hurle dans ma tête : « Remonte, réveille-toi, remplis tes poumons, respire. » Je ne remonte pas, mais je respire.

L'instant d'après je suis assise dans la baignoire à tousser comme une damnée. Avec pour seul témoin de ma tentative de suicide, si on peut appeler ça comme ça, une veille tache de moisi dans le coin de la baignoire. Je pourrais réessayer, mais je ne le sens pas. La baignoire n'est pas assez profonde, de toute façon. Et l'instinct de survie est trop fort. Il faudrait pouvoir le mettre en sourdine. Peut-être le moment de prendre les somnifères est-il arrivé. Juste pour voir si ça fait effet. Bon, j'essaye. Détends-toi. Détends-toi. Je perce un à un les opercules des plaquettes et aligne les gélules sur le rebord de la baignoire.

Mon corps s'affaisse lentement, mon visage froid finit par se réchauffer. Et je ne bouge plus. Je n'ai plus peur. Personne ne peut me faire de mal. Ni l'inconnu qui m'attend dehors, ni le type qui a tué Tessa Sharpe. Les étoiles s'agglutinent au-dessus de mon visage. L'eau se fige.

Mais lorsque j'ouvre les yeux, une ombre passe devant moi…

Vingt-quatre heures plus tard

Galerie Lorraine de Courcy, Dijon, France

15

Samedi 2 novembre au matin

L'art contemporain me met hors de moi. Tous ces trucs du style lit défait, urinoir à l'envers, ça me sort par les yeux. Mon frère Paddy, lui, il adore ça et ne rate pas une occasion de se rendre à la galerie de Dijon pour admirer les installations présentées dans cette galerie hors de prix pour snobs. Aujourd'hui, comme je suis au bord du gouffre, il m'a proposé de l'accompagner, histoire de « me sortir un peu ».

— Viens donc, ça te fera du bien.

— Pourquoi veux-tu que j'y aille ? Tu sais très bien que j'ai horreur de l'art contemporain.

— Le but n'est pas l'art, ici, le but est de te changer les idées pendant quelques heures. Allez, c'est gratuit.

Payant ou pas, ça ne change rien. Rien ne peut changer quoi que ce soit, de toute façon. Mais puisque cela m'éloignera quelque temps de la poussière de briques, des ouvriers tous plus incapables les uns que les autres, du bois pourri et des pots de peinture à un prix exorbitant, j'ai fini par accepter. Et comme prévu, je trouve ça nullissime. Et je le savais dès l'entrée, quand la pimbêche anorexique m'a donné le plan de l'expo. L'odeur de la galerie a tout du crématorium.

Dans la première salle, sur les quatre murs, des tableaux entièrement rouges. Tous dans le même rouge. Du rouge, c'est tout.

— Je pige pas. C'est censé être intéressant, ça ?

— Disons que ça provoque une réaction, au moins, s'amuse Paddy. De l'inimitié. Il ne faut peut-être pas chercher plus loin.

— Je suis déjà de mauvais poil, merci, grommelé-je.

Paddy reste là une éternité, puis il observe les œuvres sous différents angles, s'imprégnant de l'ambiance. Dans la salle suivante, cinq chaises. Sur l'une d'elles, un œuf géant.

— Je me demande comment on peut appeler ça de l'art. Un œuf sur une chaise…

Paddy s'approche de moi.

— Mais ça ne te fait pas penser à quelque chose ? Un œuf, d'un blanc pur, sur une vieille chaise usée avec un barreau en moins ?

— Ça me fait dire que quelqu'un a posé un œuf sur une chaise.

— L'œuf n'est pas posé sur la chaise, regarde bien. Il est suspendu au-dessus de la chaise. Tu vois le fil ?

— Ouais.

— Alors, ça t'évoque quoi ?

— Quelqu'un a suspendu un œuf au-dessus d'une chaise.

Paddy lève les yeux au ciel et passe dans la salle suivante. Deux vieux types lui adressent un sourire condescendant, celui réservé aux personnes en chaise roulante. Je les foudroie du regard mais mon frère me saisit par la manche pour que je le laisse passer et il se dirige vers la salle suivante. Nous nous mélangeons à un tas de gens maigres attifés de tenues géométriques et qui évoluent plus lentement que des escargots, un index en l'air pour indiquer quelque chose à leur compagnon dans un silence de mort.

« C'est de la merde en barre ! De la pure connerie ! » voilà ce que j'ai envie de hurler. Mais je m'abstiens, je ne suis pas comme ça. Et je m'abstiens pour mon frère. Ça lui plaît, à lui. Et je suis là pour lui.

Mais au fond de moi une angoisse palpable me ronge les entrailles. Elle bousille tout.

Paddy s'enthousiasme devant l'œuvre suivante.

— Ah, et ça, qu'en penses-tu ?

— Des pots en verre suspendus à un arbre, dis-je, les bras croisés.

— Et ?

— Des pots vides.

— Regarde le tronc de l'arbre.

— Des pots en verre vides suspendus à un arbre avec un tronc en verre et des branches en bois. Excuse-moi de ne pas tomber en pâmoison.

Paddy soupire.

— Tu veux m'attendre à la boutique de la galerie pendant que je finis le parcours ?

— Paddy, c'est d'un ridicule sans nom. Ça ne te met pas en rogne, tout ça ? Tu as passé cinq ans dans une école d'art pour aller voir des expos consacrées à des conneries comme ça ?

— Moi, je trouve ça génial.

— Un aspirateur accroché à un mur, génial ? Un ballon dégonflé ? Une éclaboussure de peinture et une benne à ordures vide ? Ça, c'est génial ?

— Tu ne regardes pas comme il faut. Tu ne déconstruis pas.

— Si, justement. Et ce que je vois est consternant. Désolée, je sais que c'est ton truc, mais… ce bâton appuyé contre le mur, c'est de l'art, ça ?

Il rit et fait rouler son fauteuil plus près de moi.

— C'est la représentation d'une vie en pleine crise.

— Non, c'est un bâton contre un mur.

L'œuvre suivante est composée d'une feuille de papier de soie bleue qui va et vient par terre, tirée par un tout petit train électrique.

— Et ça, c'est de l'art, peut-être ?

— Ça ne t'évoque rien ?

— La mer. Tirée par un petit train.

— Eh ben voilà !

— Quoi, « eh ben voilà » ? Pourquoi tu dis ça ? Et ça, alors ?

À côté de moi, dans un large cube en verre, une pile de vêtements au milieu de laquelle émerge une statue en marbre, dont on ne voit que les fesses.

— Ça, ça me fait penser à toi au TK Maxx.

Paddy se maîtrise mais j'ai bien vu qu'il a souri.

— C'est une œuvre qui n'a pas résisté aux accessoires des temps modernes.

— N'importe quoi.

— Tu as besoin qu'on t'explique, c'est tout.

— J'ai surtout besoin de voir de l'art, du vrai. Fait par quelqu'un qui sait dessiner, par exemple, tu vois ?

— Il faut envisager le tout comme un puzzle dont les pièces sont éparpillées. Est-ce que vraiment rien ne te parle dans cette galerie ?

La salle suivante présente des papillons mutants, de grands nuages en papier mâché qui pleuvent des préservatifs et un collage de fruits pourris grouillants d'asticots.

— Éblouissant. Il faut un sacré talent pour faire ça.

La dernière installation achève de me mettre hors de moi. Les quatre murs sont entièrement recouverts de toutes petites images, pas plus grandes que des cartes postales, desquelles il faut s'approcher de près pour distinguer ce qu'elles représentent. L'artiste est là, dans la salle, affublé d'une barbichette tressée, des piercings partout sur les oreilles. Il parle avec les mains en faisant de grands gestes, s'adressant à deux gonzesses squelettiques en collants multicolores ignobles. Les images, explique-t-il, ont été réalisées par son chien. Un épagneul qui répond au nom de Désiré.

— Je rêve ou le mec vient de dire que c'est son clébard qui a fait ces dessins ?

Trop c'est trop, je quitte la salle et me dirige vers le café. Derrière moi, j'entends Paddy soupirer.

— Ah, je me demandais combien de temps tu allais tenir.

Même la déco du café est prétentieuse. Les chaises ont l'air de ballons de baudruche, mais en acier, à l'effigie d'animaux. Et les murs semblent avoir été les témoins récents d'une bagarre impressionnante. Le temps que je paye, ma commande de deux tartines aux escargots a refroidi, évidemment. Je m'installe au fond de la salle à une table encore pleine de miettes. Et j'attends. L'envie de chialer me submerge.

Au-dehors, dans le jardin impeccable, la lumière du soleil se reflète sur une sculpture en métal et m'aveugle un instant. Agacée, je me lève pour changer de place mais la sculpture a capté mon attention : une main géante appuie sur une tête et l'enfonce dans le sol. Le visage est tordu, déformé. C'est la rage qu'on écrase. Je connais. C'est exactement moi, ça.

Une comptine me vient à l'esprit, une comptine que ma mère me lisait parfois avant de m'endormir.

Wynken, Blynken et Nod embarquèrent une nuit à bord d'un sabot de bois,

Et naviguèrent sur l'onde cristalline d'une mer de rosée.

« Où allez-vous et que cherchez-vous ? » demanda le vieil homme aux trois compères.

« Nous sommes venus pêcher le hareng qui vit dans cette mer sublime... »

Je me répète en boucle ces quelques phrases en attendant Paddy.

Lorsqu'apparaît enfin son fauteuil, mon frère doit s'arrêter pour discuter avec une vieille dame qui se penche sur lui comme si le pauvre petit venait de se cogner le genou. Elle le retient bien cinq minutes. Pendant ce temps-là, je me force à contrôler ma respiration, comme ce charlatan de médecin m'a conseillé de faire. Lorsque Paddy me rejoint enfin à la table, je suis clairement sur la défensive.

— Qu'est-ce qu'elle voulait ?

— Elle m'a demandé si j'étais à Helmand avec son fils. C'est là qu'il a perdu ses jambes, lui aussi.

— De quoi elle se mêle, cette vieille peau ?

— Eh ! Oh ! Tu vas te calmer un peu, oui ?

— Je fais ce que je peux. N'empêche, la vieille bique a des manières condescendantes.

— Elle voulait juste parler un peu, c'est tout. On s'est croisés dans la galerie, on a discuté de l'une des installations.

— Laquelle ? La botte de foin ? La râpe à fromage ? Le caleçon maculé de taches de pisse ? Je vous ai entendus, je te dis que la vieille pue la pitié.

— Pas du tout.

Paddy sirote son café sans me quitter des yeux. J'explose.

— QUOI ?

— Foy, parle-moi.

— Je suis dans un mauvais jour. Ça arrive à tout le monde. J'ai bien le droit, non ?

— Bien sûr, dit-il calmement. Mais en ce moment, il y a plus de mauvais jours que de bons jours.

— Ah, pardon, alors voilà, je n'ai pas le droit d'être de mauvais poil. Il faut que j'attende mon tour, c'est ça ?

— Foy, arrête, je t'en prie.

Après une longue inspiration, je pose les coudes sur la table, main sur la bouche. J'ai une énorme boule au fond de la gorge et mes yeux sont prêts à exploser.

— Désolée.

Je sais bien que je me comporte comme une égoïste. La vie a broyé Paddy, il en est ressorti en charpie, avec deux jambes en moins, et pourtant il continue à vivre avec le sourire aux lèvres. Pourquoi suis-je incapable de me réjouir de ce que j'ai ? Deux frères en vie, en bonne santé, un neveu et une nièce adorables, une maison dans un des plus beaux coins de France. On a de l'argent, pas des tonnes, certes, mais assez pour vivre. Et en plus il fait beau aujourd'hui ! Pourquoi suis-je incapable de profiter de tout ça au lieu de me laisser happer par cette douleur lancinante qui me ronge de l'intérieur ? Parce que je suis moi, et lui, c'est lui. C'est comme ça, c'est tout.

— Pas la peine de t'excuser, frangine. Mais parle-moi. Et si tu n'arrives pas à me parler à moi… parle à Isaac, peut-être.

— Il n'y a rien à dire. Vous savez déjà tout.

— Non, je ne sais pas ce que c'est que de perdre son mari.

— C'est un peu comme perdre deux enfants. Ou alors son père et sa mère en même temps, en plus douloureux. Tu vois ?

Paddy soupire puis boit une gorgée de café.

— Et aujourd'hui, qu'est-ce que tu ressens ?

— Aaaah, nous y voilà, on va remettre ça, alors… On fait quoi, là ? Une séance de psy publique dans le café d'une galerie ? Fais gaffe que l'artiste à la barbichette ne nous entende pas, il serait capable de nous enregistrer et d'en faire sa prochaine « œuvre ». Étude du désespoir, avec Foy Vallette et Paddy Keeton.

— Tout ça n'aurait pas dû arriver. Il devrait être avec nous.

— Exactement. Mais il n'est plus là. Et tu sais ce qu'Isaac m'a dit hier ? « Foy, ça fait dix-huit mois, maintenant. » Comme s'il y avait une date limite. Eh bien ouais, ouais, ça fait dix-huit mois. Le deuil ne s'arrête pas d'un jour à l'autre. Il me manque encore. L'horreur est encore là tous les matins parce que dans la salle de bains il y a toujours son rasoir et son gel douche sur l'étagère, qui l'attendent. Mais oui, allez-y, enlevez son manteau de la patère, donnez ses chaussures à une brocante, il ne les portera plus. Voilà, et maintenant je chiale. Je suis minable.

— Non, ça n'a rien de minable, dit Paddy. Tu as pensé à ce dont on avait parlé, au sujet de l'arbre qu'on pourrait planter dans le jardin ?

— Non, pas encore.

— On pourrait aussi disperser ses cendres au pied des arbres plantés pour papa et maman.

— Non, non, je ne suis pas prête, Paddy. Je sais que c'est ridicule mais tant qu'il est dans cette urne, c'est comme s'il était encore là, dans la maison.

Paddy pose une main sur la mienne et se met à pleurer lui aussi.

— Justement, il n'est plus là... Je n'en parlerai plus, mais sache que quand tu te sentiras prête, on le fera, tous ensemble. On sera tous là pour toi.

J'acquiesce, puisqu'il n'y a rien d'autre à faire.

Un peu apaisée par cette discussion, je décide de suivre Paddy dans la deuxième partie de l'exposition, mais je garde mes commentaires pour moi. Pourtant Dieu sait que j'aurais des choses à dire devant le canon qui tire des étrons et le tas de crayons cassés. D'ailleurs je vois bien que Paddy s'attend à quelque sarcasme. Mais je n'ai plus envie de rien. À part rentrer à la maison.

De retour chez nous, nous trouvons Isaac encore sur l'échelle, en train de réparer la lumière du salon. Je trébuche sur une pile de bâches de protection qu'il a laissée près de la porte.

— Tu n'as pas encore fini ? lui demandé-je.

— Non, cette maudite rosace n'arrête pas de se casser la figure. C'était bien, votre expo ?

Je regarde derrière moi pour voir si Paddy est là mais sa voix me parvient du fond de la cuisine, il parle à Lysette et au mari d'Isaac, Joey.

— Nul, dis-je tout bas. Mais Paddy a aimé.

— Au fait, il y a un type qui a appelé plusieurs fois pour toi. Il a laissé son numéro, regarde dans le couloir.

— Qui ça ? Si c'est encore un de ces maçons au rabais, je peux t'assurer que je vais lui dire ma façon de penser.

Sur le bout de papier, écrit à la va-vite, un nom : *Kaden Cotterill. Urgent. Rappeler.* Suivi d'un numéro.

— C'est qui, Kaden Cotterill ? lancé-je à l'attention d'Isaac.

Isaac ne répond pas, c'est Joe qui émerge de la cuisine avec deux mugs à la main.

— Hello. Tiens, tu veux un thé ?

— Salut Joe. Non merci. Tu sais qui c'est, Kaden Cotterill ?

— Aucune idée, dit-il avant de filer au salon.

Je compose le numéro gribouillé sur la feuille. Dans la glace, j'aperçois une fille avec un morceau de plâtre dans les cheveux, et ce depuis mercredi, et une petite tache de peinture jaune dans le cou. Pourtant on a arrêté les travaux de peinture lundi. Dans le salon on entend les acclamations de supporters d'un match de la Fifa, version électronique tout droit sortie de cette affreuse Box de jeux vidéo. Les enfants de Paddy et Isaac ont manifestement décidé de se lancer dans un tournoi.

À la troisième sonnerie, quelqu'un décroche.

— Bonjour, Foy Vallette à l'appareil. On m'a laissé un message, je rappelle.

— Mademoiselle Vallette, bonjour. Je m'appelle Kaden Cotterill.

— Madame Vallette. Je ne pense pas vous connaître, monsieur Cotterill.

— Je travaille pour Middleton, madame.

Il me faut quelques instants pour faire le lien. Avec la mort de Luc et les travaux dans la maison, je n'ai guère eu le temps de penser à autre chose. Mais là, je comprends très vite que cet appel est important. Tellement important que j'ai préféré balayer le sujet sous le tapis pour ne plus y penser, même si je savais ce qui pouvait arriver. Sous la montée d'adrénaline, j'agrippe la rampe de l'escalier et m'assieds sur la dernière marche.

— Ah, oui. En fait, je ne m'attendais pas à ce que quelqu'un m'appelle. On m'avait dit qu'on m'enverrait un e-mail en fin de mission.

— En effet, c'est ce qui était prévu au départ.

— Vous l'avez retrouvée ? Vous avez retrouvé Ellis ?

— Oui, je l'ai retrouvée.

J'en ai presque le souffle coupé.

— Ah. OK. Putain. Bon. Et où est-elle ?

— Elle a d'abord été identifiée dans la région de Birmingham, mais il y a un mois de ça elle a déménagé précipitamment à Spurrington-on-Sea. C'est dans le Nord-Ouest, à côté de Blackpool. Ça n'a pas été facile de la retrouver.

— Non, bien entendu, mais voilà bientôt vingt ans qu'elle est sous protection, donc pas étonnant qu'elle soit difficile à localiser. Et ensuite ?

— Euh, eh bien je voulais justement vous parler pour vous expliquer la situation actuelle. Quand je l'ai retrouvée, elle habitait un petit appartement dans un complexe qui donne sur le bord de mer. Elle était au rez-de-chaussée, et moi j'ai réussi à emménager dans un appartement libre au dernier étage du même bâtiment. J'ai donc pu la surveiller de près et obtenir toutes les informations que vous vouliez.

Ma gorge s'est soudainement asséchée.

— OK, dis-je, alors pourquoi ai-je l'impression que quelque chose ne tourne pas rond ? Elle a encore déménagé, c'est ça ? Dites-moi simplement si elle est… heureuse, stable.

— Malheureusement, on ne peut pas dire ça, non.

J'aurais préféré de bonnes nouvelles. Mais les mauvaises nouvelles, j'ai l'habitude, maintenant. Au moins, puisqu'on l'a retrouvée, on va pouvoir faire quelque chose. Tant qu'il y a de la vie, il y a de l'espoir.

— C'est-à-dire ?

— Elle vit dans la peur. Elle est très vulnérable. Et maintenant, elle a disparu.

— Disparu ? Comment ça ?

Le bas du mur de l'escalier recouvert de plâtre frais s'effrite déjà. D'un coup d'ongle, le seul qu'il me reste, je fais sauter un morceau de plâtre qui finit en poudre sur la marche. Ouvriers de merde. Cotterill poursuit.

— Quand je suis rentré chez moi tout à l'heure, un type m'attendait. Je crois que c'est l'agent qui s'occupait d'elle. Il m'a posé de questions sur Ellis, c'est lui qui m'a dit qu'elle avait disparu.

— Quoi ?

— Oui. Je n'en sais pas beaucoup plus pour le moment, désolé. Et il a parlé de taches de sang sur sa moquette.

— Mon Dieu…

— Vu l'état dans lequel était son appartement et le genre de questions qu'il m'a posées, il est probable qu'elle soit partie dans la précipitation. Ou qu'elle ait été emmenée de force…

J'ai du mal à respirer.

— Il n'est pas impossible qu'elle ait découvert qui j'étais.

— Mais comment ?

— Un soir, quand je suis rentré du boulot, elle s'est évanouie devant l'immeuble. Je l'ai aidée à rentrer chez elle,

elle saignait du nez. Je suis remonté chez moi pour prendre un paquet de petits pois pour lui appliquer sur le nez et quand je suis redescendue, elle avait fouillé dans mon téléphone. Et trouvé des photos d'elle, que j'avais prises. Celles que j'allais vous envoyer la semaine prochaine avec mon rapport.

— Merde.

— J'ai essayé de faire passer ça pour un béguin que j'aurais eu pour elle. Je lui ai dit que je faisais une fixette sur elle.

— Si je comprends bien, vous vous êtes fait passer pour un dérangé qui la harcèle ?

— Non, pas ce genre de harcèlement effrayant. Plutôt le gars amoureux et super timide.

— Et vous lui avez fichu la trouille.

— Pas du tout. En fait, ça a plutôt eu l'air de lui plaire. On s'est même embrassés. Je sais que ce n'était pas professionnel de ma part mais je tenais à n'éveiller aucun soupçon. Une grosse erreur de ma part, je vous le concède. Et avant-hier soir, pendant que je lui donnais un cours d'autodéfense, parce qu'elle a peur d'être attaquée, je lui ai dit que je ne souhaitais pas me lancer dans une relation avec elle. Et elle a mal réagi.

— Elle avait peur d'être attaquée ?

— J'ai cru comprendre que son ex est du genre violent. Et le type la cherchait, elle et le bébé.

— Elle a un enfant ?

— Eh bien, ça, c'est un autre truc un peu bizarre. Je suis allée chez elle, et je l'ai vu, ce bébé. Mais ce n'est pas un bébé, c'est un poupon en plastique. Une poupée.

— Quoi ?

— Elle faisait croire aux gens que c'était son bébé. Vous savez, c'est le genre de poupon ultra réaliste qu'on peut commander sur Internet. Elle faisait semblant d'être mère.

— Mais qu'est-ce qui a bien pu se passer pour qu'elle en

arrive là ? demandé-je, plus à moi-même qu'au type au bout du fil.

— J'ai tout ce que vous aviez demandé, des photos, la liste des gens qu'elle a rencontrés…

— Mais vous ne l'avez pas, elle, si je comprends bien ? Vous êtes bien détective privé, pourtant, non ? Ou aurais-je plutôt dû faire appel à Mr. Magoo ?

— Je ne suis pas son garde du corps, madame. Vous avez demandé à notre agence de prendre des photos, de vous faire un rapport pour avoir une idée de son quotidien, une vue d'ensemble de sa vie. C'est ce que je vous apporte.

— Je vous ai demandé de la surveiller et de me dire comment elle vivait. Je voulais savoir si elle était heureuse et menait une vie stable.

— Eh bien vous pourrez vous faire votre propre opinion sur la question. Mais selon moi, non, on ne peut pas dire qu'elle soit heureuse. Ni stable. Elle est même limite cinglée.

— Je ne vous permets pas !

— Pardon, je n'aurais pas dû dire ça. Je suis désolé.

— Mais pour qui vous prenez-vous, monsieur Cotterrill ? Vous pensez vous en sortir avec des excuses ?

— Écoutez, je vous ai dit tout ce qu'il y avait à dire.

— Vous saviez qu'elle était vulnérable, vous saviez qu'elle était obligée de vivre dans la clandestinité, la peur au ventre. Alors pourquoi n'avez-vous pas… pourquoi ne vous êtes-vous pas… oh et puis merde !

— Je ne pense pas qu'elle ait été enlevée ou quelque chose de ce genre. Et l'appartement ne se trouve pas dans un endroit isolé, il est sur le remblai, donc forcément quelqu'un aura entendu ou vu quelque chose.

— Et pourquoi alors n'avez-vous rien vu ou entendu, vous ? C'est justement pour ça que je vous paye, imbécile !

La boule dans la gorge se transforme en larmes. D'un revers de main je m'essuie les joues.

— Bon, j'arrive. Je ne peux pas rester ici à ne rien faire.

— Très bien, mais moi je serai rentré à Londres quand vous arriverez.

— Quoi ? Vous repartez tout de suite pour Londres ?

— Madame Vallette, je n'ai plus personne à surveiller. Si Ellis n'est plus là, je n'ai aucune raison de rester ici. Plus de travail.

— Et vous voulez quand même être payé ?

— Pardon ?

— Je répète : espérez-vous être payé ?

— Vous m'avez déjà payé.

— Par chèque. Un chèque antidaté.

— Vous n'avez pas le droit.

— Je vais me gêner ! Ne bougez pas, j'arrive. Envoyez-moi l'adresse. Et en attendant, j'espère qu'elle rentrera saine et sauve, sinon je vous jure que vous allez le regretter.

Troisième jour des vacances de Noël,
dix-huit ans plus tôt…

16

Je suis au château, dans l'arbre, avec Ellis. Mes petites jambes pendent sur l'échelle en corde arrimée à l'entrée de la cabane. Ellis touille la soupe aux cailloux du dîner.

— Tu as donné à manger aux mangoustes ? me demande-t-elle.

— Oui.

— C'est quoi, une mangouste ?

— Un oiseau, je crois. Il faudrait retourner chercher d'autres steaks de pingouins pour les ours polaires, avant que les magasins ferment.

Je prends un autre Jelly Tot dans le paquet réservé pour l'après-dîner. Ellis aussi se sert.

— Dis, Ellis, qu'est-ce qu'il a, ton père ?

— Rien, pourquoi ?

— Ce matin je l'ai vu pleurer. Et mon père aussi, il pleurait. La dernière fois que je les ai vus pleurer, c'était à l'enterrement de papi.

— Oh moi, mon père il pleure tout le temps. L'autre jour, il a pleuré devant un documentaire sur les animaux. Et quand la femme, elle a gagné un bateau, à *Family Fortunes*.

— Le mien, jamais. Je suis allée le dire à maman mais elle a dit que c'était parce qu'il venait de couper des oignons. Sauf que c'est même pas vrai vu qu'on mange une tourte au poisson ce soir, et qu'il n'y a pas d'oignons dedans.

— T'inquiète donc pas, viens plutôt manger, la soupe est servie.

J'obtempère et ensemble nous faisons semblant de grands bruits d'aspiration de liquide. Ensuite nous lavons la vaisselle toutes les deux, puis j'essuie et elle range les assiettes dans le carton-placard. Et enfin nous terminons le parquet de Jelly Tots.

— J'ai soif, dit Ellis.

J'attrape nos cannettes de Rio et les secoue. Vides, toutes les deux.

— Je vais en chercher deux autres ?

— On n'a pas le droit. Tata Chelle a dit une seule par jour.

— Elle n'est pas obligée de le savoir. Le pub est fermé, et l'après-midi ils sont tous à l'étage. J'y vais.

Je traverse le jardin en courant, entre par la porte arrière, celle de la cuisine, et file dans le couloir qui mène au bar. Je pensais que tout serait plongé dans l'obscurité, ou juste éclairé par la lumière du jour filtrant à travers les losanges des vitraux, mais les lampes autour du bar sont toutes allumées. Même le jukebox est en marche. Je plonge derrière les fûts de bière pour me cacher.

— Allez, frangine, t'en fais pas, tout se passera bien.

Maman et tonton Dan.

— Non, ça ne peut pas bien se passer. Pas du tout. Tu ne sais même pas où aller. Et Ellis, alors ?

La musique s'est arrêtée mais un autre disque démarre. C'est de l'harmonica. Quelqu'un monte le son.

— Viens danser, allez.

— Non, dit-elle en reniflant. Je suis occupée.

Elle vide les cendriers. Je ne sais pas où est mon père. Peut-être déjà monté se reposer.

— Mais viens donc, je te dis, insiste tonton. S'il te plaît, viens danser avec moi.

Quelqu'un pleure. C'est ma mère. « Il est pas bien malin, mais c'est mon frangin », dit la chanson. Je ne comprends pas pourquoi mais ces paroles ont l'air de mettre maman dans tous ses états. Je relève un peu la tête et je les vois, enlacés, évoluant en cercle au milieu du bar. Il lui caresse la tête, elle s'accroche à lui. Et lui à elle.

— Il doit bien y avoir une autre solution. Il faut que tu retournes voir les flics.

— C'est moi ou eux, Chelle. Voilà ce qu'ils ont dit.

— Je ne veux pas vous perdre, tous les deux.

— Dansons, pour l'instant, s'il te plaît.

Je jette un autre coup d'œil à la dérobée, et effectivement, ils dansent. Tonton Dan porte sa chemise Bristol City et maman une robe bleue à fleurs. Ils ont les yeux fermés mais ils pleurent, tous les deux. Mais que se passe-t-il donc ? Si je pose la question, je vais me faire rouspéter, elle va m'accuser de les avoir espionnés. Comme le jour où je suis entrée dans la chambre de papa et maman pour emprunter son parfum, qu'on utilise dans une recette magique, et papa et elle étaient au lit. Le jukebox s'arrête, puis un nouveau *clic* et le même harmonica repart.

— On le remet juste une fois, dit oncle Dan.

— Elle n'est pas assez longue, cette chanson, ajoute ma mère.

Ils ne dansent plus mais restent enlacés.

Sans faire de bruit, après avoir retiré deux cannettes sur l'étagère du bas, j'en replace deux du fond juste devant pour que ma mère ne s'aperçoive de rien. Puis, tête baissée, je longe le bar et détale dans le jardin. Les deux boissons fourrées dans les poches, je grimpe à l'échelle. Ellis est en train de dessiner.

— Tiens, voilà, dis-je en posant les Rio sur le tapis de bienvenue. Zut, j'ai envie de faire pipi.

Je retourne sans perdre une seconde au pub et monte les escaliers quatre à quatre (enfin presque), comme Isaac. Mon père est dans la chambre de Paddy à jouer sur la PlayStation. Je déboule comme une bombe dans la chambre d'Isaac, sans prendre la peine de frapper.

Isaac, debout près de la fenêtre, la tête sous le voilage, a des airs de mariée. Il tire sur une cigarette. Quand je fais irruption dans la chambre, il bondit de façon spectaculaire, jette précipitamment sa cigarette dehors et agite une main devant sa bouche.

— J'ai cru que c'était papa ! s'écrie-t-il la main sur le cœur, comme s'il avait failli avoir une crise cardiaque. Je t'ai déjà dit de frapper avant d'entrer, Foy, merde !

— Maman et tonton Dan sont en train de pleurer et ils se tiennent dans les bras, débité-je d'un trait.

— Hein ?

— Maman et tonton Dan sont en train de pleurer et ils se tiennent dans les bras.

— Et alors ?

— Et ils ont mis deux fois la même chanson dans le juke-box et ils ont fait des pas de danse mais c'était pas vraiment de la danse et ils avaient l'air de pleurer.

— Et alors ?

— Pourquoi ils font ça ? La dernière fois que j'ai vu tonton Dan pleurer, c'était à l'enterrement de papi, et ça fait super longtemps. Ils peuvent pas encore être tristes à cause de ça.

Isaac a repris son poste sous le voilage et rallume une cigarette.

— Surveille la porte, tu veux ? Non, bien sûr, c'est pas l'enterrement de papi.

— Alors c'est quoi ? imploré-je.

Mon frère fume, pas perturbé le moins du monde par mes révélations.

— J'en sais rien. Demande à Paddy.

— Il joue à la PlayStation avec papa.

— Et Ellis, elle est où ?

— Au château. Je vais la chercher ?

Il écrase son mégot sur le rebord de la fenêtre, referme la fenêtre et se saisit d'une petite bouteille blanche. Il fait gicler un liquide dans sa bouche, s'essuie les mains avec un torchon humide puis attrape un paquet de bonbons aux fruits sur son bureau.

— Non. Écoute, faut rien dire à Ellis parce qu'oncle Dan ne veut pas qu'elle s'inquiète.

— Pourquoi elle serait inquiète ?

— J'ai entendu papa et maman discuter, l'autre jour, et tonton Dan est vraiment dans la merde. Des gros soucis avec les flics.

— Oh... Pourquoi ?

— J'en sais rien, j'ai pas tout entendu. Mais il risque d'aller en prison. Un truc sérieux, genre, pour des années.

— Oh non...

— J'ai pas pu tout entendre, ils avaient mis la télé trop fort. Tout ça pour dire qu'il va sûrement partir pendant quelque temps.

— En prison.

— Peut-être bien. Ou autre part. Tu sais, comme ils font avec certains prisonniers, ils les envoient dans un autre pays, genre en Australie.

— Il part en Australie ?

— Ne dis rien à Ellis, compris ?

Isaac range son paquet de cigarettes dans une boîte en bois que notre grand-mère lui avait rapportée d'Égypte pour qu'il y mette « ses porte-clés ».

Derrière son bureau, il attrape un coin de moquette et tire, puis, à genoux, il soulève deux lattes du plancher et glisse la boîte dans une cachette. Deux secondes après, la moquette a retrouvé son aspect normal, la pièce sent bon la pomme aux épices et la cannelle, et les cigarettes, le briquet et le rafraîchisseur d'haleine ont tous disparu, comme par magie.

— Et Ellis, elle ira où quand il sera parti ?

— Faudra qu'elle aille dans un truc genre orphelinat.

— Ça va pas la tête ?!?

— Chut ! Parle plus bas, merde !

— Je m'en fiche, je veux pas qu'elle parte à l'orphelinat. En plus, elle est pas orpheline, elle est à nous.

L'orphelinat. Le mot m'évoque le spectacle *Annie* ou *Oliver !* au théâtre. Je me figure Ellis dans un ces endroits, vêtue de guenilles, récurant le sol, sous le joug d'une horrible vieille bonne femme qui la frappe. J'en ai la nausée. Il faut que je fasse quelque chose.

— Elle reste avec nous, déclaré-je solennellement.

— Foy, ça fonctionne pas comme ça, tu sais, dit-il sur un ton condescendant de grand frère.

— Si, ça va se passer comme ça, et je vais m'en charger moi-même. Hors de question qu'ils la prennent. Je vais tout raconter à maman.

— T'as pas intérêt, Foy, maman saura qu'on a écouté aux portes et tu sais très bien qu'elle déteste ça.

— Alors on va s'enfuir, Ellis et moi.

— Arrête de dire n'importe quoi.

— En tout cas, ils vont pas la prendre, je les laisserai pas faire.

À mon retour, Ellis n'est plus dans la cabane. Elle a rangé la dînette, les cannettes de Rio ont disparu. L'espace d'une seconde j'ai l'affreuse prémonition que ça y est, elle est vraiment partie pour toujours, partie en fumée, d'un coup, comme le génie dans le dessin animé, le week-end dernier. Et si elle était tombée de l'arbre, qu'elle s'était cognée la tête dans sa chute ? Je regarde par la fenêtre, mais non, rien en bas. Et si un inconnu l'avait enlevée ? Ou qu'une sorcière l'avait transformée en souris ? Et si on l'avait déjà envoyée dans un orphelinat, ou qu'elle était partie pour l'Australie ? Je n'aurais jamais dû la laisser seule. J'éclate en sanglots.

Comme le château surplombe le parking, j'aperçois soudain quelque chose qui zigzague : elle est là, sur son vélo. Elle agite une main à mon intention et toute ma tension retombe. Ravalant mes sanglots, je sèche mes larmes et descends de la cabane. Ellis s'arrête de pédaler sans descendre de bicyclette et attend. Je file prendre mon vélo et la rejoins sans tarder.

Arrivée devant elle, je prends la cannette de Rio qu'elle me tend.

— T'en as mis, du temps, se plaint-elle. Qu'est-ce que tu faisais ?

— Je suis allée acheter des steaks pour les ours polaires. Le magasin allait bientôt fermer.

Ellis tend un bras vers le terrain de boules et en un éclair nous voilà de retour dans notre monde de Lamborghini et de Ferrari, nous lançant dans une course folle pour regagner la maison, le château.

La dernière fois que j'ai vu Ellis, c'était à l'aéroport.

Nous venons de rentrer du voyage surprise en Floride que tonton Dan nous avait offert pour Noël. Le vol a été retardé, le somnifère que j'ai pris m'a donné envie de vomir, le repas dans l'avion était épouvantable, bref, je me sens patraque et j'ai complètement baissé la garde. Les vacances ont été géniales, on a passé presque tout notre temps dans la piscine et dans les parcs d'attractions et j'ai mangé tellement de pancakes au sirop d'érable que mes vêtements me semblent un peu trop petits. Mais les vacances sont terminées à présent et personne n'a envie de parler. Nous sommes le 15 janvier, un mercredi.

Chelle prend les choses en main.

— Ellis, Dan et moi on va récupérer les valises et pendant ce temps-là, les autres peuvent aller aux toilettes. On se rejoint à la voiture. Parking E, emplacement 114.

— Ça marche, dit mon père.

— Moi je reste avec Ellis.

— Non, Foy, tu vas avec ton père.

Je lâche la main d'Ellis. Cela ne dure que quelques secondes, ce n'est pas grand-chose comparé aux deux semaines que nous venons de partager, mais cet instant, j'y repense tout le temps.

— Pourquoi je peux pas rester avec Ellis ?

La question s'adresse à mon père, je la répète plusieurs fois tandis que nous traversons le hall d'arrivées avant de sortir du terminal. Lorsque la navette arrive enfin pour nous conduire au parking, un homme charge nos malles dans le coffre. Je serre contre moi la peluche de Minnie Mouse. Maman m'a acheté la même que celle qu'Ellis a gagnée à la tombola.

— Pourquoi, papa ?

Il m'ignore, et là je sens que quelque chose cloche. Quoi exactement, je n'en sais rien, mais je sens qu'il ment parce qu'il refuse de croiser mon regard.

Le parking est en vue lorsqu'il pivote sur son fauteuil et se tourne vers moi, assise à côté, et vers Paddy et Isaac, installés derrière nous.

— Oncle Dan et Ellis ne rentrent pas avec nous.

Je caresse les oreilles de Minnie.

— Pourquoi ?

Mon père regarde vers le parking.

— Ils vont s'installer dans leur nouvelle maison.

— Mais ils habitent chez nous, remarque Paddy.

Isaac s'est lui aussi mis à regarder par la fenêtre. Sa mâchoire frémit, comme s'il mâchonnait quelque chose.

— Ils ont une nouvelle maison, maintenant. Quand on était à Epcot, l'autre jour, oncle Dan a reçu un appel, et après, c'est rapport à ça qu'il a dû s'absenter. Vous vous rappelez ? C'était pendant qu'on faisait la queue pour les churros. Eh bien le coup de fil, c'était pour la maison. Donc voilà pourquoi ils sont partis de leur côté.

— Et ils vont habiter où ? demande Paddy.

Isaac est blême, on dirait qu'il est près de vomir.

— Ah eh bien, ça, je ne sais pas trop.

Mon père me passe la main dans les cheveux comme il le fait quand je tombe et que je me fais mal. Mais là, je ne suis pas tombée. Et il refuse toujours de me regarder dans les yeux. Je me retourne vers mes frères. Eux aussi évitent mon regard.

— Mais, papa, pourquoi aujourd'hui ?

— On n'avait pas le choix, Foy.

Sa voix est triste, ses yeux humides, ses lèvres sèches.

— Mais j'ai même pas eu le temps de lui dire au revoir.

— Je sais, ma puce, c'était pas idéal.

— Ellis reviendra aux prochaines vacances, de toute façon, hein ? Et je pourrai l'appeler ce soir ?

Mon père regarde les garçons, les garçons se regardent. C'est la première fois que je vois Isaac pleurer.

— Papa, je pourrai l'appeler ce soir ?

— On verra, ma puce, on verra.

Il a toujours une main sur ma tête, mais je le repousse parce que ça m'agace, maintenant. Et je ne comprends pas pourquoi il fait ça. Son visage tourné vers l'extérieur se reflète dans la vitre. Il pleure lui aussi. Ils sont tous les trois effondrés. Moi, je commence à en avoir marre de toutes ces larmes et des réponses évasives, marre qu'on ne m'explique pas ce qui se passe.

— Papa, pourquoi vous pleurez, tous ?

Il ferme les yeux. Isaac reste silencieux et Paddy penche la tête en avant. Soudain je me rappelle ce qu'Isaac m'a dit.

— C'est la police qui a attrapé oncle Dan pour l'emmener en prison ? Et Ellis, alors ?

— Ne t'en fais pas pour Ellis, elle est avec son papa.

Le reste de cette journée s'est en grande partie effacé de ma mémoire. Grâce au récit qu'Isaac et Paddy m'en ont fait, je sais qu'une fois arrivée sur le parking, j'ai succombé à une sorte de crise de nerfs, que mon père a dû me traîner, littéralement, jusqu'à la voiture, et m'attacher au siège arrière. Ce n'est que lorsque ma mère est reparue, seule avec sa valise, que j'ai commencé à me calmer. Elle s'est assise avec moi à l'arrière et durant tout le trajet, elle m'a caressé la tête. Paddy était installé à côté de nous, Isaac à l'avant, personne n'a prononcé le moindre mot, à part : « Qui a besoin de faire un arrêt pipi ? Il y a une station-service dans une quinzaine de kilomètres. » La nouvelle avait été annoncée aux garçons dans l'avion. Quant à moi, ce n'est que ce soir-là, dans ma chambre, que ma mère a pris le temps de m'expliquer véritablement la situation. Je ne me souviens plus exactement de ce qu'elle a dit, mais quelques mots restent gravés dans ma mémoire.

— Foy, on ne reverra plus Ellis.

— Plus jamais ?

— Non, ma chérie, plus jamais.

Elle est restée toute la nuit avec moi parce que ni l'une ni l'autre ne pouvait s'arrêter de pleurer.

17

Dimanche 3 novembre

Il y avait une mouche dans mon Petit Filou. Sûrement un signe avant-coureur de la journée épouvantable qui m'attendait. Ensuite, des routiers en colère avaient bloqué l'accès aux ferrys, si bien que tous les vols étaient réservés. Après avoir pleurniché et supplié l'opératrice au téléphone, j'ai tout de même réussi à trouver une place dans un avion pour Manchester. Avec ce que m'a coûté le billet, j'aurais pu faire un aller-retour à New York.

Et le vol a été interminable. J'étais assise entre un monsieur corpulent avec des plaques rouges douteuses dans le cou, qui n'a pas arrêté de tousser du décollage à l'atterrissage, et un gamin qui hurlait en me donnant des coups de pied dans les cuisses. Même après avoir atterri, le calvaire a continué : il a fallu attendre une heure au contrôle de sécurité puis quarante-cinq minutes à Budget Car avant que le type au comptoir, un certain Jeff, trouve mon dossier.

— J'ai fait la réservation hier, ai-je expliqué, elle devrait être en haut de votre liste.

— Désolé, mademoiselle, je ne vois rien.

— Madame. C'est madame Vallette. Si vous aviez trouvé la réservation, vous verriez que c'est bien madame.

Je commence à voir sérieusement chaud avec mes deux pulls, mon manteau, une écharpe et un bonnet, le tout sur le dos pour gagner de la place dans ma valise. Des gouttes de sueur s'accumulent dans mes sourcils. Je suis à deux doigts de m'énerver lorsque surgit, de la pièce du fond, mon sauveur, Arnold, des miettes de gâteau sec sur la cravate, une main se grattant l'entrejambe.

— Ah oui, la résa de madame Vallette est arrivée hier soir, Jeff. Tiens, regarde, les clés de la voiture sont juste là.

Je manque d'exploser. Bon, il faut que je me détende, j'ai des brûlures d'estomac. Je prends les clés et file sans attendre mon escorte à l'emplacement 204 du parking, où m'attend une Peugeot 308 qui vient d'être lavée mais pue les pieds à l'intérieur.

Lancée à vive allure sur la M6, je me dis que ce trajet sur l'autoroute est le premier moment agréable de tout le voyage. Je suis contente d'entendre Radio 2. Quand j'arrive vers Spurrington, des gros nuages comme des hématomes se sont amassés dans le ciel, l'orage menace, mais les cafés sont encore ouverts et les lumières des boutiques qui se reflètent dans les flaques d'eau me remontent un peu le moral. Il doit être environ seize heures. Je gare la voiture dans une rue derrière l'hôtel, comme indiqué sur le site du Lakes View Pub and Rooms. Dans le vestibule de l'hôtel, pas de réception mais un simple bar, derrière lequel se tient une petite bonne femme blonde, mine revêche.

— Oui ?

— J'ai une réservation pour trois nuits au nom de madame Foy Vallette.

Derrière la caisse enregistreuse, la blonde se tourne vers un panneau où sont suspendues des clés. Elle en prend une, revient à sa caisse enregistreuse et pianote quelques instants.

— Il faut traverser la rue, entrer par la porte rouge, et c'est au deuxième étage, première à gauche.

Elle me tend les clés de la chambre 10.

— … Bien, dis-je, vaguement déstabilisée par ses instructions.

— Aucun de mes employés n'est venu bosser aujourd'hui, annonce-t-elle. Ils ont tous les trois la gueule de bois. Je fais quoi, moi, hein ?

— Euh… Et le petit déjeuner est servi à quelle heure ?

— Si vous voulez un petit déjeuner, ce sera entre sept et neuf heures. Mais bon, je vous préviens qu'il n'y aura personne pour vous servir.

Sur ces entrefaites, elle tourne les talons et disparaît par une porte battante.

Elle me plaît, cette fille. Son incapacité à faire des chichis force le respect. Elle est de mauvais de poil et n'essaie même pas de le cacher. Avec des gens comme ça, au moins on sait à quoi s'en tenir. Moi, les minauderies, ça me rend dingue. À cet instant je repense à Cotterill et la rage qui s'est emparée de moi à l'aéroport pendant que je faisais la queue à Budget Car remonte d'un coup.

Je sors, traverse la rue, repère la porte rouge et entre dans le bâtiment. La cage d'escalier sent fort l'humidité, la vieille cigarette et le désodorisant à la lavande. Voilà bien dix ans que je n'ai pas fumé mais de temps en temps, l'odeur me donne envie d'en griller une. Cependant, cette envie disparaît brusquement lorsque je tombe nez à nez avec un étron, au beau milieu d'une marche. Enfin, je crois que c'est un étron. L'ampoule ne fonctionne pas dans la cage d'escalier, donc je n'y vois pas grand-chose, à part les panneaux *Exit*.

Ma chambre est de taille correcte, avec un lit double, un lit simple et deux sièges baquet en similicuir. Vue sur la baie. Heureusement que la vue est chouette parce que tout est laid dans cette pièce.

Et ça pue le tabac froid. Je pose mon sac sur la table basse et inspecte la chambre. Le matelas est creusé au milieu, ça se voit à l'œil nu. Pas de téléviseur, pas de bouilloire, pas de douche. Constellation de moisissure autour de la baignoire, sol un peu glissant, plancher qui craque. Les deux fenêtres sont équipées de stores mais il manque plusieurs lattes. Sur la moquette on distingue plusieurs marques de mégots. Ah, et l'ampoule du plafonnier ne marche pas.

Je consulte dans mon téléphone la carte que Cotterill m'a envoyée pour me rendre à l'appartement d'Ellis. C'est à deux minutes, sur le front de mer. À gauche en sortant de l'hôtel, il faut suivre le remblai, passer devant les salles de jeux, le supermarché chinois et le bâtiment est dans le petit lotissement privé. Dans ma poitrine, une douleur se réveille. J'ai déjà oublié le coût exorbitant de ce voyage, le vol pénible, la circulation pour entrer dans la ville, le resto qu'il faudra trouver pour que je mange quelque chose avant que tout ne ferme en fin de journée. Ellis occupe toutes mes pensées. Je suis si près d'elle, à présent. Enfin, tout près d'un endroit où elle s'est trouvée.

Quand je pense à elle, je revois toujours la petite fille de dix ans. Dix ans, des cheveux roux, des taches de rousseur, une robe d'été jaune et rose, une poupée de Minnie à la main. Elle n'a pas vieilli dans mon esprit, pas changé. De grands yeux bleus, une démarche comme sur ressorts, les pieds un peu rentrés. J'ouvre ma valise et en sors Léon l'ourson. Si jamais elle m'a oubliée, au moins elle se souviendra de lui. Elle se rappellera qu'on l'installait sur le bar, dans la cuisine, à côté de Miss Moustache, et qu'on jouait à X Factor, ou quelque chose comme ça. Qu'on avait une cabane dans un arbre. Qu'on l'appelait le château. Comme tout cela semble étrange, aujourd'hui.

Je fourre Léon l'ourson dans mon sac, ferme la chambre à clé et sors sur le front de mer en direction du lotissement. Après avoir marché un moment, l'appli de mon téléphone me dit que je suis arrivée dans la rue d'Ellis, Marine Road

West. Je scrute les numéros des appartements, 74a, 76a, 78a, et soudain j'y suis, c'est là... 82a. Rez-de-chaussée. Par la fenêtre du salon, je vois qu'il y a de la lumière à l'intérieur. Et un type, aussi. Il fait les cent pas. Ça doit être Cotterill.

Je gravis les marches de perron et enfonce plusieurs fois la sonnette du 82a. Sans raison particulière, mon cœur se met à battre la chamade. Je dois me répéter en boucle que non, je ne vais pas voir Ellis, mais lui, l'homme que j'ai payé pour la surveiller. L'homme qui l'a laissée s'évanouir dans la nature. L'homme qui l'a traitée de cinglée au téléphone. Une colère sourde bouillonne dans mes entrailles.

La porte de l'immeuble s'ouvre et deux hommes affreusement maigres émergent du hall. L'un porte un jean largement déchiré à l'arrière tandis que l'autre, qui marche en boitant, a un bras recouvert de croûtes. C'est à peine s'ils me remarquent en descendant du perron. Au bout du couloir, un autre homme a fait son apparition. Grand, blond, barbe de trois jours, regard gris comme un ciel lugubre.

— Oui ? s'enquiert-il avec méfiance.

— Ah, vous avez décidé de rester, finalement ? dis-je. C'est fort aimable à vous, dites-moi.

— Pardon ? Vous êtes une amie de Joanne ?

Il parle avec un accent écossais et Cotterill n'avait pas l'air écossais, au téléphone. Il n'était pas du tout écossais, d'ailleurs.

— Pourquoi vous faites l'Écossais ? Je ne pense pas que vous étiez écossais quand on s'est eus au téléphone. Vous vous croyez au cinéma ou quoi ? Je suis Foy Vallette.

Le type a l'air complètement décontenancé.

— Euh... Pardon mais il doit y avoir une err... Attendez, vous êtes Foy Vallette ?

— Tout à fait. Et vous êtes bien Kaden, c'est ça ?

— Non, moi c'est Neil. Neil Scantlebury. Mais c'est vous, Foy, la vraie Foy ?

— Vous en connaissez plusieurs, peut-être ?

— Je connais Claire Foy, l'actrice.

— Oui, eh bien vous voyez bien que ce n'est pas moi.

— Donc vous êtes la Foy d'Ellis ?

Mon cœur bondit en entendant son nom.

— Oui, c'est moi.

— Vous ne pouvez pas rester ici.

— Je viens de faire le voyage de France, exprès. Je ne bougerai pas d'ici tant que je n'aurai pas vu ma cousine. Où est-elle ?

— Non, il faut que vous partiez, tout de suite.

— Je vous en supplie, il faut que je la voie.

— Je me doute bien que vous voulez la voir, mais il y a un tas d'informations que je ne peux pas encore vous donner sur elle.

— Et pourquoi ?

— Ça ne vous regarde pas.

— Mais si, ça me regarde, bien sûr que si. Laissez-moi entrer.

— Et comment puis-je être certain que vous êtes bien celle que vous prétendez être ?

— Quoi ? Mais vous venez de dire que vous me connaissiez, que je suis « la » Foy d'Ellis. Je suis sa cousine. Je veux savoir comment elle va. Je vous en prie.

— Donnez-moi une preuve de votre identité.

Le type a croisé les bras, je vois bien qu'il ne me laissera pas passer tant qu'il ne sera pas certain d'avoir bien affaire à Foy Vallette.

— Et comment je fais ? dis-je. Je la connaissais quand on était gamines, pas en tant qu'adulte.

Il refuse toujours de me laisser entrer dans l'appartement.

Je lui montre mon passeport à la page avec la photo. Il l'examine attentivement mais ne bouge pas d'un centimètre pour autant.

— Elle est rousse et a des yeux bleus. Sur sa cuisse droite, non, la gauche, elle porte une cicatrice, faite un jour où elle se cachait dans un rouleau de barbelés, vers l'âge de six ans quand on jouait à 1, 2, 3. Sur le poignet droit elle a deux marques de varicelle. Elle adore les animaux. Et les dessins animés de Disney. Et faire du vélo. Et laisser courir son imagination. Dans sa tête elle mène plusieurs vies. Et quand j'avais peur de quelque chose, elle me prenait la main. Voilà, ça, c'était la petite fille que je connaissais.

Il se frotte la barbe naissante sur les joues puis s'écarte pour me laisser passer.

Bon, même si moi je ne sais strictement rien de ce type, il a l'air de savoir qui je suis, ce qui signifie qu'il doit connaître Ellis. Son petit ami, peut-être ? Dans le rapport de Cotterill, que j'ai lu dans l'avion, il est pourtant marqué qu'elle n'avait pas d'amoureux. Tu parles d'un détective privé !

— Et comment savez-vous qui je suis ? demandé-je à l'Écossais.

Il passe dans la cuisine et remplit la bouilloire d'eau. Il n'est pas mal dans son genre, le genre austère et tristounet. Il a les épaules larges, les cheveux blond foncé, un peu comme mon père. Mais il ne porte pas de lunettes, lui. Et il ne sourit pas.

— Et Cotterill, où est-il ?

— Je vous fais un thé ? propose le type.

— Je veux bien, merci. Où est Kaden Cotterill ? Et qui êtes-vous ? Et où est Ellis ?

L'appartement est glacial. Je tire sur les manches de mon pull pour me recouvrir les mains. L'homme se tourne enfin vers moi.

— On commence par le thé ou par les questions ?

— Les questions. Où est Kaden Cotterill ?

— Il est parti. Retourné à Londres. Quand je suis arrivé, il s'en allait.

Je m'assieds sur le canapé à deux places. Les accoudoirs sont griffés et recouverts de poils de chat.

— Je savais que cet enfoiré ne m'aurait pas attendue. Il peut toujours courir pour avoir son fric. Détective véreux.

— Vous lui aviez demandé de surveiller Ellis, c'est bien ça ? Il m'a un peu raconté.

— Oui. Et maintenant elle a disparu.

L'homme verse l'eau bouillante dans deux mugs.

— J'ai pris sa déposition au cas où la police aurait besoin de son témoignage.

— Ah… parce que vous n'êtes pas de la police, vous ?

— Je travaille main dans la main avec la police, mais je ne suis pas flic. D'ailleurs je ne suis même pas censé être ici puisque je suis en disponibilité en ce moment. Mais comme je travaille depuis très longtemps avec Ellis… Depuis son ancienne vie.

Il baisse les yeux puis touille, verse du lait et retire les sachets. Le thé n'a pas eu le temps d'infuser.

— Vous avez l'air d'insinuer qu'elle a elle-même choisi d'abandonner son ancienne vie.

— Elle parlait tout le temps de vous.

L'émotion me serre la gorge.

— … Ah oui ? Moi aussi, je pense très souvent à elle. Donc vous faites partie des équipes de protection de témoins ?

Il fronce les sourcils puis s'approche du canapé et pose les tasses devant moi.

— Je n'ai pas le droit de vous parler de ça.

— Pourtant vous êtes en train de le faire, dis-je en prenant un mug. Ma mère nous a tout raconté après le départ d'Ellis et de notre oncle Dan. Enfin, elle nous a dit ce qu'elle savait, c'est-à-dire pas grand-chose. Vous travaillez dans le social, alors ?

— Non, je travaille en effet pour les services britanniques de protection des témoins. On s'occupe des gens en situation de risque suite à des affaires criminelles.

— Et mon oncle Dan a balancé des dealers, c'est ça ?

— Je... ne peux faire aucun commentaire là-dessus.

— Mais si, forcez-vous un peu, voyons.

Il boit une gorgée puis pose sa tasse.

— Grâce à son témoignage, six dealers finiront leurs jours en prison. Il a donné un tas d'informations précieuses. Il avait peur. Il s'agissait d'un réseau d'approvisionnement d'une valeur de sept cent mille livres, qui couvrait tout le pays. Un truc énorme. Quand la police a mené un raid à l'une des adresses, ils ont découvert un laboratoire qui fabriquait deux cents pilules d'ecstasy à la minute.

— Mon Dieu...

— Dans la chaîne de distribution il y avait des gamins de douze ans. Abominable. C'est ce qui a fait basculer votre oncle de notre côté. Son témoignage a permis de mettre un terme à ce réseau. Mais il s'est mis à dos un paquet de types bien méchants, et c'est pour ça qu'on a été obligés de le mettre sous protection.

— Et vous croyez que quelque chose est arrivé à Ellis ? Qu'elle serait tombée sur ces « gros méchants » ?

— Non, non, je ne pense pas. Je crois qu'elle essaie encore de me faire tourner en bourrique et qu'elle va revenir bientôt. Voilà ce que je pense.

— Comment ça ?

— Foy, c'est comme ça qu'elle vit, vous savez. Elle ment. Elle joue à mentir, tout le temps. Elle disparaît, fait croire que des choses lui sont arrivées, comme ça tout le monde s'inquiète et se presse autour d'elle, et puis elle revient, la bouche en cœur, comme si de rien n'était.

— Attendez...

— Non, c'est vous qui allez m'écouter, maintenant. Vous ne l'avez pas vue depuis que vous aviez, quoi, dix ans, c'est ça ? Elle n'est plus la petite Ellis que vous avez connue. Elle a beaucoup changé en dix-huit ans.

Sur une étagère je remarque un château en Lego. Un livre de Roald Dahl, *Sacrées Sorcières*, avec la tranche esquintée. Une petite ardoise où quelqu'un a écrit, à la craie rose, *Acheter du fromage, des œufs, des lacets réglisse.* Une poupée de bonhomme de neige. Un pot *George et ses médicaments magiques*. Des gommes parfumées. Des DVD de Walt Disney, ceux que l'on regardait dans l'enfance. Un minuscule sapin de Noël au pied duquel sont entassés des petits cadeaux avec des étiquettes, avec la même écriture. La peluche de Minnie qu'Ellis avait ramenée de Disneyworld, dont les parties blanches sont devenues grises et se sont effilochées. La robe de Minnie s'est aplatie à force d'être comprimée par les câlins. Sur le rebord de la fenêtre j'aperçois aussi le capuchon de stylo de licorne. Je me lève et vais le prendre. Oui, c'est bien le même, même s'il ne reste rien de la crinière et que la tête s'est effacée.

— En fait, dis-je au bout d'un moment, je n'ai pas l'impression qu'elle ait tellement changé.

18

Dimanche 3 novembre, dans l'après-midi

J'allume mon téléphone et appelle la maison pour prévenir que je suis bien arrivée. C'est Isaac qui décroche. Le son de sa voix m'apaise, même s'il est remonté contre moi.

— Foy, bon Dieu, mais où…

— Je suis en Angleterre.

— Quoi ?

— Oui, en Angleterre. Je savais que toi et Paddy, vous ne m'auriez pas laissée faire.

— Laissée faire quoi ?

Derrière Isaac, j'entends Paddy qui vocifère.

— Foy, reprend Isaac, un instant tu es là au téléphone, à la maison, et tout à coup, quand on t'appelle pour venir à table, tu as disparu et on retrouve un petit mot sur la porte de ta chambre. On peut savoir ce qui se passe ?

— OK. Quelques mois après le décès de Luc, j'ai embauché un détective privé. Pour retrouver Ellis.

— Quoi ?

— Et hier, il y a eu du nouveau, donc je suis venue voir par moi-même.

— Oh non, tu ne vas pas remettre ça sur le tapis.

— Si, Isaac. Et cette fois, ils l'ont retrouvée.

— Ils l'ont retrouvée ? Oh putain… Et est-ce qu'elle…

— Elle est vivante, c'est tout ce qu'on sait. Mais elle a disparu.

Isaac soupire comme un énorme ballon de baudruche qui se dégonfle.

— Foy, tu aurais dû nous en parler.

— Je sais très bien ce que vous auriez dit, tous les deux, que je me fais des illusions, qu'Ellis est devenue une autre personne, qu'elle ne souvient pas de nous, etc. Mais je voulais vérifier tout ça par moi-même.

— Foy, ça va faire trop à gérer pour toi en ce moment, en plus de tout le reste. Tu veux qu'on te rejoigne, Paddy et moi ?

— Non, vous avez assez à faire de votre côté. Les couvreurs viennent aujourd'hui et il faut que vous soyez là pour être sûrs que le boulot soit bien fait.

— Je m'inquiète pour toi.

— Oui, moi aussi je m'inquiète pour moi mais ça va aller, ne t'en fais pas.

— Bon, comme tu voudras. Mais si tu changes d'avis, appelle-nous et on rapplique, d'accord ? Et appelle dès que tu as des nouvelles, compris ? On t'embrasse.

— Moi aussi je vous embrasse.

L'écran s'éteint.

Dans le salon, Neil est assis devant la télé, les jambes étendues sur la table basse. Il regarde une émission sur Hampton Court.

— Neil, que vouliez-vous dire tout à l'heure quand vous disiez que ce n'était pas la première fois qu'elle faisait ça ?

Les yeux toujours rivés au téléviseur, il sirote son thé.

— Quand elle vivait à Manchester, elle a disparu, un jour. Elle m'avait laissé un message expliquant qu'elle en avait marre, marre de tout. Quand je suis arrivé chez elle, après avoir fait du cent cinquante à l'heure sur l'autoroute parce que je pensais qu'elle allait se jeter d'un pont, elle m'a tranquillement ouvert la porte, tout allait très bien. Et elle m'a fait le coup deux fois. J'ai dû sévir et elle a fini par ne plus le refaire.

— Comment ça, « sévir » ?

— Je lui ai dit que si elle recommençait, je ne m'occuperais plus de son dossier, que quelqu'un d'autre dans mon équipe prendrait la relève. Et ça a suffi. Mais ça, c'était avant l'accident de tram.

— Elle a eu un accident de tram ?

— C'est ce qu'elle a dit, oui. Mais en réalité, elle n'était même pas sur les lieux de l'accident. Sauf qu'elle est passée à la télé en racontant qu'elle avait été blessée dans le tram quand il a eu cet accident. Elle ment sur à peu près tout.

Je m'assieds prudemment sur le seul fauteuil de la pièce. L'accoudoir, que je renonce bien vite à frotter, est là aussi recouvert de poils.

— Sur quoi, par exemple ?

— Tout, je vous dis. Elle change de nom tous les jours, selon son interlocuteur. Elle a sept chats, mais aucun ne lui appartient. Je ne tiens pas à vous donner trop de détails, mais bon… Elle a de sérieux problèmes psychologiques.

Il me regarde enfin. De lui, je peux accepter ces paroles parce qu'il connaît Ellis. Pas comme l'autre, ce Cotterill, qui la traite de cinglée alors qu'il ne la connaît que depuis un mois. Neil, lui, l'a côtoyée pendant plus d'années que moi.

— Neil, vous êtes venu d'Édimbourg ?

— Non, je suis toujours basé à Bristol. Enfin, avant. Mais ces deux derniers jours, j'étais dans la maison de mes parents, à Dumfries, pour quelques jours de vacances.

— Alors comment avez-vous su qu'Ellis avait disparu ?

L'émission télévisée semble soudain absorber toute son attention. J'ai la nette impression que Neil ne va pas répondre à ma question, mais je me trompe.

— Elle m'a laissé un message sur ma boîte vocale. Je ne l'avais pas écouté parce que c'est toujours la même chose avec elle, elle veut que je vienne la voir, elle se fait des films, elle a toujours la sensation d'être traquée. Genre Pierre et le Loup, vous voyez.

— Sauf qu'à la fin, le loup attrape bel et bien Pierre.

— C'est pour ça que je me suis finalement décidé à écouter son message. Au cas où, disons. Quand je suis arrivé à l'appartement, j'ai trouvé des morceaux de verre brisé.

— Où ça ?

— Dans la chambre et ici aussi. Elle a fait comme dans le film *Gone Girl*, elle a laissé quelques indices.

Me dire qu'elle pourrait faire irruption dans cette pièce à tout instant me donne des nœuds au ventre. Elle me verrait, là, chez elle. Alors que plus rien ne peut être comme avant. Enfin, pas tout à fait comme avant. Je m'abandonne quelques instants à ces pensées, puis je remarque que Neil me fixe de ses yeux gris et cafardeux.

Et soudain je me dis que cet homme peut m'aider à éclaircir les zones d'ombre, à comprendre, il peut répondre aux questions que je me suis si longtemps posées sur Ellis. Le thé qu'il m'a préparé est mélangé avec tellement de lait que le breuvage me donne la nausée. Je repose la tasse. Sur l'écran du téléviseur, l'historien a enfilé des gants blancs et tripote de vieux livres poussiéreux. Je ne sais pas si Neil m'écoute, il a l'air fasciné par les vieux bouquins, mais je me lance.

— Pendant des années j'ai fait des cauchemars d'Ellis. Pendant les jours qui ont suivi le retour des vacances de Disneyworld, Isaac, Paddy et moi n'avions pas le droit de poser de questions, mais entre nous on parlait. Ce sont mes frères.

Neil me concède un léger haussement de sourcils mais rien de plus.

— Je faisais comme si elle avait rétréci, comme dans le film, *Chérie, j'ai rétréci les gosses*. Dans mes cauchemars, je perdais sa trace. Ou mon père avait passé la tondeuse sur elle.

— C'est pas très malin, commente Neil.

— Non, ce n'était pas très malin, en effet, mais c'était le seul moyen pour moi d'affronter la situation, plutôt que d'accepter le vide vertigineux de sa disparition. Quand mon père tondait la pelouse, je lui imposais systématiquement de crier très fort qu'il s'apprêtait à passer la tondeuse, pour qu'Ellis ait le temps d'aller se mettre à l'abri. Et s'il ne le faisait pas, je piquais une crise. Plus tard, je me suis mis en tête qu'elle avait été emportée par un gros oiseau. Je grimpais aux arbres et je regardais dans les nids, pour voir si elle s'y trouvait. Je me disais qu'elle aurait tout aussi bien pu se métamorphoser en oiseau. Un oiseau que ne revenait jamais au nid.

— Hm, ça n'a pas dû être facile, baragouine Neil sans tourner la tête vers moi, ce qui me permet de verser quelques larmes sans me sentir gênée.

J'ai mal au crâne et les sanglots font redoubler la douleur.

— Quand j'avais treize ou quatorze ans, j'ai lu un article pendant un cours d'art. On faisait du papier mâché avec des feuilles de journaux et j'ai vu un article sur une jeune fille de mon âge qui avait été renversée par une voiture en rentrant chez elle, elle n'a pas survécu. J'ai cru que c'était elle. En fait, j'ai carrément essayé de me convaincre qu'elle était morte, même si au fond de moi une petite voix me disait que non, pas forcément. Neil, où sont-ils allés, ce jour-là à l'aéroport d'Heathrow ?

— Ce genre d'information est confidentiel, dit-il en faisant craquer ses phalanges.

— Allez, ça va faire dix-huit ans, tout ça n'a plus d'importance.

— Si, c'est toujours confidentiel.

— Dites-le-moi, s'il vous plaît.

— On les a emmenés en Écosse, dans un lieu sûr. Et quelque temps après ils ont été transférés à Liverpool. Où ils ont vécu sans le moindre souci pendant deux ans.

— Et ensuite ?

— Ils ont été repérés par des membres du cartel. Plus il y a d'argent dans un réseau, plus ils ont le bras long, ces types. Alors il a fallu les faire déménager. À Scarborough. Je pense qu'ils ont été plutôt heureux là-bas jusqu'aux dix-huit ans d'Ellis.

Le visage de Neil a changé d'expression, sa mine s'est rembrunie. Je ne dis rien et patiente une bonne minute avant qu'il poursuive. À la télévision, l'émission est coupée par un spot publicitaire.

— Trois hommes se sont introduits chez eux. Et ils n'ont pas réussi à s'enfuir, cette fois-ci.

— Qu'est-ce qu'ils leur ont fait ?

Neil regarde le fond de son mug.

— Vous êtes sûre de vouloir en savoir plus ?

— Oui, il faut que je sache.

— Ils ont passé votre oncle à tabac, méchamment. Pendant toute la matinée. Ils l'ont attaché à un radiateur. Et ils l'ont achevé plus tard, en l'étranglant. Ellis était présente.

Il a parlé d'une traite, d'une voix blanche. Le froid a envahi le salon.

— Ellis… a vu tout ça ?

— Elle est rentrée de l'école dans l'après-midi ce jour-là et l'a trouvé attaché au radiateur de la salle à manger. Les types l'avaient attendue. Ils l'ont attachée elle aussi à un radiateur, à l'autre bout de la pièce, et ils lui ont fait subir le même traitement. Sauf qu'ils ne l'ont pas étranglée, elle. Mais ils l'ont fait regarder quand ils ont étranglé son père.

— Est-ce qu'ils l'ont… ?

— Non, pas de viol, heureusement. Dans le cartel il y avait un type qui intimidait les femmes avec ce genre de chose, mais il n'était pas là, il croupissait déjà en prison, Dieu soit loué. L'enflure se baladait tout le temps avec un kit de viol sur lui. Donc, non, personne ne l'a touchée de ce point de vue-là. Mais elle a quand même morflé physiquement, c'est pour ça qu'elle ne peut pas avoir d'enfants. On a dû lui faire une hystérectomie.

— Mon Dieu…

— Je n'avais pas de nouvelles depuis plusieurs jours, et comme Dan ne répondait pas au téléphone, je me suis rendu sur place. Et je les ai trouvés dans la salle à manger. Elle respirait encore mais son pouls était très faible, elle était même froide. Je me suis souvent demandé comment elle avait fait pour me pardonner de ne pas avoir été là le jour où c'est arrivé. Le soir même, j'ai ouvert une bouteille de whisky et je l'ai vidée. Je ne pouvais plus m'arrêter de boire.

Neil se frotte les yeux.

— Vous lui avez sauvé la vie…

Mes larmes coulent désormais sans retenue. Je n'ai pas vu Neil se lever mais soudain il me tend deux feuilles d'essuie-tout.

— Quand elle est sortie de l'hôpital, on l'a installée quelque temps à Manchester, puis de nouveau à Liverpool. Et avant d'arriver ici il y a deux mois, elle a fait un bref séjour à Nottingham.

— Avec un nouveau nom à chaque fois ?

— Un nouveau nom, une nouvelle identité, un nouveau travail. Des passeports aux noms de Ann Hilson, Melanie Smith, Claire Price, et aujourd'hui Joanne Haynes.

— Elle ne doit plus savoir qui elle est, la pauvre.

— C'est le risque, en effet. Je passe la voir régulièrement, pour voir comment ça va. Je lui fais ses courses si elle ne peut pas sortir. Je ne suis plus tenu de le faire, mais je le fais quand même.

— Et pourquoi ne pourrait-elle pas sortir ?

— Elle souffre de paranoïa. Alors je viens voir comment elle s'en sort. Mais depuis qu'elle a rejoint la catégorie des cas à faible risque, je passe moins souvent et elle a du mal à l'accepter.

— Elle doit vous voir un peu comme son père.

Neil choisit d'ignorer ma remarque.

— Le cartel que Dan a livré aux flics n'est plus opérationnel. Mais il y a trois semaines de ça, elle croyait encore que trois de ses membres la suivaient.

— Et ce n'était pas le cas ?

— Non, répondit Neil en regardant droit devant lui. Elle a tout inventé.

— Pourtant quelqu'un la suivait bien. Au moins une personne, Kaden Cotterill. Il la surveillait pour moi, pour mon compte.

Neil secoua la tête sans rien ajouter. Quelle tête de chien battu ! Je comprends pourquoi on traite les Écossais de gens maussades. Il pourrait au moins m'adresser un petit sourire pour me rassurer. Tout est tellement glauque ici. L'humidité dans tous les coins, le canapé marron balafré par les chats, le fauteuil marron, l'écran de télévision minuscule avec une antenne pourrie, la salle de bains couleur avocat. Tout est moche, triste et froid. Cet endroit devrait être rasé. Neil a l'air de vouloir continuer à regarder la télé.

— En tout cas, si je comprends bien, vous n'avez pas pris ses messages au sérieux.

— Non ! se rebiffe-t-il soudain. Il n'y a pas de nouvelle menace. Vous n'avez aucune idée de ce qu'elle m'a fait subir pendant toutes ces années. Et comme un imbécile j'ai mordu à l'hameçon à chaque fois. Elle n'arrête pas d'inventer des histoires sur des coups de fil où il n'y a personne à l'autre bout de la ligne, sur des catalogues de cercueils, des types qui la suivent. Elle est prête à tout pour qu'on s'intéresse un peu à elle !

Pour une fois, c'est moi la personne calme dans la pièce.

— Bon, bon, d'accord. Je demandais, rien de plus.

Neil bondit du canapé et se met à arpenter la pièce.

— Elle est comme ça, maintenant, elle fait ce genre de trucs, il faut l'accepter. Elle se trouve constamment des alibis, pour tout. Un coup elle vous dit une chose, le lendemain une autre, et ni l'une ni l'autre ne se révèle vraie. L'année dernière j'ai vécu un véritable cauchemar pour essayer de la surveiller.

— Et dans son message, elle disait quoi ? Le message vocal.

— Je ne m'en souviens plus.

— Mais si, cherchez bien. Je suis sûre que vous vous en rappelez. Dites-le-moi, bon sang !

Près de la porte qui donne sur la terrasse, au pied du mur, son téléphone est branché à une prise, relié par un cordon blanc. Neil fait un vague signe pour désigner le portable en charge.

— Elle disait qu'elle en avait marre. Qu'elle voulait mourir. Et elle a ajouté qu'elle s'excusait. Après, elle a raccroché.

Je vois bien qu'au fond, il est plus inquiet qu'il ne voudrait le laisser paraître. Poussée par la soif, je reprends ma tasse. Un thé noyé dans le lait est mieux que pas de thé du tout, mais tout de même, le goût est infâme.

— Beurk… Qu'est-ce que c'est que ce truc ? dis-je avec une grimace.

— Du thé.

— Le lait était périmé ou quoi ?

— Non. J'ai mis une petite goutte de remontant dedans, pour vos nerfs.

— J'ai une totale maîtrise de mes nerfs, moi.

Je repose la tasse. Neil est agité, je le vois bien. Et là je comprends ce qu'il a, parce que j'ai déjà vu ce comportement, chez mon père. Il est soûl. Sur le bar de la cuisine, dissimulée derrière un pot de persil mort, j'aperçois une bouteille de whisky Bells.

— Vous avez bu combien de verres aujourd'hui ?

— Nom de Dieu, vous n'allez pas vous y mettre vous aussi !

— Si vous haussez encore une fois le ton avec moi, je vous colle ma main sur la figure, compris ? Je ne *supporte* pas les alcooliques.

Neil lève les deux mains pour signifier sa capitulation. Je poursuis.

— Bon, au téléphone Cotterill a parlé de sang sur la moquette.

— Oui, j'ai vu les traces. Mais il a expliqué que l'autre jour, elle avait saigné du nez. Donc je ne pense pas que ce soit un indice pertinent. En revanche, la baignoire est remplie à moitié. Ça, ça m'intrigue.

Il n'a certainement pas l'air rongé par l'inquiétude mais plutôt vaguement perplexe. Je file à la salle de bains et tire la ficelle pour allumer la lumière. Le lino est encore mouillé à certains endroits et l'eau du bain, bleue avec des petites étoiles dorées à la surface, ondule légèrement sous l'effet d'un courant d'air provenant d'une fissure dans la fenêtre. Au pied de la baignoire il y a plusieurs plaquettes de gélules. Toutes vides. Dans la poubelle je trouve des boîtes de somnifères, toutes achetées dans un magasin différent.

— Ne touchez à rien ! lance Neil du salon. Au cas où.

— Au cas où quoi ?

— Au cas où les choses se compliqueraient.

J'éteins la lumière et sors de la salle de bains. Dans la chambre, le décor est du même acabit que dans le salon : sombre, humide, papier peint délavé jaunâtre, lit simple minuscule avec draps froissés et couette fine. La porte du placard est ouverte sur un siège auto, et dans ce siège dort un nouveau-né enveloppé dans une couverture en tricot jaune et rose. Je me penche pour toucher la tête de la poupée. On dirait un vrai bébé. Je le prends dans mes bras. Le poids est bien celui d'un véritable nourrisson mais l'odeur est celle du plastique. Dans le dos, une petite roue permet de régler le bébé en mode Pleurs, Gaz, Pipi, Dodo. Je le mets en position Dodo et le jette sur le lit, puis pose une main sur la couette. Elle est mouillée.

— Le lit est humide, dis-je en revenant au salon.

— Tout l'appartement est humide.

— Non, je veux dire vraiment mouillé.

Après un nouvel essai du thé au whisky, j'abandonne : c'est encore plus répugnant que tout à l'heure. Je vide le contenu de la tasse dans l'évier de la cuisine.

— Neil, pourquoi aurait-elle laissé de l'eau dans sa baignoire ? Et pourquoi son lit est-il trempé ?

— Elle a peut-être laissé traîner des serviettes mouillées sur le lit. J'en sais rien, moi.

— Et pourquoi aurait-elle avalé tous ces somnifères ?

— On ne sait pas si elle les a vraiment pris. Il y a une couche de trucs bleus au fond de la baignoire.

— Mais enfin, pourquoi aurait-elle fichu des somnifères dans l'eau de son bain ? Qu'est-ce que ça veut dire, tout ça ?

— Pour nous faire croire qu'elle a fait une overdose. Vous êtes en train de partir dans la mauvaise direction avec vos interprétations.

— Est-ce qu'elle a emporté des vêtements ?

— Je ne sais pas. En tout cas son téléphone est resté ici. Sur le rebord de la fenêtre, dans la salle de bains. Quand je suis arrivé il jouait encore de la musique.

— Comment êtes-vous rentré dans l'appartement ?

— J'ai une clé. Et je suis le seul. Il n'y avait aucun signe d'effraction, si c'est ce que vous vouliez savoir.

— La fenêtre de la salle de bains est fissurée.

— Ça fait très longtemps qu'elle est comme ça.

— Merde, qu'est-ce que ça veut dire, tout ça ?

À mon tour je fais les cent pas et passe en revue tous les objets de la pièce. Sur les cadeaux déposés au pied du sapin de Noël nain, elle a écrit à l'encre argentée à paillettes : « Prince Roland », « Princesse Tabitha ».

— Ce sont des cadeaux pour ses chats, explique Neil.

— Quels chats ?

— Ses chats qui doivent être dehors, occupés à chasser des souris, probablement.

Neil se lève d'un air las, se frotte les yeux et passe dans la salle de bains. Il referme la porte puis j'entends un robinet qui coule. Il y a sept paquets cadeaux. Donc sept chats.

De retour au salon, Neil a retiré son manteau, il l'a accroché à la porte de la salle de bains. Il se gratte l'entrejambe d'un air absent, puis se rappelle que je suis là.

— Pardon, je n'ai plus l'habitude.

— De quoi ? Des bonnes manières ?

— Qu'est-ce qu'il fait froid ici. Il est où, le thermostat ?

— Vous n'aviez pas remarqué la température ?

— J'avais gardé mon manteau.

— Neil, regardez, autour de cet arbre, il y a sept cadeaux, et sur chaque cadeau un nom différent. Sauf que pour l'instant, moi je n'ai pas vu un seul chat dans cet appartement.

— Ce ne sont même pas ses chats, vous savez. Elle les a volés. Pendant un moment elle prétendait faire du bénévolat pour sauver des bêtes, mais en réalité elle enlevait des chats qu'elle estimait maltraités. Et tout son argent y passait.

Neil remue sa tasse et finit la dernière gorgée.

Voleuse de chats. Décidément, le mystère Ellis s'épaissit encore.

— D'accord, mais ce que je voulais dire, c'est où sont-ils, tous ces chats ?

Neil balaie la pièce du regard. Ouvre un placard. Va voir dans l'entrée. Revient au salon.

— Où est la chaudière ? demande-t-il. C'est nous qui payons ses factures, il doit donc y avoir une chaudière individuelle. Vous n'avez pas froid, vous ?

— Si, je suis glacée, et pourtant j'ai deux pulls. Revenons à nos moutons, enfin à cette histoire de chats.

— Mais pourquoi vous focalisez-vous sur ces chats ? Quelle importance ? Personnellement, j'ai horreur de ces bestioles. Elle les laissait aller partout. Ce n'est pas hygiénique.

Il ouvre un grand placard au-dessus de l'évier. La chaudière reste introuvable.

— Neil, quand êtes-vous passé la voir la dernière fois ?

— Ça fait quelques semaines.

— Et les chats étaient là ?

— Oui, il y en avait deux ou trois, je crois. Franchement, je ne vois pas où vous voulez en venir.

— Moi non plus, à vrai dire, marmonné-je.

Neil quitte la cuisine et file dans la chambre. Soudain j'entends un mécanisme qui s'enclenche, ça doit être la chaudière. Quelques instants après, le radiateur à côté des portes de la terrasse commence à chauffer. Je me poste devant.

— Foy !

— Quoi ?

Comme il ne répond pas, je me rue dans la chambre d'Ellis. Neil est à genoux devant la porte du placard grande ouverte. Il lève la tête vers moi, je m'approche pour voir ce qu'il a trouvé. Dans le placard, au milieu d'une pile de serviettes et de draps, un chat angora d'un blanc pur ronronne. Collés contre son ventre, six chatons roses tètent avidement.

19

Lundi 4 novembre au matin

Lorsque le lendemain matin la camionnette de la RSPCA se gare devant l'immeuble, j'ai les nerfs à vif et une grosse envie d'en découdre avec le premier venu. À cause d'une nuit agitée dans un appartement glacial, des trois cafés solubles ignobles, et parce que je crains que quelque chose ne soit arrivé à Ellis, quelque chose de bien plus sinistre que ce que Neil avait l'air de croire. Et je pense que Sean Lowland, le type que j'ai fait venir après avoir trouvé sa carte de visite dans le plateau à fruits, va pouvoir me fournir de nouvelles informations.

Sean a mis un sac de haricots secs chauffés au fond d'une grande caisse de transport, puis l'a recouvert d'une peau de mouton. Il dépose délicatement le cinquième chaton dans la boîte.

— La mère semble en pleine forme, constate-t-il. L'autre jour on a passé tout un moment à la chercher et elle devait déjà être là. Ses petits ont l'air de se nourrir correctement.

Neil prend le dernier chaton et le place contre la Duchesse tandis que Sean donne à manger à la main à la chatte, une friandise à haute teneur en calories.

— Comment avez-vous rencontré Ellis ? lui demandé-je.

Il referme la grille de la boîte.

— Je l'avais déjà vue au centre, elle avait amené un canard blessé. C'était il y a un mois, environ. Et l'autre jour elle m'a appelé pour ses chats. Enfin, elle voulait qu'ils retrouvent leurs vraies maisons. Je crois qu'elle s'en était occupée un petit moment.

Il empoigne la caisse, passe au salon et pose délicatement les chats sur la table basse.

— Et pourquoi tenait-elle tant à ce qu'ils retrouvent leurs maisons ? s'enquiert Neil, les bras croisés.

— Elle n'a pas fourni d'explication. Elle a juste dit qu'elle avait trouvé ces chats et qu'elle les avait recueillis parce qu'ils avaient l'air affamés.

— Oui, elle a fait le même coup à Scarborough pendant une période, soupire Neil ostensiblement.

— Mais elle s'en était vraiment bien occupée, ajoute Sean. Elle a dit qu'un des chats avait une conjonctivite et qu'elle a acheté de quoi le soigner. Je me rappelle qu'elle a dit aussi avoir envie de s'occuper de quelqu'un. Ce que je comprends. Moi aussi j'adore les animaux, on a ce truc en commun, elle et moi.

— Mais elle n'a pas expliqué pourquoi elle voulait s'en séparer.

— Non. Je me suis dit qu'elle devait probablement s'absenter quelque temps. Vous savez quand elle reviendra ?

— Bientôt, lance Neil.

Il m'adresse un regard difficile à interpréter, mais ce que je vois surtout, c'est le contraste entre ces deux hommes : Sean est joyeux, avec une tête d'ange, des boucles châtains et de grands yeux marron alors que Neil porte la misère sur son visage pâle et la grisaille dans son regard.

— Et comment était-elle ce jour-là ?

— Oh, j'en sais rien… Vaguement triste, peut-être ? Un peu déprimée ? Sûrement parce qu'elle devait se séparer des chats. J'ai peut-être abusé un peu, mais je lui ai demandé si elle voulait venir prendre un verre avec moi.

— Pourquoi ?

Sean hausse les épaules.

— Je la trouvais sympa. On avait quelques points communs. Des fois, le soir, je vais au Smuggler's et je lui ai dit que si elle voulait m'accompagner... Elle a dit oui mais elle n'est pas venue. J'ai attendu deux bonnes heures, au cas où. Elle a dû trouver que j'avais été trop direct.

— Et c'était quoi, ces points communs entre elle et vous ?

— On aime bien les animaux tous les deux et on est tous les deux timides. Enfin, je l'ai trouvée sympa, rien de plus.

— Et c'était quand, ça ? demande Neil.

— Euh... avant-hier soir.

— À quelle heure ?

— Attendez... Je ne pige pas... Il lui est arrivé quelque chose ?

— Elle a disparu, dis-je. Elle est sûrement chez une amie, mais on n'est sûrs de rien. Donc on s'inquiète, vous comprenez ?

Vu la tête de Neil et son regard courroucé, je vois bien que j'ai manqué une occasion de me taire.

Sean nous dévisage l'un après l'autre, l'air paniqué.

— Oh...

Après une longe respiration, je fais claquer lentement mes mots.

— Oui. Nous sommes très inquiets, en fait.

Soudain l'interphone retentit et nous sursautons tous les trois. Neil et moi nous ruons vers la porte d'entrée. C'est moi qui ouvre à la volée : c'est un livreur d'UPS. Je signe le reçu au nom de Joanne Haynes puisque Neil me dit que c'est son nom actuel. Dans l'appartement, j'ouvre le carton avec un vieux couteau à pain tout rouillé. Le colis contient des boîtes de teinture pour cheveux, six en tout. De la teinture noire.

Et quatre boîtes de lentilles de contact. Des lentilles marron. J'étale les boîtes sur le bar et tente de retrouver une respiration normale. J'ai vraiment cru que c'était elle qui revenait.

Nous nous retrouvons tous les trois debout au milieu du salon. Pour une fois, je ne sais pas quoi dire. Sean n'a visiblement aucune révélation à faire.

— Mince, vous me faites flipper, maintenant, dit Sean avec un rire nerveux.

Neil secoue la tête.

— Ne vous en faites pas, moi je pense qu'elle a simplement besoin d'un break en ce moment.

Ses yeux pourtant disent le contraire. La peur se lit dans son regard.

— Vous pourrez me prévenir quand elle rentrera ? J'imagine qu'elle voudra des nouvelles de la Duchesse.

— Oui, oui, on a votre carte.

— Je vais prendre la portée chez moi jusqu'à ce que les chatons soient en âge d'être adoptés. Comme ça, ils seront sûrs de bien grandir. Je vais les mettre devant le radiateur.

J'ai envie de m'excuser de lui avoir mal parlé mais je n'y arrive pas. Je me demande s'il est naturellement hyper gentil ou s'il est justement *trop* gentil. Une moitié de moi voudrait lui mettre une beigne, l'autre moitié le serrer dans mes bras. Je repense aux plaquettes de somnifères dans la salle de bains, aux boîtes dans la poubelle, et le mot que Sean a utilisé me revient à l'esprit : « déprimée ».

Neil lui ouvre la porte et Sean se faufile dans le couloir, caisse à chats à bout de bras.

— Merci d'être venu, pour les chats.

Par la fenêtre de la terrasse j'observe Sean glisser la boîte sur le siège passager de sa camionnette. Il pleut. Sean grimpe à son tour dans le véhicule et se met à parler à la boîte.

Neil est derrière moi, lui aussi regarde la camionnette.

— Ils sont faits l'un pour l'autre, ces deux-là, dit-il.

— Qu'est-ce que vous pensez de ce gars ?

— Rien à redire. Mais je vais faire quelques vérifications. En tout cas, il a craqué pour elle.

— Il l'a appelée Ellis. Elle lui a avoué son vrai prénom.

— Oh, ça ne veut rien dire.

— Mais avec vous rien n'a d'importance, on dirait. Et si elle ne lui avait jamais donné son vrai prénom et qu'il le savait parce qu'il fait partie du cartel, hein ?

— Sean a le même âge que vous et Ellis. Je doute qu'il se soit mis à fabriquer des pilules d'ecstasy et des barres de cocaïne en culotte courte.

— Mais ça pourrait être le fils d'un des membres du gang, non ? Vous avez dit qu'il y avait des gamins de douze ans impliqués dans le réseau.

Neil secoue la tête.

— Non, non, ce n'est pas le genre. Moi je pense qu'il n'a rien à voir là-dedans.

La colère a enfin raison de moi.

— Alors on fait quoi, maintenant, hein ?!? Voilà deux jours qu'elle a disparu et vous pensez encore qu'il s'agit d'une petite escapade pour vous faire tourner en bourrique ?

Neil prend place sur le canapé. Il se mordille les lèvres.

— Non.

— Et on peut savoir ce que vous pensez, alors ?

— Je pense qu'il faudrait demander à voir les enregistrements de la nuit de sa disparition des caméras de surveillance installées sur le front de mer, pour voir s'il y a quelque chose. Il y en a plusieurs devant les salles de jeux. On pourrait commencer par là.

— Et commencer par là nous mènerait où ? À savoir par où elle est passée ? Et après ?

— Si elle a décidé de se débarrasser de ses chats le jour où elle a disparu, il n'y a qu'une explication possible : elle savait qu'elle ne serait plus là pour s'en occuper. Sinon, elle ne s'en serait pas séparée.

— Donc selon vous elle est bien partie de son plein gré ?

— C'est possible. C'est une option à ne pas négliger.

— N'en dites pas plus, je vous en prie.

Nous regardons tous les deux vers la mer… J'ai besoin de me raccrocher à lui aujourd'hui, à son visage dur comme une falaise immuable, le visage qu'il arborait quand je suis arrivée hier. Mais la falaise semble s'être fissurée à présent. Ses yeux trahissent le même sentiment que celui de Sean tout à l'heure. La panique.

20

Lundi 4 novembre, fin d'après-midi

Nous attendons Ellis toute la matinée, puis tout l'après-midi. Nous nous raccrochons encore à l'espoir de la voir soudain franchir le palier de la porte. Mais elle ne rentre pas. Personne ne vient. Neil et moi allons tour à tour sur le remblai pour acheter des cafés et de quoi manger. Je n'ai jamais vu quelqu'un d'aussi difficile à nourrir : pas de sandwich au bacon si le pain a été tartiné de beurre, par de pain toasté s'il est de mauvaise qualité ou que la garniture contient de la vinaigrette, le café est toujours trop fort, pas assez fort ou pas assez chaud. Une vraie plaie à table, ce type.

— C'est à cause de ma mère, m'explique-t-il. Elle était comme ça elle aussi. Pire, même. Elle ne voulait jamais aller au restaurant parce qu'elle était convaincue que les cuisiniers se branlaient systématiquement dans la purée maison.

Pour la première et la dernière fois de la journée, je ris. Je ris à m'en décrocher la mâchoire.

Nous sommes installés côte à côte sur le canapé. Je me sens sale, rouée de fatigue, oppressée par les murs de cet appartement, écrasée, étranglée. La crise de nerfs n'est pas loin. Neil éteint la télévision.

— Foy, pourquoi ne rentrez-vous pas à votre hôtel pour vous reposer et prendre une bonne douche ?

— Je pue, c'est ça ?

— Pas du tout, mais moi aussi je suis vanné et pourtant j'ai dormi cette nuit. Alors que vous, non.

— Vous pensez vraiment que je pourrais m'endormir alors que le corps sans vie de ma cousine risque à tout instant d'être retrouvé en mer ?

— Vous avez failli vous endormir debout, tout à l'heure. Allez, rentrez.

— Je vous emmerde.

À ce stade, n'importe quelle personne normale fuirait ma compagnie. C'est ce que Paddy et Isaac font quand je vire en mode tornade. Ils battent en retraite dans leurs bunkers respectifs et attendent que la tempête passe. Mais pas Neil.

— Retournez donc à l'hôtel et faites un brin de toilette et une petite sieste, articule-t-il lentement. Vous n'allez pas tenir bien longtemps dans l'état où vous êtes actuellement.

— Je n'ai pas d'ordre à recevoir de vous.

— Mais vous savez que j'ai raison.

— Vous n'avez pas raison. Vous êtes un emmerdeur.

— Merci. C'est tout ?

— Oui. Elle vous a appelé. Elle a dit qu'elle en avait marre de tout, et vous, vous avez préféré ignorer son message. Vous auriez tout aussi bien pu signer son arrêt de mort.

Neill bondit du canapé et me lance un regard noir.

— Comment osez-vous me dire ça ? Depuis le début je me sens coupable de ce qui lui est arrivé. Mais le fait que depuis ce jour fatidique et jusqu'à aujourd'hui elle n'ait pas cessé une seconde de mentir, ça, ce n'est pas de ma faute.

Je me lève à mon tour et le regarde droit dans les yeux.

— Elle est morte, c'est ça ?

Pas de réponse.

— Si vous me dites qu'elle est morte, ajouté-je, je vous croirai.

— Je ne peux pas vous dire ce que vous voulez entendre.

Et soudain sa main étreint la mienne.

— Pardonnez-moi, dit-il.

Je lui crie dessus, je le traite d'emmerdeur et c'est lui qui s'excuse ? C'en est vraiment trop pour moi, je craque et m'effondre sur lui. Je mets un moment à sentir qu'il a passé ses bras autour de moi et soudain cette sensation me fait un bien fou. Une sensation de sécurité. Voilà ce dont j'ai besoin à cet instant, pas des cris ni d'accusations cinglantes. Juste deux bras qui m'enlacent.

Lorsqu'il reprend la parole, c'est d'une voix douce.

— Allez, retournez à l'hôtel et faites un break. Je vous attends ici. Si elle revient, je vous appelle.

— Non. L'hôtel est sordide. La baignoire est pleine de moisissures.

Il expire profondément, s'écarte de moi et remet son masque de granit.

— Vous l'avez signalé ?

— Ça ne servirait à rien. La patronne a l'air de s'en foutre royalement.

— Bon, eh bien trouvez un autre hôtel.

— Tout est complet. C'était vraiment une réservation de dernière minute.

— Alors prenez ma chambre d'hôtel. Je dormirai sur le fauteuil. Je ne dors pas beaucoup, de toute façon.

— Non, non, ce ne serait pas correct.

— Assez discuté. Prenez vos affaires, rendez les clés de votre chambre et venez au Lalique. Tenez, chambre 48, dit-il en me tendant une carte d'accès magnétique qu'il a sortie de son portefeuille.

— J'ai rêvé ou vous venez encore de me donner un ordre ?

— Tout à fait exact. Maintenant, filez.

— Et vous, qu'allez-vous faire ?

— Exactement ce que je viens de vous dire : je vais poser quelques questions dans le quartier, visionner les bandes des caméras de surveillance. Et signaler la disparition auprès des garde-côtes.

À 22 heures ce soir-là je retrouve Neil sur la jetée. Au loin, la lumière d'un bateau de sauvetage rebondit en rythme sur les vagues furieuses qui balaient la baie de Spurrington. Après dix heures de recherche en mer, les garde-côtes rentrent. Ils ne pourront plus rien faire ce soir.

Neil s'est rendu au Smuggler's pour vérifier l'histoire que Sean nous a racontée. Le patron a confirmé que le jeune homme vient presque tous les soirs mais toujours seul. Un autre serveur, qui se trouvait dehors dans la cour à jeter un fût de bière le soir de la disparition, aurait aperçu une jeune femme correspondant à la description d'Ellis. Elle marchait en direction du front de mer. Nous voilà donc à la salle de jeux pour voir les enregistrements des caméras de surveillance. Le gnome d'environ douze ans responsable des caméras met un temps fou à dégoter la cassette de la bonne soirée. En le regardant trifouiller ses bandes, une furieuse envie de lui écraser la tronche contre la machine à sous me saisit. Mes pulsions meurtrières s'évaporent instantanément au moment où Ellis apparaît sur l'écran noir et blanc.

— Là ! Regardez, c'est elle, ça, non ?

— Oui, c'est bien elle, confirme Neil.

À 21 h 39, Ellis passe devant la camionnette du vendeur de beignets garée sur l'esplanade. Elle est seule. Ses grands yeux. Ses cheveux sont bruns. Je la reconnais parfaitement, c'est la même, avec dix-huit ans de plus et l'air effrayée. Sur l'écran, elle marque une pause, scrute l'obscurité, puis s'engouffre dans la nuit. Pause, regard dans la nuit par-dessus le remblai, disparition. Pause, regard, départ. Je repasse la séquence six fois.

Ensuite, plus aucun mouvement sur la bande à part quelques détritus emportés par le vent et des embruns jaillissant par-dessus le mur du remblai. Jusqu'à 22 h 27. De l'autre côté de la route émerge soudain une silhouette sombre qui court vers l'endroit où Ellis s'est arrêtée pour regarder par-dessus le mur. La personne porte quelque chose de volumineux, un sac-poubelle peut-être, qu'elle jette par-dessus le remblai et livre à la mer déchaînée. Puis l'inconnu décampe.

— C'est qui, ça ? dis-je d'une voix que j'ai du mal à reconnaître comme la mienne. C'était elle ?

— Difficile à dire, répond Neil en rembobinant la bande.

— On dirait un sac-poubelle. Ça a l'air lourd, non ?

— Oui, assez lourd. Regardez, il le traîne derrière lui.

Neil passe l'enregistrement de la même séquence mais filmé par une autre caméra. On ne peut toujours pas identifier la personne.

— Vous pensez que c'est un homme ou une femme ?

— Je n'en sais rien, Foy.

— Mais ça pourrait être qui ?

— Ce qui est bizarre, c'est que cette personne se soit arrêtée à l'endroit précis où Ellis s'est elle-même postée pour regarder vers la mer. Quant à savoir ce que ça veut dire…

Les derniers enregistrements des deux caméras placées sur le chemin qui mène à l'appartement d'Ellis datent de trois jours. Comme par hasard, ces caméras ont été vandalisées.

Le gnome nous informe qu'il va bientôt fermer, donc qu'il faudrait penser à partir, mais nous prenons le temps de visionner une troisième et dernière fois le contenu des deux caméras. Et tout ce que ces enregistrements nous apprennent, c'est que nous n'avons rien appris de plus : on ne sait pas qui a jeté ce sac, ni ce qu'il contenait.

Une fois la disparition signalée aux garde-côtes, deux officiers de police viennent à l'appartement. Nous leur racontons tout, Kaden Cotterill, la paranoïa d'Ellis sur le fait d'être suivie. Neil explique qu'il a d'abord pensé qu'elle le faisait marcher, que ce n'aurait pas été la première fois qu'elle cherchait à le faire culpabiliser, mais que jamais le petit jeu n'a duré aussi longtemps. Il parle également des appels téléphoniques qu'Ellis a reçus, du catalogue de cercueils et du message vocal qu'elle a laissé sur son portable.

Et pour la première fois depuis dix-huit ans, j'entends sa voix.

« Scants, c'est moi, Ellis. Je n'en peux plus. J'en ai vraiment marre, cette fois. Je ne veux plus vivre. Pas dans ces conditions. Je veux partir. Je suis désolée. Merci pour tout ce que tu as fait pour moi. »

Clic. Je ne la reconnais pas. Ce n'est pas l'Ellis dont je me souviens. Mais de quoi sont faits mes souvenirs ? Une petite fille de dix ans dont le rire fait penser à un paquet de grelots que l'on secoue, dont le sourire évoque le lever du soleil à l'horizon. Chaque instant qui passe m'éloigne d'elle, de cette fillette de dix ans figée dans ma mémoire comme un moustique saisi dans l'ambre depuis une éternité. Et dire que pendant toutes ces années s'opérait la métamorphose, la mutation en… mythomane. En menteuse patentée, en voleuse de chats à tumeur cancéreuse occasionnelle. Une énorme tristesse s'abat sur moi. J'avais décidé d'embaucher quelqu'un, un spécialiste, pour la retrouver parce que je voulais que cette petite fille de dix ans retrouve sa famille, nous. Mais en réalité je ne la connaissais pas. Et je m'imaginais qu'elle remplirait le vide dans ma vie laissé par la disparition d'autres personnes. Qu'elle me rendrait ainsi un sentiment de complétude.

Et pas un seul instant je n'avais envisagé que ce sentiment de complétude, jamais elle n'y avait eu accès elle-même.

Lorsque le soleil se lève, je suis déjà sur le remblai à scruter la mer. À pleurer aussi, un peu. Mais surtout à fixer les flots, surveiller la moindre ombre, examiner la moindre forme des vagues, percer les nuages d'écume qui s'abattent sur les rochers, au-delà de la zone humide. Parfois je crois distinguer son visage dans l'eau sombre. Mais non. Une odeur de café me fait pivoter.

— Tenez.

Neil me tend un gobelet chaud et un sachet contenant une viennoiserie.

— Merci. Des nouvelles ? Vous avez pu parler aux flics ?

— Ils ont dit qu'ils me tenaient au courant. Il faut attendre, maintenant.

Attendre que son corps soit rejeté par la mer, songé-je. Inutile de penser à ça. Je ne tiens pas à découvrir ce que la marée laissera derrière elle quand elle se retirera. Le café bouillant a du mal à passer, il me brûle la gorge. J'essaie de changer de sujet.

— Neil, vous avez dit que vous étiez en disponibilité en ce moment. Une raison particulière ?

— Ma femme est décédée. C'est moi qui m'occupais d'elle.

Chagrin et empathie, voilà un cocktail insupportable que je connais pourtant très bien.

— Il y a combien de temps ?

— Presque un an, maintenant.

— Cancer ?

— Leucémie.

— Vous votre femme, moi mon mari.

Neil tourne la tête vers moi.

— Vous êtes bien jeune pour être veuve.

— Oui. On s'est mariés quand j'avais vingt-deux ans. Et j'en avais vingt-six quand il est mort.

— Cancer ?

— Un problème au cœur.

— Oh. Mon Dieu. Alors moi je vous surpasse d'un cran : mes deux parents sont morts.

— Perdu, moi aussi. Mais vous n'aviez pas dit que vous étiez passé voir vos parents à Dumfries ?

— Oui, passé voir leur tombe, à Dumfries. Et leur maison, aussi. J'y vais régulièrement, je n'ai pas encore réussi à me débarrasser de toutes leurs affaires.

— Pareil pour moi.

Le soleil fait une percée entre deux nuages et le visage de Neil prend une teinte de marmelade jaune.

— Merde, vous êtes décidément trop jeune pour être orpheline, en plus.

— Vous n'êtes pas non plus un vieux croûton, Neil. Quel âge avez-vous ? Trente-sept, je dirais ?

— Trente-neuf.

La température semble avoir baissé d'un coup. Je remonte la fermeture éclair de mon blouson.

— Trente-neuf. Donc quand vous avez commencé à vous occuper d'Ellis, vous aviez… vingt et un ans.

— Oui, c'était mon premier dossier. Ça fait une paye, maintenant.

— Vous l'avez côtoyée pendant plus d'années que moi.

Neil ne rebondit pas, il se contente de boire son café. J'enchaîne.

— J'ai perdu ma mère quand j'avais seize ans. Elle avait un cancer des poumons. Les médecins ont dit que c'était peut-être à cause de la fumée respirée au pub pendant toutes ces années. Et après, mon père a perdu pied, il s'est mis à boire.

Il continue à siroter, le regard traînant sur les vagues.

— Un soir, mon père est allé chercher mon frère Paddy à la sortie d'une soirée d'anniversaire et en rentrant ils ont eu un accident. Ils ont foncé dans le seul arbre en bord de route sur tout le trajet. Paddy s'en est sorti mais on a dû lui couper les deux jambes au-dessous des genoux. Mon père a été ratatiné par la colonne de direction. Il n'a rien senti.

Scants fourre une main dans sa poche.

— La vache…

— Comme vous dites. Pendant une période, je nourrissais une véritable haine contre Ellis. Je pensais que tout ça, c'était de sa faute. Et mon oncle Dan aussi, je le détestais. Il avait rendu ma mère tellement malheureuse. C'était le fait de ne pas savoir, « l'abysse », comme elle disait. On nous avait balancés dans les abysses et après il fallait faire comme si Ellis et son père n'avaient jamais existé. Ça l'a rendue malade, j'en suis convaincue. Et mon père, lui, a été une victime collatérale, si je puis dire. Paddy aussi a souffert. Avec mon autre frère Isaac, on a fait de notre mieux pour essayer de le soutenir. Alors un jour, quand on a hérité du patrimoine de nos parents, on a décidé de partir, de recommencer à zéro, de laisser ces souvenirs derrière nous.

— Ça se comprend.

— Aucun de nous ne voulait plus parler du passé. On s'est installés en France. On a acheté une grande maison, assez grande pour nous trois, et on a quitté Carew. Aujourd'hui on retape la maison. Parfois c'est le bazar là-bas, mais un genre de chaos pas déplaisant. Isaac a trouvé un compagnon, qui est devenu son mari et s'est installé avec nous. Comme il est doué en électricité, il nous a permis d'économiser une fortune. Et Paddy s'est mis en couple avec Lysette, ils se sont mariés. Lysette vit aussi avec nous maintenant. C'est exactement ce que je voulais, être entourée de gens. De ma famille. Pour combler les pertes.

— Et votre mari, dans tout ça ?

Quand il soulève la capsule de son gobelet, des effluves d'alcool parviennent à mes narines.

— Luc. Je l'ai rencontré en France, sur un marché. On s'est mis à discuter. Je suis du genre à tomber facilement amoureuse et lui, il était le genre qu'on aime tout de suite. Très doux, attentif. Ça a été le coup de foudre, et c'est ce que je cherchais. Un jour, on était à Paris, et ça fait un peu cliché mais devant le musée d'Orsay, il m'a demandé en mariage. Bon, l'ambiance a été pourrie par un type qui a fait une crise cardiaque juste à ce moment-là, mais l'espace d'un instant, ça a été magique.

Scants me regarde. Il sait ce que je vais dire.

— Et donc, on était tous super heureux. Pendant trois ans. Je me disais que finalement, c'en était bel et bien fini de la famille maudite. Et puis j'ai fait une fausse couche à treize semaines de grossesse. Et une autre à vingt-deux semaines. On a continué à essayer mais je ne suis jamais retombée enceinte. J'étais trop stressée, je pense. Et un jour, au réveil, je me retrouve avec un corps froid allongé à côté de moi. Bam ! Sans préavis. Problème cardiaque jamais diagnostiqué.

Neil gonfle les joues et les dégonfle bruyamment.

— Nom de Dieu de nom de Dieu…

— La totale. Et depuis, je crois que je pleure… tout le temps.

— Pas étonnant.

— Tous les jours je sens que j'ai la trouille au ventre. J'ai peur pour Isaac, pour ses enfants, pour son mari. J'ai peur pour Paddy, sa femme et leur fils. J'ai peur pour moi, aussi. Un jour ils partiront et je me retrouverai seule. Parce que je suis la plus jeune. C'est à la mort de Luc que j'ai voulu retrouver Ellis. J'ai besoin de tous les membres de ma famille autour de moi, parce que je ne sais pas pendant combien de temps ils seront encore là.

Neil me regarde sans dire un mot. Il me laisse poursuivre.

— J'ai passé des heures sur Google à éplucher des tas de comptes sur les réseaux sociaux, à la recherche de son visage. De ses yeux bleus. De sa belle chevelure rousse. J'ai écrit à la police des comtés d'Avon et de Somerset en les suppliant de m'aider à la retrouver. J'ai même écrit au Home Office[1] à six reprises. Mais à chaque fois je me suis cassé les dents. Et puis un jour, une amie rencontrée dans un club de lecture, une fille qui avait été expat, Pamela, m'a avoué qu'elle faisait pister son mari par un détective privé. Elle m'a parlé de Middleton, un cabinet basé à Londres qui fait de la surveillance de personnes, apporte des preuves dans des cas d'adultère, se charge de vérifier le passé de certains employés, ce genre de choses.

— Et c'est là que Cotterill est entré en scène.

— Oui. Pamela m'avait dit qu'ils étaient très efficaces. Son mari avait eu beau prendre des précautions, ils ont réussi à mettre au jour plein de preuves contre lui. Alors je me suis dit, et pourquoi pas ? Aujourd'hui, ça fait quinze mois que Middleton s'occupe du dossier. Je commençais à me dire qu'ils ne la retrouveraient jamais. Elle m'a tellement manqué.

Neil pose son gobelet sur le mur du remblai et m'attire contre lui. Je laisse mes larmes couler, plus par fatigue qu'autre chose, même si je lui suis extrêmement reconnaissante de m'enlacer. Parce que me retrouver dans les bras de quelqu'un est devenu chose rare. Fut une période où, mes frères et moi, on s'étreignait souvent comme ça, mais les gens s'imaginent qu'au bout d'un moment, ce n'est plus nécessaire. Peut-être ai-je aussi moi-même donné cette impression, je suis du genre porc-épic parfois. Pourtant, même le plus grognon des porcs-épics a parfois besoin d'une bonne longue étreinte, si on a le courage de l'approcher. Et Neil a l'air du genre courageux. Des années de chagrin roulent sur mes joues et Neil ne bouge pas,

1. Département du gouvernement britannique chargé notamment de la sécurité intérieure du pays.

bien campé sur ses deux jambes comme un château sur de solides fondations. Je pleure sur tous ces disparus, ma mère, mon père, Luc, les deux bébés que j'ai perdus. Et pour Ellis. Où qu'elle soit.

— Elle parlait constamment de vous, vous savez, murmure-t-il alors qu'il n'a pas besoin de chuchoter puisqu'il n'y a personne à l'entour.

Je n'ai pas envie qu'il desserre son étreinte. Je connais à peine cet homme et pourtant je resterais bien dans ses bras pour l'éternité.

— Elle me racontait votre enfance ensemble. Votre cabane. Les licornes. Le T-Rex. Les balades à vélo. Vous étiez tout pour elle, pendant ces étés.

— Oui, et ce n'était pas que pendant la période d'été, mais aussi à Pâques et à Noël, et pendant toutes les autres vacances. Elle faisait partie de mon univers.

— Elle en fait toujours partie.

Neil se dégage légèrement de notre étreinte, plonge ses yeux dans les miens et essuie une larme qui coule sur ma joue. Son haleine, encore plus forte que tout à l'heure, est chargée de whisky.

— Neil, il faut vraiment que vous cessiez de boire.

— Je sais, je sais, dit-il et s'écartant franchement cette fois. Mais sincèrement, je ne trouve en moi aucune raison d'arrêter.

— Alors il faut en trouver une. Votre femme n'aimerait pas savoir que vous buvez.

— Elle aurait peut-être dû rester à me surveiller, alors.

Une tempête menace toute la baie. Cette fois-ci, c'est moi qui avance vers lui pour l'enlacer. Ses yeux se sont embués, même si aucune larme ne coule, comme s'il les retenait. Il m'étreint de toutes ses forces. Je me sens bien dans ses bras, une joue contre la sienne, froide et piquante. Lorsque je me dégage, ses yeux gris sont d'une tristesse infinie.

— Depuis qu'elle est partie je suis en chute libre. Je me fous de tout. Avant, vous n'allez pas me croire, mais je ne me mettais jamais en rogne. Et maintenant, tout m'énerve.

— Deux tornades.

— Hein ?

Je me saisis de ma tasse laissée sur le mur.

— Allez, venez, dis-je. Vous avez besoin de vous raser et de dormir quelques heures.

21

Mardi 5 novembre, 8 heures du matin

Je ne m'autorise que très rarement à repenser à Carew. Un tas de souvenirs ont été mis sous clé, mais depuis que Neil a mentionné deux ou trois éléments du passé, c'est comme si la boîte s'était rouverte dans une déferlante de souvenirs. Les chasses aux œufs de Pâques avec mon père. La chasse aux cadeaux de Noël d'oncle Dan. La pêche en forêt. Notre cabane dans l'arbre, notre « château ». Dans tous les souvenirs de ma vie avant l'âge de dix ans, il y a forcément Ellis. Et dans tous les souvenirs de ma vie d'après, je me revois en train de penser à elle. Mais quand Neil a dit : « Avant, je ne me mettais jamais en rogne. Et maintenant, tout m'énerve », là je me suis totalement reconnue. Nous sommes pareils, tous les deux. Lui noie son chagrin dans le whisky, moi je pète les plombs à intervalles réguliers. Aucune de ces thérapies ne fonctionne.

Le lit de la chambre de Neil au Lalique est confortable et impeccablement propre. Il tire les rideaux, s'installe dans le fauteuil à côté de la table en verre fumé, pose les pieds sur son sac et s'enveloppe dans une couverture. J'ai tout le lit pour moi, ce dont je rêvais quand Luc était vivant et qui aujourd'hui me fait horreur. Neil pensait que le grand lit était constitué de deux lits simples que l'on pourrait séparer, mais puisque ce n'est pas le cas, il a pris le fauteuil. Je me sens terriblement gênée. Et je n'arrive pas à dormir. À chaque fois que je ferme les yeux, le bruit de la tempête qui fait rage au-dehors semble doubler de volume et j'ai des visions d'Ellis dans l'eau, agrippée à un rocher.

Retour en arrière. Je suis à Carew St Nicholas. J'ai huit ans. Les cloches de St Nicholas retentissent, nous sommes dimanche matin. Le dimanche de Pâques. Je cours derrière Ellis sans réussir à la rattraper.

— C'est pas grave, Ellis ! Pas grave !

Elle se précipite sur l'échelle en corde, grimpe dans la cabane et se jette en boule dans un coin.

— C'est pas grave, Ellis, dis-je en arrivant à mon tour au château. Maman ne te grondera pas.

— Mais c'était une de ses assiettes préférées, se lamente-t-elle en sanglotant. Je voulais lui faire plaisir parce qu'elle m'accueille chez vous, alors j'ai commencé à faire la vaisselle, mais l'assiette m'a échappé des mains.

— Elle s'en fiche, ne t'en fais pas. Et puis, si ça se trouve elle ne remarquera même pas qu'il en manque une, il y en a plein d'autres.

— Elle va me renvoyer chez moi et me reprendre les œufs de Pâques.

— Elle t'a déjà renvoyée de la maison ?

— Non.

— Quand on a dessiné dans les toilettes avec le charbon, elle t'a renvoyée ?

— Non.

— Et quand papa nous a surprises en train de faire pipi dans ses plants de haricots ?

— Non.

— Quand on a mangé le gâteau d'anniversaire d'Isaac ?

— Non.

— Bon, alors tu vois. Je t'assure qu'elle dira rien. Les morceaux cassés, tu les as mis où ?

— Dans mon panier de linge sale.

— Va les chercher, on va les cacher.

— Où ça ?

— Je connais un endroit.

Isaac et Paddy ont pris le bus pour aller en ville, ce qui nous laisse tout loisir de nous faufiler dans la chambre d'Isaac, soulever le coin de la moquette sous lequel il planque des photos d'hommes tout nus. Il ne sait pas que je connais sa cachette secrète mais je l'ai vu tripatouiller le coin, l'autre jour, et il m'a rouspétée parce que je n'avais pas frappé avant d'entrer. On est toujours récompensé quand on oublie de frapper.

J'enveloppe les morceaux de l'assiette brisée dans une taie d'oreiller, celle que je n'aime pas parce qu'elle me gratte les joues.

— Et voilà, dis-je. Là, elle ne la retrouvera jamais, son assiette.

— Mais… et si Isaac voit ça ?

— Je vais fourrer l'oreiller tout au fond. Et si jamais il cafte, moi je dirai à maman qu'il cache des magazines cochons pour hommes et des cigarettes volées au bar.

— Tu crois que c'est une bonne idée ?

— Tout à fait. Allez, oublie tout ça. Viens, on va jouer.

Cette année-là on avait caché un paquet de choses dans cet endroit. Des cartes au trésor, des assiettes cassées, des DVD qu'on n'avait pas le droit de louer mais que les garçons nous laissaient regarder quand papa et maman travaillaient en bas. *Terminator* et *American Pie*. Si le pub est toujours là, nos secrets doivent encore se trouver sous le plancher.

J'ai dû finalement m'endormir car quand j'ouvre les yeux, il est 10 h 30. Je me serais au moins reposée quelques heures, ce qui est largement suffisant. Sur le fauteuil la couverture de Neil s'est affaissée à ses pieds. Il s'est recroquevillé pour se tenir chaud. Je me lève et replace la couverture sur son corps. Pendant tout le temps que je passe à me doucher et à me sécher les cheveux, il ne bronche pas.

Penchée sur lui, je l'entends respirer. Son haleine sent encore le whisky.

— Neil… dis-je doucement. Je vais sortir un peu, prenez donc le lit.

Il ne bouge toujours pas. Lorsqu'il expire, de lointaines vapeurs d'alcool sortent de sa bouche.

Une nouvelle tempête se prépare dehors. Un ensemble de nuages gris métallisé se sont amassés à l'horizon. Il tombe déjà une pluie battante qui claque sur les fenêtres. Impossible d'en ouvrir une, le vent est trop puissant. La zone humide est encerclée de détritus et de larges portions d'écume de mer. Les rochers aussi sont couverts d'écume. Aucun signe de vie. Ni de mort.

Je griffonne un petit mot pour Neil et sors.

Dans les couloirs, il y a de l'animation : des femmes en tenue noire et blanche, logo Lalique sur la poche poitrine gauche, s'affairent entre aspirateurs et piles de draps. Des hommes d'affaires en costume tirent leurs petites valises à roulettes vers l'ascenseur. Deux gamins se ruent pour être le premier à appuyer sur le bouton. Derrière, leur famille suit sans se presser. Je me souviens de cette époque, quand ce qui comptait plus que tout était d'arriver la première à l'ascenseur pour appuyer sur le bouton. C'était le Graal, ce bouton.

Un employé à cheveux gris en short bleu marine et tee-shirt Aertex arrive dans le couloir, une échelle sous le bras. Il porte un jeu de clés à la ceinture. Il installe l'échelle sous un conduit d'aération d'une chambre. D'après ce que je comprends, il s'agit d'un problème avec l'air conditionné. Il me gratifie d'un « Bonjour ! » quand je passe près de lui et je me dis qu'il ne faudra pas oublier de le mettre sur ma liste. Mais je voudrais commencer avec les femmes de ménage, les collègues directes d'Ellis. J'ai repéré une petite blonde à la peau grêlée avec une queue-de-cheval fuselée, l'air un peu féroce, une brune qui se déplace à la vitesse du vent, tellement maigre qu'elle fait peine à voir, et une autre châtain avec des trous dans ses baskets, une fille qui a l'air de se marrer tout le temps. C'est d'elle que je m'approche en premier.

— Bonjour.

Un sourire automatique se plaque sur son visage.

— Bonjour.

— Puis-je vous poser quelques questions sur votre collègue Ellis ?

— Qui ça ?

— Ellis Kemp. Elle travaille ici.

— Connais pas. Elle doit être nouvelle, demandez plutôt à Vanda. Vous êtes de la police ?

— Non, non, pas du tout. Peut-être se faisait-elle appeler par un autre nom. Mary ?

— Je connais pas de Mary non plus, désolée.

— Et cette Vanda, où puis-je la trouver ?

— Deuxième étage. Blonde, petite. L'air sérieux.

La queue-de-cheval féroce.

— Ah oui, je l'ai croisée. Merci.

Au deuxième étage j'aperçois un chariot de ménage devant une chambre mais la femme qui sort de la chambre avec une boule de draps dans les bras est noire, porte des accessoires à cheveux jaunes sur la tête et boite un peu.

— Bonjour, dis-je. Pourriez-vous me dire où trouver Vanda ?

— Au cinquième. Enfin, je crois. Qu'est-ce qui se passe ?

— J'essaie d'obtenir quelques informations sur une de vos collègues, Ellis Kemp.

La femme de ménage fronce les sourcils, exactement comme l'autre.

— Je vois pas qui c'est, désolée.

— Elle travaille ici depuis deux mois. Assez timide. Cheveux roux, yeux bleus.

— Non, il y a personne comme ça ici.

Décidément, je n'ai pas de chance.

— Tant pis, merci tout de même.

Au moment où je remonte dans l'ascenseur, je repense tout à coup à la teinture de cheveux, noire, dans le colis arrivé chez Ellis. Les lentilles de contact colorées. Je fais demi-tour et repars en direction du chariot. La femme est dans la chambre à faire le lit.

— Ces derniers mois elle était brune et avait les yeux marron.

— Ah oui, ça doit être Genevieve. Oui, je la connais. Une nana bizarre.

— Genevieve ? Genevieve Syson ?

Voilà des années que je n'ai pas entendu ce nom.

— Oui, c'est ça. Elle a des soucis ?

— Non, je suis de sa famille, je voulais la voir. Désolée pour le dérangement.

— C'est surtout Vanda qui bosse avec elle. Vous la trouverez au cinquième. Allez voir vers la fenêtre du fond, ce sera la fille en train de vapoter en cachette.

En chemin vers le cinquième étage, je me rappelle vaguement que la tombe de Genevieve Syson était décorée avec un ange. La vision du nom d'Ellis sur une pierre tombale me glace les sangs. Mais non, elle est vivante, j'en suis certaine.

La fille à la queue-de-cheval féroce se trouve exactement là où la femme de ménage qui boitait me l'avait indiqué : près de la fenêtre située au bout du couloir. Assise sur le rebord, elle vapote. En me voyant arriver, elle fourre sa cigarette électronique à la hâte dans son tablier.

— Bonjour. C'est vous, Vanda ?

— Peut-être bien. Et vous, vous êtes qui ?

— Je m'appelle Foy, je cherche ma cousine, elle travaille ici et on m'a dit que vous seriez la meilleure personne auprès de qui me renseigner.

— C'est qui, votre cousine ? aboie-t-elle.

Je ne pense pas qu'elle se rende compte du point auquel elle est hostile, mais c'est un fait, cette femme est très déplaisante. Et pas seulement parce que je viens d'interrompre sa séance de vapotage. Elle est comme ça naturellement, ça se voit.

— Vous devez la connaître sous le nom de Genevieve…

— Ah ! Celle-là, c'est pauvre fille. On garde poste pour elle, on vire autre fille et vous savez comment elle remercie ? Foutage de gueule.

— Pardon ?

— Elle fout de la gueule ! tonne Vanda. Jamais elle travaille. La manager lui donne chance encore et encore parce qu'elle a peur du tribunal, rapport à virer mère célibataire. Et la Genevieve, quand elle est là, mensonges tout le temps. Elle ment sur identité, sur où elle va. Un jour elle dit qu'elle est Genevieve, infirmière qui sait techniques pour étrangler, le lendemain elle est Joanne, elle a parents morts. Ici les gens disent elle a autres noms, aussi. Personne sait qui c'est vraiment. Elle va au coiffeur où ma sœur travaille et là elle s'appelle Mary…

— Mary Brokenshire ?

— Oui, Mary Brokenshire, putain ! Où qu'elle trouve tous ces noms ? Elle vole passeports ou quoi ? Elle me dégoûte.

— Elle a beaucoup de soucis, vous savez.

— Hum ! Quand vous avez trois gamins moins de dix ans, mari parti dans nature, pas de fric pour payer loyer, alors là, d'accord, j'écoute soucis, vrais soucis.

— Vanda, dis-je en soutenant son regard. Elle a besoin

d'aide. Il faut que je la retrouve avant… que quelque chose ne lui arrive.

— Parce que elle disparue ? C'est pour ça pas venue au travail ? Eh ben si vous la trouvez, de ma part vous lui disez, son poste, j'ai donné à Penny. Fini, son boulot, terminé.

Vanda conclut en faisant un petit mouvement du pouce sous la gorge, ressort sa cigarette électronique et aspire une bouffée.

— Oui, elle a disparu. Depuis quatre jours. J'essaie de reconstituer son emploi du temps de ce dernier jour. Est-elle venue travailler ? Vous lui avez parlé ce jour-là ?

— Ah ! Oui, oui, j'ai parlé à elle ce jour-là. Elle est venue montrer robe de mariée.

— Une robe de mariée ? Mais qu'est-ce qu'elle faisait avec une robe de mariée ?

— Le matin sur chemin travail j'ai vu elle dans boutique de mariée. J'ai bien marré, ah ah ah, je sais qu'elle va dans magasin juste pour essayer robes. Elle a pas fiancé. Juste poupée et bande de chats. Alors évidemment je marre quand j'ai vu elle dans boutique. Et quand elle arrive travail, avec la robe, elle dit que robe à elle.

— Elle en a acheté une ?

— Oui, ou volé. Après elle dit qu'elle quitte poste et que je suis sale méchante. Idi v pizdu, elle dit, va te faire foutre.

— Ellis a dit ça ?

Je n'en crois pas un mot mais Vanda acquiesce, au ralenti, très sûre d'elle. Puis elle s'éloigne en direction de son chariot.

— Elle détraquée, lance-t-elle. Faut que je travaille, maintenant. Pas le temps disparaître ou allaiter poupée, moi. Posez questions à Trevor, si vous voulez. Lui en prison, avant, alors détraqués, il connaît.

Fin de la conversation. Il me faut dix minutes pour localiser le Trevor en question. De l'ascenseur du deuxième étage j'entends, à la réception, le cliquetis infernal de son trousseau de clés. Je le trouve dans la zone salon du restaurant donnant sur la place. Il y a un vent à décorner les bœufs et il fait un froid de canard mais Trevor est en short et en manches courtes. Les tatouages qui recouvrent ses mollets sont impossibles à distinguer à cause de la couche de poils, et les dessins trop minables. Il est en train de réparer le pied d'une chaise.

— Trevor ?

— Oui, je suis à vous dans une minute.

— Je cherche ma cousine, qui se trouve être une de vos collègues. Vanda m'a dit que vous pourriez peut-être me donner des informations susceptibles de m'aider à la retrouver.

— Et c'est qui, votre cousine ?

— Vous connaissez Genevieve Syson ?

Trevor s'arrête net de bricoler et se met debout.

— Elle est morte ?

Sa réponse me laisse un instant sans voix.

— Pourquoi dites-vous cela ?

— Ça fait quatre jours qu'elle est pas venue et personne sait où elle est. Et la dernière fois que je l'ai vue, elle était dans un sale état.

— Comment ça ? demandé-je en m'asseyant sur une chaise.

— Eh bien, elle a accusé un de nos invités de marque, le comédien Ken Whittle qui présente *Winter Gardens*, de la harceler. Comme ça, direct, elle l'a accusé, au beau milieu du restaurant. Il y avait des gosses, tout le monde.

— Et pourquoi a-t-elle dit ça ?

Il fait tourner un doigt sur sa tempe.

— Elle est pas nette du ciboulot, cette nana.

— ÇA SUFFIT !

— Oh, mais faut pas vous énerver, ma petite dame ! Je disais ça pour rire. Bon, mais alors qu'est-ce qu'elle a, hein ?

Je respire par le nez et tente en vain de remettre dans l'ordre les paroles de Wynken et Blynken qui ont soudain fait irruption dans ma tête.

— Elle a beaucoup de chagrin. Et besoin d'aide.

— Ça, je veux bien vous croire. Et elle est parano, aussi. La semaine dernière, une femme a été assassinée dans cet hôtel. Genevieve, ça l'a complètement obsédée, elle était convaincue qu'il y aurait un autre meurtre. Qu'un d'entre nous serait la prochaine victime.

— Mais pourquoi ?

Trevor hausse les épaules.

— Vanda m'a dit que Genevieve, c'était un faux nom. Que sur son dossier, il y avait le nom de Joanne. Vous, vous l'appeliez Joanne ?

— Non, Ellis.

— Ellis ?!? Merde, mais c'était quoi, son vrai prénom ?

— C'était Ellis. C'est toujours Ellis.

— Moi, tout ce que j'en dis, c'est qu'elle avait des problèmes, cette jeune fille. Quand la femme a été tuée, ici, Genevieve a tout de suite su, rien qu'en voyant le cadavre, qu'elle avait été étranglée. Elle a dit qu'elle avait travaillé dans un hôpital et qu'elle avait déjà eu l'occasion de voir une personne étranglée. Elle pipotait, à mon avis. D'un autre côté, je vois pas comment on peut reconnaître ce genre de truc à moins d'avoir déjà été témoin de…

— Elle a déjà vu une personne étranglée. Son père.

— Hein ?

— Quand elle avait dix-huit ans, elle a vu son père se faire étrangler. Avant que les responsables de ce meurtre la passent à tabac et la laissent pour morte. Voilà comment elle le sait. Et ça, c'est la triste vérité. Alors, quand la vérité est trop dure à porter, on invente n'importe quoi. C'est ce qu'elle a fait. Peut-être que si certains de ses collègues s'étaient montrés plus compréhensifs, elle n'aurait pas eu à inventer tous ces mensonges.

— Elle pensait sérieusement que Ken Whittle voulait la tuer. Elle répétait qu'il était un des Trois Petits Cochons. Je vous assure qu'elle est pas nette.

Ce que Trevor vient de dire me fait penser qu'elle devait les appeler comme ça, les trois hommes qui ont pénétré chez oncle Dan pour le tuer et qui ont fini par l'attaquer elle aussi. Les Trois Petits Cochons, c'est forcément ça. Mais pourquoi Ken Whittle ferait-il partie de la bande ? Ça n'a aucun sens.

— Elle a une case de vide, déclare Trevor comme s'il était spécialiste de la question. Faut la faire interner.

— Il lui faut surtout de l'attention, du soin, rétorqué-je. Et elle a disparu depuis quatre jours.

— Bon Dieu… Elle a dû se jeter du remblai. Par ici, c'est comme ça que font les gens qui veulent disparaître.

Ses paroles me font l'effet d'une gifle.

— Trevor, Vanda m'a dit que vous aviez fait de la prison. Quel était le motif de votre incarcération ?

Son visage se crispe.

— Je ne vois pas en quoi ça vous regarde. Vanda n'avait pas à vous raconter ça.

— Le fait est qu'elle me l'a dit, et le fait est que ma cousine a disparu dans des circonstances mystérieuses, alors soit vous me dites maintenant tout bas ce que vous avez fait, soit je vous suis en continuant à vous poser la question très, très fort, jusqu'à ce que vous cédiez.

Il me jette un regard noir mais je perçois surtout de la honte dans ses yeux.

— Cambriolage. Ça vous va ?

— Où ?

— Comment ça, « où » ? Qu'est-ce que ça peut vous faire ?

— J'ai besoin de savoir. Dites-le-moi. Où ça ?

— C'était quand je vivais à Dublin, OK ? Deux ou trois cambriolages avec des potes. Et j'ai payé ma dette.

— Quels potes ?

— J'en ai assez, ça suffit comme ça, marmonne Trevor.

Il tourne les talons et file vers la porte menant au restaurant. Mais j'ai tôt fait de le rattraper et je lui barre le chemin, l'air plus déterminée que jamais.

— Si vous avez cambriolé une maison dans la région de Scarborough il y a dix-huit ans de ça, j'ai besoin de le savoir.

Il me saisit par le bras et me chuchote à l'oreille.

— J'ai jamais foutu les pieds à Scarborough de toute ma vie. C'est quoi cette histoire, bordel ? Je suis ici parce que j'essaie de repartir à zéro, proprement, et vous, vous me cherchez des noises. Pourquoi vous me posez toutes ces questions ?

— Et avez-vous blessé quelqu'un lors d'un de vos cambriolages ?

— Non.

Trevor essaie encore de fuir mais je me poste devant lui.

— Je vais vérifier tout ce que vous m'avez dit, et si vous m'avez menti, je vous jure que vous allez le payer cher.

— Laissez-moi passer.

— Je vous suivrai partout, je vous traquerai et si vous me tuez, je vous hanterai jusqu'à votre dernière heure pour la retrouver. Vous pouvez compter sur moi.

Cette fois il me bouscule franchement et décampe vers la réception dans un cliquetis de clés.

22

Mardi 5 novembre, fin de matinée

Il n'y a qu'un seul magasin de robes de mariée en ville, une boutique minuscule du nom de *Les Mariées de la mer*. L'endroit est exigu, déprimant, avec une toute petite vitrine de robes hideuses et à l'intérieur, une odeur prégnante de désodorisant plug-in. La patronne est d'une bêtise crasse, je le vois avant même qu'elle ait ouvert la bouche.

— Bonjour madame, mais entrez donc, je vous en prie. Je vous laisse faire un petit tour ou vous recherchez quelque chose en particulier, auquel cas je serais ravie de vous aider ?

Elle est tellement mielleuse que j'ai subitement envie de gerber sur son tapis coco.

— Hum, oui, vous pourriez sûrement m'aider, mais pas avec une robe.

— Ah.

La femme regarde autour d'elle comme s'il s'agissait d'un canular et qu'elle était filmée.

— Je suis à la recherche de ma cousine, Ellis Kemp. Je crois savoir qu'elle est venue ici l'autre jour. Enfin, je crois que c'était ici. Elle a disparu.

Elle plaque ses deux mains sur sa bouche ouverte.

— Mon Dieu, quelle horreur ! Elle a renoncé au mariage ?

— Euh, non, il n'y a pas de mariage, en fait. Mais elle a

bien acheté une robe. Elle vous a peut-être donné un autre nom. Mary, peut-être, ou Genevieve.

La femme fait « non » de la tête, elle ne se souvient pas d'elle.

— À quoi ressemblait-elle ?

— Cheveux bruns avec des racines rousses. Des yeux marron.

— Ah, vous voulez parler de Ruth ?

Ce nom ne m'est pas inconnu. Je n'en reviens pas.

— Ruth Gloyne ? demandé-je.

Ruth Goyle et son enfant mort-né, Henry. Décédés dans les années 1830. On s'asseyait sur leur tombe pour se goinfrer de bonbons, les lacets bleus.

— Oui, oui, c'est elle, confirme la femme. Ah, je me disais bien qu'elle était un peu étrange, cette jeune femme. Elle avait l'air… perturbée.

La moutarde me monte de nouveau au nez. J'en ai ma claque d'entendre le même refrain à chaque fois.

— Vous ne vous sentez pas bien, mademoiselle ? Voulez-vous vous asseoir ? Alice, thé !

À son claquement de doigts, une petite bonne femme à tête de fouine, avec l'air de s'excuser d'être là, se met en mouvement et disparaît dans l'arrière-boutique. J'entends le clic de démarrage d'une bouilloire. Je l'avais prise pour un des pitoyables mannequins en polystyrène de déesses grecques éparpillés dans la boutique, tous décapités.

Je prends place sur une méridienne violine installée près de la caisse.

— Elle est très perturbée, en effet.

— Ce n'est pas surprenant quand on vient de perdre son bébé. Je comprends parfaitement qu'elle ne soit pas dans son assiette.

Allons bon, une fausse couche, maintenant. Un goût de bile me remonte dans la gorge.

— J'essaie de reconstituer son emploi du temps.

— Vous êtes de la police ?

— Non, je suis sa cousine. Personne n'a l'air de se préoccuper de sa disparition.

L'employée à la tête de fouine revient avec une tasse sur une soucoupe, accompagnée d'un petit gâteau sec, un Jammy Dodgers. Je la remercie, prends la tasse, puis la fille se replace entre les rayons, les mains jointes sur le ventre. Voilà des années que je ne touche plus aux Jammy Dodgers, bien trop sucrés pour moi. Cathy, la patronne, a l'air embêtée.

— Elle a sûrement besoin d'un peu de temps, vous savez. Pour accepter la perte de son enfant.

Son empathie semble tellement sincère que ma colère se dissipe un peu. Mais je ne peux en aucun cas la laisser croire à la dernière invention d'Ellis. Ce serait franchir une limite inacceptable à mes yeux.

— Elle n'a jamais été enceinte, dis-je d'un air contrit.

Cathy sursaute.

— Ah bon ?

— Non. C'est une mythomane. Pas de grossesse, pas de mariage non plus. Je ne peux pas vous dire pourquoi elle fait ça, mais disons qu'elle est très seule. Et je veux la retrouver pour lui venir en aide. Qu'elle sache que je suis là pour elle.

Cathy a du mal à savoir comment réagir. De toute évidence, elle n'a pas l'habitude des mensonges. J'ai l'impression que si je hausse la voix dans son monde de Bisounours, elle n'est pas à l'abri d'une crise cardiaque.

— Ah… je vois.

— Vous confirmez qu'elle a bien acheté une robe dans votre magasin ?

— Oui, oui, elle a même pris un de nos modèles les plus chers. De chez Havilland. Elle m'avait montré un dessin fait par un enfant, une de ses cousines.

— Une certaine Foy ?

— Oui, c'est ça ! Mais… c'est vous, Foy ?

Je m'efforce de ne pas me mettre à pleurer sinon je risque de ne jamais m'arrêter. L'espace d'un instant, j'avais haï Ellis, haï ce mensonge sur la perte d'un bébé, mais à présent je ne ressens qu'un amour profond pour elle.

— Elle m'a dit que vous aviez dessiné cette robe quand vous étiez petites. Et que si l'une ou l'autre se mariait, il faudrait qu'elle porte cette robe. Avec de la dentelle, des plumes et des manches longues. Elle a pris une taille 44. Quatre mille livres.

Cathy me montre le modèle dans un catalogue. Cette robe est superbe, une copie exacte de celle que nous avions dessinée vers nos huit ans. Une robe de conte de fées. Mais pourquoi ressentait-elle donc ce besoin de rester enfermée dans le monde de l'enfance ? La réponse tombe comme un couperet : à cette époque, elle se sentait encore en sécurité.

— Cathy, dites-moi, vous êtes sûre qu'elle l'a emportée, quand elle est partie ? Elle n'a pas fait faire de retouches ?

— Non, la robe lui allait comme un gant.

— On n'a pas retrouvé la robe dans son appartement.

— Ah. Eh bien, je ne sais pas quoi vous dire. En tout cas elle l'a bien prise et payée le jour où elle l'a essayée, je m'en souviens très bien. D'ailleurs je dois avoir la facture quelque part…

— Je vous crois, ne vous en faites pas.

Neil et moi avons fouillé l'appartement de fond en comble, la robe n'y est plus. Soudain deux bribes d'informations entrent en collision dans mon cerveau : la silhouette avec le sac-poubelle sur l'enregistrement de la caméra de surveillance. Un sac-poubelle visiblement lourd. L'écume sur les rochers. De l'écume blanche. Une robe blanche. Serait-ce possible que… ? Mais pourquoi avoir acheté une robe d'une valeur de quatre mille livres et la jeter à la mer ? Pourquoi aurait-elle fait ça ? Et d'ailleurs, qui me dit que c'est ce qu'elle a fait ? Quelqu'un d'autre aurait tout aussi bien pu… La seule personne qui savait où elle était, qui l'a vue en dernier. Les rapprochements s'opèrent alors à toute allure dans ma tête.

— Merci, je dois y aller, maintenant, annoncé-je subitement en reposant la tasse sur la table en verre, incapable de me concentrer plus longtemps.

Cathy arbore une mine chagrinée.

— Eh bien, si je peux encore vous être d'une quelconque utilité, Fleur.

— C'est Foy. Merci, vous m'avez été très utile. Désolée d'avoir abusé de votre temps.

— J'espère que vous allez vite la retrouver.

Elle me décoche un sourire d'une telle sincérité qu'en sortant, je m'en veux de l'avoir prise pour une imbécile.

Arrivée sur le chemin jonché d'algues qui mène à la plage, je scrute les dunes à la recherche d'une robe ou d'un grand sac-poubelle que la mer aurait rejeté. Mais je ne distingue que des bouts de bois, des amas d'algues sombres enchevêtrées, des pneus, quelques gobelets en plastique et des monticules d'écume. Pas de sac-poubelle noir. Je descends par l'escalier et m'achemine vers les rochers qui forment un isthme sur la mer, séparant la plage en deux. Ils sont recouverts d'écume. La tâche va prendre du temps.

Je ne découvre que des morceaux de polystyrène et des pots de glace en plastique. Tout ce qui est blanc n'est pas une robe de mariée. Je me suis embarquée sur une fausse piste mais hors de question d'abandonner pour autant, je poursuis mes recherches, persuadée que la robe se trouvait bien dans ce sac, convaincue que c'est ce sac-là qui a été balancé par-dessus le mur du remblai.

Je grimpe sur une avancée de rochers et m'approche d'une grande étendue d'écume pour l'examiner de plus près.

Ce n'est pas de l'écume. Mon cœur s'emballe mais je garde la tête froide, celle de la logique. Il s'agit sûrement d'un morceau de voile qu'une tempête aura déchiré d'un bateau. De loin ça ressemble à un drap. En plus petit.

Il y a des manches.

C'est une robe. C'est *sa* robe !

« Mon Dieu, c'est incroyable… »

Activant mes bras et mes jambes déjà bien fatigués, je gravis les derniers rochers et arrive près de la robe. Main tendue, je glisse sur les algues mais parviens à l'attraper et à la tirer vers moi. Je l'ai. Une fois revenue sur la zone sableuse, je l'étudie de plus près. Elle est couverte d'algues, de sable de poussière noire et deux petits crabes ont élu domicile dans les aisselles. La jupe n'est plus qu'un tas de lambeaux, presque toutes les plumes ont disparu, mais je reconnais la robe du catalogue que Cathy m'a montrée. Aucun doute.

Et là, sur le dos de la robe, dans la soie et sur les boutons qui montent dans le cou, je distingue des auréoles roses. D'un rose passé.

D'un rose qui était autrefois rouge. La teinture que l'on a trouvée dans son appartement n'était pas rose. Il n'y avait aucune peinture rose non plus.

En revanche, il y avait du sang.

Je retourne au pas de charge au Lalique, à l'autre bout de la baie. La robe trempée sur mon bras dégouline sur mon pull. Devant la chambre de Neil, je marque une pause pour reprendre mon souffle. Une serviette autour de la taille, les cheveux plus foncés car mouillés, Neil m'ouvre la porte.

— Où étiez-vous passée ?

— Dehors, dis-je en entrant en trombe, haletante. Je vous avais laissé un mot.

Il referme la porte derrière moi.

— C'est quoi, ça ? demande-t-il.

— … robe…, robe de mariage.

— Calmez-vous, respirez. Je m'habille et vous allez me raconter ça. Moi aussi j'ai quelque chose à vous dire.

La confusion s'immisce dans ma tête. Toutes ces émotions prennent une allure de calvaire : le calvaire d'avoir eu à supporter les réflexions des gens sur Ellis la cinglée, la détraquée, leurs regards de travers, le fait qu'elle ait de toute évidence choisi de continuer à vivre dans une version longue de notre enfance, qu'elle ait choisi d'incarner les femmes mortes du cimetière où nous allions à Carew… Et ce qui me perturbe le plus, c'est cette robe achetée le jour de sa disparition. Une robe qui a fini à la mer le soir même. Une robe maculée de sang.

Deux minutes plus tard, la porte de salle de bains s'ouvre et Neil apparaît, vêtu d'un jean noir et d'un pull bleu marine. Il est en chaussettes, les cheveux encore mouillés. Il porte le même parfum que Luc, *Fahrenheit*. L'odeur est reconnaissable entre toutes.

Neil s'assied au bord du lit encore défait.

— Alors, montrez-moi cette robe.

Je n'ai pas bougé, encore debout devant la table, la robe sur mon bras.

— Foy, vous grelottez.

Neil se lève et retire la robe de mon bras.

— Elle est trempée, cette robe. Et vous aussi.

— Je l'ai trouvée sur les rochers. Le courant l'a ramenée.

— Vous l'avez trouvée sur la plage ?

— Elle appartenait à Ellis. J'ai discuté avec Vanya, enfin, je ne sais plus comment elle s'appelle mais c'est la manager d'Ellis. J'ai appris qu'Ellis avait apporté sa robe au travail pour la montrer, le jour de sa disparition. Alors je suis allée dans le seul magasin de robes de mariée de la ville et la vendeuse m'a fait voir le modèle qu'Ellis avait acheté. Et comme je me rappelais avoir vu quelque chose sur les rochers quand on attendait le retour des gardes-côtes, hier, je suis retournée là-bas et j'ai trouvé ça.

— Mais enfin, pourquoi aurait-elle acheté une robe de mariée ?

— Je ne sais pas, un acte de défiance, peut-être. Deux de ses collègues ont l'air de vraies pestes, je ne serais pas surprise qu'Ellis ait acheté la robe juste pour leur donner une leçon. Elle a coûté une blinde.

— Son salaire passait surtout dans ses chats et quelques babioles sur Internet, mais elle mettait de l'argent de côté quand il lui en restait.

— Elle aurait donc économisé pour se payer une robe ?

— Je n'en sais rien, mais elle économisait pour quelque chose, en tout cas.

— J'ai également parlé au type qui s'occupe de la maintenance, Trevor. Il a fait de la prison pour cambriolage. Vous étiez au courant ? Vous saviez qu'elle travaillait avec un criminel ? Il s'agit juste de cambriolages, mais quand même, il faudrait peut-être que vous vérifiiez son casier. Il y a du sang.

Je sens l'attaque de panique monter mais me raccroche aux yeux de Neil.

— Sur la robe, je veux dire, précisé-je. Il y a du sang sur la robe.

Neil étale la robe par terre et inspecte les manches. Puis il la retourne et plisse les yeux en scrutant les auréoles rosées.

— Merde.

— Neil, je pense que cette robe se trouvait dans le sac que l'on a vu sur les caméras de surveillance. Vous vous rappelez ?

— Oui. C'est bien possible. Il faut montrer tout ça aux flics.

— Vous croyez qu'ils vont vraiment faire quelque chose ?

— Mais ils font déjà quelque chose, je vous signale qu'ils sont en train de la chercher à l'heure actuelle.

— Oui, mais là, on a de nouveaux éléments…

J'ai peur de ce qu'il va me répondre et pourtant il me faut entendre… la vérité que lui seul peut me dire.

— En effet. Et cc n'est pas bon.

— Neil, vous savez qu'une femme a été assassinée dans cet hôtel, la semaine dernière ?

Il acquiesce lentement et attend que je poursuive, mais je préfère lui laisser la parole.

— Tessa Sharpe. Elle a été étranglée, dit-il.

— Le type de la maintenance dit qu'Ellis était obsédée par ce meurtre. Qu'elle pensait que le tueur allait revenir pour éliminer quelqu'un du staff. Elle, peut-être…

— Et elle trouvait aussi que la victime lui ressemblait et était persuadée que le tueur s'était trompé de victime.

Neil se redresse et se saisit de son téléphone encore branché au chargeur.

— J'appelle les flics, le responsable bureau chargé de l'enquête. Ils s'occupent aussi de la protection des témoins au niveau national, ils nous ont aidés sur le dossier d'Ellis. Je reviens tout de suite.

Il sort dans le couloir pour passer son appel. Et je n'essaie même pas d'écouter parce que je ne veux pas savoir. Je fais les cent pas autour de la robe de mariée toujours au sol. Dehors la pluie recommence à tomber, le vent souffle en bourrasques et soulève la mer. Assise au bord du lit, je fais une recherche Google sur Tessa Sharpe. Toutes les pages info ont publié le même cliché d'une jeune femme de vingt-huit ans aux cheveux de feu, grands yeux bleus et sourire angélique. Ses mains ont été entravées par un câble bleu. L'enquête se poursuit. Aucune arrestation à l'heure actuelle.

En général, c'est Isaac qui se charge de me ramener à la raison quand je commence à tout voir en noir. Mais aujourd'hui, personne n'est là pour mettre un frein à mon imagination sordide : un type pénètre dans l'appartement d'Ellis, la tue sauvagement alors qu'elle est encore dans son lit, le sang gicle jusque sur la robe de mariée accrochée à la porte du placard. Un corps sera forcément retrouvé au prochain cycle de marées. Un corps nu. Froid. Cette pensée est insoutenable. Insoutenable.

Bon, *respire*, me dis-je, *respire. Reprends-toi, détends-toi. Neil va revenir et prendre tes deux mains dans les siennes, comme Paddy le fait parfois.*

Je plonge la tête dans un oreiller et pousse un hurlement. Ce qui ne change strictement rien, hormis le fait que l'oreiller est maintenant vaguement humide. Neil n'a pas déboulé dans la chambre. Rien ne s'est passé. Il n'y a personne. Il n'est même plus dans le couloir. J'attrape mon téléphone et fais défiler mes contacts. Paddy. J'appelle.

— Allô ?

Sa voix enjouée m'émeut aux larmes.

— Paddy, c'est moi.

— Salut, ça va ? Comment ça se passe ? Tu as retrouvé Ellis ?

— Non, pas encore. Mais ça va, ne t'en fais pas.

— Ça va bien ou ça peut aller ?

— Ça va bien, bien. Pas de nouvelles pour l'instant.

Je ne tiens pas à ce qu'il ressente lui aussi la douleur qui me comprime la poitrine, je préférerais qu'il garde son ton guilleret.

— Zac m'a dit qu'un genre de détective pas très folichon était sur le dossier.

— Oui, mais ce n'est pas un détective. Il collabore avec les services de police dans les dossiers de protection de témoins. Un type bien. Comment ça va, à la maison ?

— Bien. Avant-hier il y a eu une tempête impressionnante, deux arbres sont tombés dans l'allée.

— Mince alors.

— Là on attend qu'un gars vienne couper les branches tombées. Au moins on aura plein de bois pour l'hiver.

— Ah, bien.

— Oui. Paddy et moi, on a commencé à refaire les toilettes d'en bas et on a demandé à deux étudiants de l'école du coin de venir arracher les orties et le lierre autour de la mare. Le mari d'une amie de Lysette vient demain pour jeter un coup d'œil aux vieux tuyaux en plomb qui passent dans le grand salon. Il connaît un endroit où refourguer de la ferraille, on pourra peut-être en tirer un peu de sous, qui sait.

— D'accord.

— Ah, et il y a une fuite dans la mare, ça, c'est la mauvaise nouvelle. Joe a remarqué que le niveau avait un peu baissé hier quand il est allé promener le chien. Et au fait, tu avais raison pour le plâtre dans l'escalier, il va falloir tout retirer.

— Super, dis-je en fermant les yeux.

— Super ? Foy, tu m'écoutes ou quoi ? C'est une méga galère, je te dis.

— Non, c'est parfait.

— Quelque chose me dit qu'on te manque.

— Un peu.

— Tu rentres quand ?

— Je ne sais pas encore. Bientôt, j'espère.

— Tu es sûre de ne pas trop te faire d'illusions ?

— Oui, totalement sûre.

J'ai envie de lui dire que je rentrerai avec Ellis dès que je l'aurai récupérée mais je suis loin d'en être certaine. Les larmes me montent aux yeux. Et mon frère qui sent toujours tout le sent bien.

— Foy, il faut garder espoir. Tu vas la retrouver.

Il ne croit pas à ce qu'il dit mais il sait trouver les mots que j'ai besoin d'entendre. D'un petit couinement je lui dis au revoir, raccroche et jette le téléphone à l'autre bout du lit. En pleine panique, je m'approche de la fenêtre et colle mes deux paumes sur la vitre froide. J'essaie de réciter un poème mais rien ne vient, la panique qui monte me bloque la cervelle. *Respire.* Inspiration en comptant jusqu'à dix, expiration jusqu'à sept. Je n'arrive toujours pas à réciter le moindre poème même si je pense à celui sur la guerre, avec un soldat dans une ambulance, qui, devenu fou, comptabilise ses choux. Soudain ça me revient :

J'ai six ans, je suis doué d'une grande intelligence.
Et six ans j'aurai toujours, jusqu'à la fin des temps.
J'ai six ans, je suis doué d'une grande intelligence.
Et six ans j'aurai toujours, jusqu'à la fin des temps.
J'ai six ans, je suis doué d'une grande intelligence.
Et six ans j'aurai toujours, jusqu'à la fin des temps.

Impossible de me rappeler le reste. Juste ce vers. Et ça ne marche pas, je suis toujours en pleine panique.

De l'autre côté de la baie, sur la jetée, un bateau des garde-côtes rentre à terre. Il n'est que 13 heures. Ça n'augure rien de bon.

Neil est de retour quelques minutes plus tard. Mon cœur fait un bond.

— Pourquoi le bateau de sauvetage est-il en train de rentrer ? On n'est qu'à mi-journée.

— Ils arrêtent les recherches. C'est ce que je voulais vous dire tout à l'heure. Ils ne considèrent plus le cas comme une disparition en mer.

— Quoi ?

— Foy, ça fait quatre jours, maintenant.

Je m'affaisse sur le lit.

— Vous voulez dire qu'ils ne recherchent plus une personne disparue. Ils cherchent un cadavre.

Neil pose son téléphone sur le lit et se baisse pour ramasser la robe.

— Il faut mettre la robe dans un sac. Vous pourriez me passer la housse de costume qui se trouve dans le placard, s'il vous plaît ?

Je suis incapable de bouger, figée sur place.

— Depuis quand savez-vous que les recherches en mer sont finies ?

— Depuis ce matin. Le type de la police qui est venu ici l'autre jour m'a appelé.

Il va lui-même chercher la housse de costume et fourre la robe dedans avant de remonter la fermeture éclair.

— Neil, on ne pourrait pas louer un bateau et y aller nous-mêmes ?

— Non, impossible.

— Pourquoi ?

— Parce que c'est trop dangereux. Regardez par vous-même.

La pluie et le vent ont pris de sérieuses allures de tempête. Les gouttes fouettent les fenêtres et le bâtiment entier donne l'impression de risquer de s'envoler d'un instant à l'autre.

— Les gens qui font ces recherches sont des volontaires, vous savez. On ne va quand même pas leur demander de braver un ouragan.

— Alors on fait quoi, maintenant ?

Je ne prends même plus la peine d'essuyer mes larmes. Neil tire un fauteuil près de moi et s'assied.

— J'ai quelque chose à vous dire mais je voudrais que vous me promettiez de ne pas vous énerver. D'accord ?

Je le fixe avec intensité.

— Je viens de parler avec Rani, un de mes collègues de Bristol. Elle a fait quelques recherches dans notre base de données… Vous voulez aller vous changer avant que je continue ?

Il regarde mon haut trempé et mon jean. C'est vrai que je suis gelée, je viens juste de m'en rendre compte.

— Non.

Je croise les bras, prête à recevoir les pires nouvelles. Comme quand j'étais à l'hôpital le jour où on a appris, pour mon père. Comme quand on m'a dit que Paddy allait être amputé. Comme quand les pompiers m'ont dit ce qui était arrivé à Luc, quand la machine a indiqué que le cœur ne battait plus. Les bras croisés, c'est ma position de défense.

— Il y a un trou dans la raquette dans l'enquête, et je viens juste de l'apprendre. En termes de police, ça signifie qu'un type assez dangereux est sorti des radars. En l'occurrence, il s'agit d'un membre du cartel, mais pas un des gars condamnés il y a quelques années. Et ce type est en cavale.

— Ce qui veut dire ?

— Ce qui veut dire que les témoins qui n'ont pas compris le message la première fois pourraient bien se retrouver en danger. Foy, j'espère que vous n'avez pas dit le vrai nom d'Ellis à qui que ce soit ce matin, si ?

Si, à tout le monde. Mais je me garde bien de l'avouer à Neil.

— Non, pourquoi ?

— Parce que Rani me dit que le gars a été repéré dans la région le mois dernier. Et qu'il est encore très lié au réseau de Bristol. On vient de retrouver sa voiture abandonnée dans un bois à une douzaine de kilomètres d'ici.

— C'est qui, ce type ? Et pourquoi n'a-t-il pas été condamné en même temps que les autres ?

— Parce qu'il était déjà en prison quand Ellis et son père ont été attaqués. Pour une autre affaire. Mais il était proche des types qui ont été envoyés au trou.

— Pas le type avec l'attirail de violeur, j'espère ?

Scants ne répond pas. Mon sang se glace.

— Oh non… C'est lui, hein ?

— À sa sortie de prison il a rejoint les membres du cartel de Bristol encore en liberté et a continué pendant quelque temps à trafiquer dans la zone nord-est de la ville. Ensuite il a fait cinq ans de taule pour agression sexuelle sur une femme qui sortait d'une boîte de nuit. Il a été libéré en juin.

— Et Ellis est arrivée ici en...

— Août.

— Neil, vous m'avez dit qu'elle n'avait rien à craindre ici, que personne ne la suivait, que c'était elle qui se faisait des films, elle qui était parano !

— Ce type ne faisait pas partie des gens que l'on surveillait. On vient juste d'apprendre son existence.

— Alors il habitait ici depuis plusieurs mois et il la suivait bien ?

— On ne sait pas encore. Rani est en train de checker tout ça.

— Il aurait pu prendre une chambre dans cet hôtel, là où elle travaille, non ? Là où cette femme a trouvé la mort. Comme s'appelle ce type ? C'est Sean ? Ou Kaden Cotterill ? Je ne sais plus qui croire. L'employé qui s'occupe de la maintenance, Trevor, Vanda m'a dit qu'il avait fait de la prison.

— Sean n'a rien à voir avec tout ça et Rani a vérifié notre base de données sur Cotterill et le Chinois qui tient le supermarché, et son proprio, aussi, et ils sont tous irréprochables. Le type en question s'appelle Knapp. John Knapp. Je vais faire mes propres recherches pour essayer de retrouver sa trace, j'ai mon ordinateur portable avec moi.

— Et Ellis, elle connaissait quelqu'un du nom de John Knapp ? Elle vous a déjà parlé de quelqu'un qui répondait à ce nom ? Un John ou un Johnny ?

— Non, je ne me souviens pas qu'elle ait jamais parlé d'un John ou d'un Johnny.

23

Toujours mardi 5 novembre, après-midi

Une fois la robe de mariée mise en sécurité dans la housse de Neil et rangée dans le placard de la chambre, nous retournons à l'appartement d'Ellis. Là, nous tombons sur Sanda Balls, le propriétaire, arrivé avant nous. Un grand mec baraqué avec une touffe de cheveux châtains bouclés et recouverts d'une pellicule de sciure. Lorsque nous l'apercevons dans le hall, il tient un long tournevis à la main.

— On peut savoir ce que vous êtes en train de faire ? l'interroge Neil.

— À votre avis ? Je change les serrures. Et on peut savoir qui vous êtes, vous ?

— Nous sommes… de la police.

Je lui lance un regard de travers mais Neil continue à fixer le type avec toute l'assurance du monde.

— Vous n'avez pas le droit de changer les serrures. La locataire n'a pas encore déménagé.

— Peut-être bien, mais moi j'ai des cadeaux de Noël à acheter pour mes petits-enfants alors il me faut un locataire. Et j'ai une liste d'attente pour cet appartement. Le dernier étage est reloué depuis hier, et demain les huissiers viennent expulser les espèces de drogués du deuxième.

— Monsieur, plaide Neil, vous pouvez bien attendre quelques jours.

— Écoutez, dit le type en touchant la poitrine de Neil avec le bout de son tournevis, j'ai passé toute la matinée à répondre à un tas de questions que vos collègues de la police voulaient me poser, alors maintenant, mon appart, je le récupère, compris ? Je ne veux plus de problèmes.

L'homme m'inspecte de la tête aux pieds.

— Elle n'est pas habillée comme une flic, déclare-t-il.

— Elle nous aide dans l'enquête, précise Neil.

— Et vous, vous ne m'avez pas l'air de la police non plus.

— Monsieur, vous ne pouvez pas relouer immédiatement cet appartement. Il pourrait s'agir d'une scène de crime.

Le propriétaire balaie sa remarque d'un revers de main et reprend son opération de dévissage.

— Combien ? demande Neil.

— Quoi ?

Neil cale son ordinateur portable sous son bras et sort son portefeuille.

— Combien pour prolonger la location d'une semaine ?

— Je n'accepte pas de paiement pour moins de six semaines.

— Combien pour les six semaines, dans ce cas ?

— Comme si vous aviez six cent cinquante livres sur vous ! Je savais bien que vous n'étiez pas de la police. Elle s'est barrée, c'est ça ?

— Je vous donne trois cents et vous laissez l'appartement comme ça pour le moment, d'accord ?

Balls part dans un rire mauvais, son cou remue comme la gorge d'une dinde.

— Mais trois cents, ça fait pas le compte !

Les yeux gris de Neil passent au noir, on le dirait prêt à en venir aux mains.

— Monsieur Balls, il s'agit d'une enquête de police. Je

vous signale que je pourrais donner l'ordre de faire interdire l'accès à tout l'immeuble dans l'heure, et là vous ne toucheriez rien du tout.

Balls s'esclaffe.

— Faux ! Les flics m'ont dit qu'ils ne feront rien de tel, que selon eux la fille s'est jetée dans la mer du remblai. Rien de louche dans cette affaire, qu'ils ont dit.

Neil fait un pas en arrière comme s'il se préparait à bondir sur le type. Je me rue sur mon sac à dos, sors mon porte-monnaie et tends deux cents livres de plus à Balls, ce qui me laisse avec cent cinquante livres pour les menues dépenses de mon séjour ici. Séjour qui pourrait bien se prolonger... Avec ce geste de bonne volonté, je regarde Balls dans les yeux, et à présent c'est à mon tour de prendre un air d'assurance infaillible tandis que Neil m'observe.

— Monsieur, je vous en prie. Elle va revenir. On ne sait pas quand exactement, voilà tout.

Le propriétaire m'arrache les billets des mains et les fourre dans la poche arrière de son short.

— Bon, d'accord. Je vais annuler la société de nettoyage qui devait venir demain. Mais je veux que la fenêtre soit réparée, que la moquette de la chambre soit nettoyée et que le sol de la cuisine soit remis comme avant. Et je viendrai moi-même contrôler tout ça le 1er janvier.

Neil n'a pas décoléré alors je prends les devants.

— Très bien, nous nous en occuperons.

Balls donne les nouvelles clés à Neil puis il referme sa boîte à outils posée sur les marches, la soulève et d'un pas lourdaud rejoint sa camionnette « Sanby Balls, tous travaux ».

— Espèce de connard, bougonne Neil dans sa barbe en regardant le véhicule filer vers le front de mer, un nuage de fumée noire expulsé du tuyau d'échappement bringuebalant.

— Venez, allons plutôt voir dans quel état il a laissé l'appartement.

Balls a mis tous les objets personnels d'Ellis dans des grands sacs-poubelles rassemblés au milieu du salon. Le même genre de sac que celui dans lequel la robe se trouvait quand elle a été jetée depuis le mur du remblai. L'odeur d'humidité est encore plus forte maintenant. Tous les bibelots et effet personnels d'Ellis ont été retirés. Les pieds du poupon en plastique émergent d'un des sacs dans lesquels des peluches et des livres ont été fourrés. Le lit a été défait, les draps sont encore par terre, en boule. La salle de bains a elle aussi été vidée, le contenu rassemblé dans un carton posé sur le bar.

Neil s'assied sur le bord du canapé et ouvre son portable, bien décidé à continuer les recherches entamées à l'hôtel.

Je lui propose un thé mais sans véritable intention d'en préparer puisqu'il n'y a plus de bouilloire en vue, ni de sachets de thé. Le four micro-ondes indique qu'il est 15 h 22.

— Non merci, répond Neil. Je crois que j'ai trouvé quelque chose.

Je passe au salon et prends place à côté de lui.

— Ah oui ?

— Oui. Le dossier de Knapp fait froid dans le dos. Apparemment, le coup du catalogue de cercueils, c'est une spécialité chez lui, et depuis longtemps. Pareil pour les coups de fil à répétition sans rien dire. Il faisait ça pour s'assurer que ses victimes étaient déjà terrorisées avant de lancer l'assaut.

— Quelle horreur.

— Pas de domicile fixe. Aucune paperasse officielle. Pas de réseaux sociaux. Ah, attendez… un box, un garage qu'il louait à son nom.

— Un box ? répété-je comme un perroquet, la gorge serrée. Où ça ?

— Je ne sais pas encore.

Un box, ça ne veut rien dire. C'est simplement un garage où l'on entrepose sa vieille voiture ou des outils.

— Neil, pourquoi ce type louerait à son nom un box mais pas un appartement ?

L'expression que Neil affiche soudain me fait passer en mode panique. Il referme brusquement son portable, attrape son manteau et file immédiatement vers la porte. Je n'ai même pas eu le temps de me lever.

— C'est à côté, lance-t-il. À huit cents mètres d'ici.

Neil revient au salon, se saisit de son ordinateur et me fait signe de le suivre.

La société de gestion à qui Knapp a loué le box s'appelle Frazer & Lloyd. Leur bureau se situe au bout dans la rue principale, au-dessus d'un salon de coiffure. Ce sont des géomètres-experts avant tout, mais le cabinet a également acheté une parcelle de terrain voilà une vingtaine d'années, sur laquelle ils ont fait construire des box destinés à la location.

Au deuxième étage, dans un bureau plongé dans les tons marron, nous sommes accueillis par un antique puzzle représentant un singe, une odeur de navet et une femme affublée d'un strabisme, une certaine Mandy, dont les chaussures ne sont visiblement pas à sa taille. Neil se fend d'une ou deux formules de politesse puis en vient tout de suite aux faits et lui demande des informations sur le box de John Knapp.

— Ah oui, oui, je vais regarder ça, s'empresse de répondre Mandy.

La jeune femme de Liverpool, d'un naturel agréable, semble sous le charme de Neil. Je parie que s'il lui demandait de se déshabiller, elle s'exécuterait séance tenante. Elle ne demande pas à voir mes papiers, ce qui n'est pas plus mal puisque je ne les ai pas sur moi. Légalement, nous n'avons pas vraiment le droit de lui demander quoi que ce soit. La police a dit à

Neil qu'elle se chargeait de l'enquête mais elle n'est pas encore au courant de l'implication de Knapp dans l'affaire, donc il a une longueur d'avance et compte bien en profiter. Enfin, Neil ne m'a pas présenté les choses comme ça mais c'est ce que je crois comprendre. Je ne l'ai jamais vu manifester un tel entrain. Et je ne pense pas qu'il ait bu d'alcool aujourd'hui, il a l'air concentré sur ce qu'il fait. Aussi avide que moi de trouver des réponses à nos questions.

Mandy plonge les mains dans une armoire à archives marron et taupe, tire le deuxième tiroir et commence à passer les dossiers en revue.

— 17a, Larkwood Trading Estate, dit-elle. Eh bien, ce n'est pas loin d'ici : remontez la rue principale, prenez à gauche une fois arrivés au niveau du magasin de chaussures Clarks et continuez dans cette rue jusqu'au croisement avec St Bartholomew's Road. C'est à peu près au milieu de la rue, le long d'une petite allée.

— Vous vous souvenez du type qui a loué ce garage ? Vous l'avez rencontré personnellement ? demande Neil.

— Oui, vaguement. Grand, assez costaud, l'air plutôt hirsute. Il a dit qu'il avait besoin d'un garage pour sa camionnette.

— Quel genre de camionnette ? Un Bedford ? Un Camper ?

— Une camionnette à beignets ?

— À beignets ? répété-je en coulant un regard à Neil.

Il a compris et pense à la même chose que moi : la camionnette à beignets sur les caméras de surveillance le soir où Ellis a disparu. Il y en avait une, presque en face de son appartement. Et depuis, elle n'y est plus.

— Mon Dieu.

— Qu'est-ce qu'il a fait ? demande Mandy assise derrière son bureau, les deux mains autour de sa tasse à café, bien décidée à être mise dans le secret.

— Mademoiselle, dit Neil, avez-vous une clé pour ce box ?

— Non, je regrette. Les locataires installent leur propre cadenas. C'est à eux de sécuriser l'endroit comme bon leur semble.

— Bien, tant pis. Merci de votre collaboration.

— Mais qu'est-ce qu'il a fait, hein ? insiste Mandy tandis que nous quittons sans tarder le bureau.

Neil ne prononce pas un mot tant que nous sommes dans la cage d'escalier. Une fois dehors dans la rue St Bartholomew, son regard balaie les alentours et nous nous dirigeons vers Larkwood Trading Estate. C'est moi qui parle la première.

— Ça fait quatre jours que la camionnette n'a pas été vue sur le front de mer.

— Ça ne veut pas forcément dire grand-chose.

— Si, ça veut tout dire. Ellis pourrait se trouver dans ce box…

— Dans ce cas on va vite la retrouver.

À cet instant j'aimerais lui prendre la main mais il n'a pas l'air d'humeur, fourrant les mains dans ses poches pour en sortir une paire de gants en cuir.

Après avoir pris à gauche nous nous engageons un peu plus loin dans l'allée étroite jalonnée de flaques d'eau. Au bout, une espèce de cour gravillonnée flanquée de deux rangées de garages. Les box ont des portes en tôle ondulée sur lesquelles des numéros ont été peints en blanc. Neil continuer d'avancer, je le suis de près. Ma respiration devient difficile.

Nous marchons d'un pas déterminé jusqu'au numéro 15a puis commençons à ralentir. 15b, 16a, 16b, 17a… 17b.

Je jette un coup d'œil dans la cour pour vérifier qu'il n'y a personne. Pas un chat. Pour un garage en plein centre-ville, l'endroit est remarquablement isolé et pourtant on entend le bourdonnement de la circulation sur la route principale. Neil entreprend d'attaquer le cadenas à l'aide d'un couteau suisse qu'il vient de sortir de sa poche de pantalon. Je l'attrape par le bras.

— Neil, chuchoté-je. Et si le type est à l'intérieur ?

Il se redresse et se met à tambouriner sur le portail avec une telle force que le son assourdissant me rentre dans le corps, mes bras vibrent et mes mains se mettent à trembler. Toute la cour résonne. Mais de l'intérieur, aucun signe de vie. Je n'arrête pas de penser au *Silence des agneaux*.

Dans un claquement métallique, il parvient à faire sauter le cadenas, qui tombe par terre et atterrit au beau milieu d'une flaque avec un *plouf !* sonore. Neil fait coulisser la porte et passe une main à l'intérieur pour décrocher la chaîne qui maintient le portail en place.

Et elle est là. La camionnette à beignets.

Les côtés du véhicule sont recouverts d'affiches : *Slushie géant pour £ 2 ! Hot dogs et frittes ! Candy Floss a partir de £ 2 le sachet ! 5 beignets pour £ 1 ! Une canete gratuite pour 10 churros acheter ! Boissons chaude !* Tout est bourré de fautes d'orthographe et systématiquement accompagné d'un point d'exclamation, ce qui aurait le don de m'énerver en temps normal, mais ma véritable préoccupation me ramène vite à la réalité. Il n'y a rien d'autre que la camionnette dans ce box. Rien d'autre ni personne d'autre. Neil se met à marteler le véhicule.

— Ellis ! Ellis, tu es là ? C'est moi, Scants.

Nous attendons une réponse mais le silence demeure.

Il défonce la serrure de la portière, puis, après m'avoir fait reculer, ouvre lentement. Un parfum lourd de sucre carbonisé et d'oignons frits s'échappe de l'intérieur, mais il n'y a aucun signe de vie. On ne découvre que des boîtes de Ribena et des saucisses, des tours de gobelets en papier emballées dans du plastique, des bouteilles de taille industrielle de sauce rouge et marron surmontés de becs verseurs sales, des seaux en plastique de petite et grande taille de barbe à papa rose et bleue, alignés sur les étagères du haut. Neil monte dans le véhicule.

Mon cœur bat comme si je venais de piquer un sprint.

— Vous voyez quelque chose ?

Il fouille les placards sous le comptoir et trouve un sac de sport noir qu'il dépose au milieu de la camionnette. Il fourrage à l'intérieur et en sort des vêtements, de la mousse à raser, des rasoirs jetables, je ne vois pas très bien.

— C'est quoi ? Qu'est-ce que c'est, tout ça ? demandé-je, les bras croisés.

Neil replonge dans le placard et en sort un sac de couchage et un oreiller peu épais, taché. Je passe une tête dans la camionnette et regarde au sol avant que Neil ait le temps de tout replacer dans le sac. Je n'ai pas le temps de tout identifier mais ce que je vois m'en dit assez : des habits sales, des rasoirs et de la mousse à raser, deux couteaux de cuisine, un rouleau de Chatterton, un paquet de câble bleu, ouvert.

— On dirait bien qu'il dormait ici, dans cette camionnette. Ce qui ne veut pas dire qu'il a réussi à mettre la main sur Ellis. Le côté positif, c'est que le véhicule est toujours là.

— C'est positif, ça ? m'étranglé-je. Il a très bien pu déjà les utiliser, ces câbles bleus !

— Foy, arrêtez de penser au pire.

— Mais je ne peux pas ne pas y penser, voyons !

En sortant du box je craque complètement et pars dans une crise de sanglots incontrôlable. Neil ne peut rien faire pour me calmer. Il referme le garage et me ramène à pied à l'appartement d'Ellis. Sur le chemin, deux personnes nous arrêtent pour nous demander si elles peuvent nous aider.

De retour à l'appartement, Neil me fait asseoir dans le fauteuil. Je ne me souviens pas exactement quand c'est arrivé, mais pendant le trajet il a passé son manteau sur mes épaules.

— Je devrais peut-être retourner au garage, annonce-t-il, pour surveiller, au cas où quelqu'un viendrait.

— Non, ne me laissez pas toute seule.

Je ne tiens pas à me retrouver seule dans cet appartement sous cette lumière crue et oppressante et dans cette odeur de choux pourris et d'humidité. Sandy Balls a même retiré l'abat-jour du seul plafonnier, il ne reste plus que l'ampoule.

Neil s'assied devant moi sur un coin de la table basse et me frictionne les bras.

— Vous tremblez encore, dit-il.

— Alors, qu'est-ce qu'on fait, maintenant ? Où allez-vous ?

Neil s'est levé.

— Nulle part. Je refais le tour de l'appartement.

Il file dans la chambre d'Ellis.

Dehors, devant la terrasse, des mouettes croassent. Quelqu'un a jeté une boîte entière de frites sur le trottoir. Neil réapparaît dans l'embrasure de la porte, la mine pensive.

— Foy, je peux vous parler d'une chose qui me turlupine depuis qu'on est passés ici tout à l'heure ?

Je renifle et tente d'arrêter le tremblotement de mes mains.

— Oui.

— La dernière fois que je suis venu, il y avait une peinture dans le cadre de la chambre. Un Frida Kahlo.

— Un quoi ?

— Un autoportrait, mais peu importe. Eh bien, il n'y est plus. Quand je suis arrivé, il y a quatre jours, j'ai trouvé des morceaux de verre brisé. Des tout petits morceaux. Dans la chambre et dans le salon.

— Oui, et alors ?

— La peinture était dans un cadre en verre. Imaginons que le cadre est tombé et s'est cassé à un moment donné, le jour où elle a disparu.

— Oui…

— Sur la fenêtre de la chambre, il y a une fissure. Je ne sais pas, personnellement, si la fissure était déjà là il y a quatre jours, mais le propriétaire avait l'air de penser que c'était tout récent, alors admettons en effet que ce soit tout frais.

— Ce qui voudrait dire… ?

— Une effraction.

— Par la fenêtre de la chambre ?

— En effet. Cette fenêtre est située sous la sortie de secours, invisible de la route. Le système de fermeture ne marche pas et la poignée tourne dans le vide. Tous ces éléments vont dans le même sens… Quelqu'un est entré par effraction.

— Attendez… Knapp serait rentré par la fenêtre et aurait cassé le cadre ?

— Non, pas exactement. Vous avez dit que son lit était mouillé, pas vrai ?

— Tout à fait. Ce à quoi vous avez répondu que c'était à cause de l'humidité ambiante.

— Et si je m'étais trompé et qu'il était entré en pensant la trouver dans son lit, alors qu'en réalité elle était dans son bain ?

— Je vois.

En fait je ne vois pas du tout où il veut en venir parce que mes tremblements m'empêchent de me concentrer. Neil arpente l'appartement comme un lion en cage ou comme s'il tentait de retracer les mouvements d'Ellis.

— Il va à la salle de bains, la surprend. Elle est dans l'eau, ou elle vient à peine de sortir de la baignoire. Elle veut crier mais il l'attrape par le cou. Ce qui expliquerait que personne n'ait rien entendu. Ensuite, les deux bataillent.

Malgré ma réticence, les paroles de Neil me forcent à visualiser la scène.

— Elle réussit à lui échapper, poursuit-il, se réfugie dans la chambre et tente de fermer la porte, mais quelque chose accroché derrière la porte l'en empêche, un manteau.

Neil pose un doigt sur l'encadrement de la porte à l'endroit où le bois a été forcé et a laissé une fissure.

— Ça, dit-il, ça pourrait tout à fait ressembler à la marque d'un cintre.

— Oui, mais une marque qui aurait pu être faite n'importe quand.

Il ne se laisse pas démonter et continue.

— Knapp fait irruption dans la chambre et se jette sur elle. Ils luttent, se cognent contre le mur peut-être, le cadre tombe et se fracasse.

— Elle se coupe avec le bris de verre parce qu'elle est encore pieds nus, suggéré-je à mon tour. D'où le sang par terre.

— Oui, peut-être en effet. Il la plaque sur le lit, et comme elle est encore trempée de l'eau du bain, la couette absorbe l'eau.

— Oh, Neil, je vous en prie, arrêtez, je n'en peux plus…

Il se tait et s'approche de moi, regard implorant et déterminé.

— Foy, je veux que vous alliez au Lalique. Vous m'attendrez là-bas.

— Non. Pourquoi ?

— Je ne sais pas ce qui est arrivé à Ellis, mais c'est ici même que les choses se sont passées, j'en suis convaincu. Je ne pense pas qu'il l'ait emmenée. Vous vous rappelez quand le propriétaire a dit qu'il y avait trois choses à remettre en place pour janvier ?

— Oui, la fenêtre cassée, la moquette nettoyée et…

Nos regards se tournent en même temps vers la cuisine.

— Le sol de la cuisine à…

Neil s'avance dans la cuisine, sur le tapis.

— La dernière fois que je suis passé voir Ellis, il y avait un lino blanc à cet endroit. Je le sais parce que je lui ai fait la remarque, le lino était dans un état lamentable de crasse. Elle m'a dit que le proprio allait le changer, en faire installer un par un professionnel parce que celui-ci n'était qu'une chute posée au sol. Ce lino n'est plus là. Il ne reste que le tapis.

— Où voulez-vous en venir ?

Neil retourne un coin du tapis, une carpette fine et hideuse.

— Quelqu'un s'est débarrassé du lino blanc. Avant, on ne voyait pas directement les lattes du plancher dessous.

— C'est peut-être Balls qui l'a retiré quand il est venu.

Neil roule le tapis puis il parcourt le plancher lentement en appuyant les pieds. Deux lattes semblent mal fixées. Sur l'une d'elles, on distingue des empreintes de sang. Neil relève la tête vers moi mais mon regard ne peut se détacher du sang sur la planche.

Et soudain, je détecte une odeur. Une odeur infâme à vous donner la nausée, celle que j'avais sentie depuis le début mais qui demeurait jusque-là masquée par l'humidité et les papiers peints imprégnés des effluves de milliers de repas cuisinés dans l'appartement. Une odeur qui envahit d'un coup la pièce lorsque Neil soulève les deux petites lattes du plancher.

Les mains sur la bouche, je réprime une violente nausée et secoue instinctivement la tête. Scants s'avance vers moi et pose ses deux mains sur mes épaules.

— Retournez à l'hôtel. Je vous rejoins dès que je peux.

Je continue à faire « non » de la tête. Les larmes coulent entre mes doigts.

— Je ne veux pas que vous voyiez ça, Foy.

— Laissez-moi rester, il faut que je reste. Si elle est ici, il faut que je reste.

— Alors, allez au moins dans la chambre. Ne vous approchez pas de la cuisine, compris ?

Une fois encore j'ignore ses imprécations et le rejoins dans la cuisine. Il finit d'enrouler le tapis et l'écarte du passage. Puis il ouvre un tiroir, se saisit d'un couteau, s'agenouille et inspecte les lattes de plus près. Je remonte le col de mon pull pour me couvrir le nez et la bouche. Je ne sais pas si je me fais des idées, mais j'ai l'impression que la puanteur est de plus en plus forte.

24

Deux jours avant Bonfire Night[1], et ce fut le dernier mois de novembre ensemble, Ellis et moi sommes allées à la petite boutique tenue par la vieille Beattie. Elle avait une surprise pour nous : des livres, encore des livres, des tas de livres.

— Je pars vivre en Australie, je vais rejoindre mon fils. Alors je me débarrasse de tous mes livres. Comme vous êtes mes meilleures clientes, je vous laisse choisir en premier.

La vieille dame nous a conduites dans l'arrière-boutique, un endroit magique dont nous n'avions jamais soupçonné l'existence, puis nous sommes passées par une cage d'escalier délabrée, et au premier étage, elle nous a fait rentrer dans un appartement exigu. Dans une pièce il y avait une bibliothèque imposante couvrant tout le mur, pleine de livres d'auteurs dont je n'avais jamais entendu parler, Dickens, Shakespeare, Wilde, Austen, les sœurs Brontë, et de nombreux livres pour enfants aussi.

— Ils appartenaient à mon fils, avait dit fièrement Beattie, appuyée sur sa canne. Prenez ceux qui vous plaisent, les filles. Tous les bouquins qui resteront partiront dans la camionnette d'une association caritative.

---

1. En Angleterre, le soir du 5 novembre, jour de la commémoration de la tentative manquée de Guy Fawkes de faire sauter le Parlement en 1605, des feux d'artifice sont organisés dans tout le pays.

Beattie avait déjà demandé à ma mère si nous voulions des livres mais ma mère avait dit que nous ne pouvions en prendre que trois chacune. Apparemment, nous avions « bien assez de livres comme ça ». Et arrêter son choix sur trois livres n'a pas été pas une mince affaire. Ellis, en revanche, a fait rapidement sa sélection : elle a pris un recueil de Beatrix Potter, ce qui était de la triche parce qu'il y avait plusieurs livres dedans, un livre d'images qui s'appelait *Le Géant réticent* et un livre animé d'Hansel et Gretel. J'ai fini par opter pour un recueil de Roald Dahl, ce qui était de la triche parce qu'il y avait plusieurs livres dedans mais comme Ellis l'avait fait je pouvais le faire aussi, un ouvrage sur les chevaux et un recueil de comptines.

Voilà d'où vient le livre de comptines, de la maison de Beattie. Aujourd'hui encore je me remémore souvent certains passages, à des moments inattendus de ma vie, comme avant un examen, un entretien d'embauche ou un frottis. *Wynken, Blinken et Nod, Kookaburra installé dans le vieil acacia. Matilda, une vieille femme, a avalé une mouche. Ne souris jamais au crocodile.* Ces comptines ont une vertu apaisante.

Je me répète quelques vers en laissant le temps à l'atroce découverte de parvenir à mon cerveau. Il y a un cadavre sous ce plancher. Et il pourrait bien s'agir de ma meilleure amie.

— Il devait la suivre depuis plusieurs semaines, dit Neil en soulevant plusieurs autres lattes qu'il entasse derrière lui sans faire de bruit. Il était là, on l'avait sous les yeux.

Debout près de lui, je brandis une torche rose de Blanche-Neige et les sept nains qu'il a dégotée dans un des sacs-poubelles.

Elle a avalé la chèvre pour attraper le chien, elle a avalé le chien pour attraper le chat, elle a avalé le chat pour attraper l'oiseau...

À mesure que les lattes sont dégagées, l'odeur me donne de plus en plus de haut-le-cœur. Je plaque ma manche contre mon nez et essaie de focaliser mon attention sur un parfum de lessive en poudre mais la puanteur ne disparaît pas autant, des relents de viande pourrie et de parfum écœurant parviennent à mes narines. Neil me demande toutes les deux minutes si je ne préférerais pas aller dans la chambre mais je ne bouge pas d'un pouce, lampe à la main, manteau sur les épaules. Je ne sens même pas que mes ongles sont enfoncés dans mes bras.

Elle a avalé l'oiseau pour attraper l'araignée, qui gigotait et la chatouillait à l'intérieur. Elle a avalé l'araignée pour attraper la mouche, je ne sais pas pourquoi elle a avalé la mouche. Peut-être en mourra-t-elle.

— Torche, m'ordonne Neil en tendant la main.

Je la lui passe. Son front est couvert de sueur et ses joues sont rouges d'avoir gardé la tête en bas tout un moment. Il a réussi à créer une ouverture dans le plancher de la taille d'une boîte à chaussures, assez grande pour y passer la tête et la main tenant la torche. Il se penche, éclaire le trou et regarde. Puis il se redresse, soupire et se remet à attaquer de nouvelles lattes. Son visage ne trahit rien.

Je n'arrive plus à me souvenir du reste de la comptine. Dans ma tête elle semble s'être arrêtée à *Peut-être en mourra-t-elle. Peut-être en mourra-t-elle. Peut-être en mourra-t-elle.* Tant pis, ça n'a pas l'air de m'apaiser de toute manière. Je frémis intérieurement et sens qu'il ne m'en faudrait pas beaucoup pour m'effondrer. Comme un barrage qui lutte contre les assauts d'un fleuve de larmes et de colère plus puissant que tout. Il ne me reste plus qu'à prier. *Mon Dieu, je vous en supplie, mon Dieu, mon Dieu...*

Neil reste silencieux cependant qu'il retire méthodiquement les petites lattes et les pose sur le côté. Il ne peut pas me mentir mais n'arrive pas non plus à me dire la vérité. Je n'y tiens plus. Est-ce Ellis, là sous le plancher ?

— C'est elle ?

Pas de réponse.

— Neil, insisté-je, c'est elle ? Je vous en prie, répondez. C'est Ellis ?

— Je ne vois pas bien. Il y a un truc enveloppé dans le lino.

Il continue à œuvrer en silence. L'attente est un véritable calvaire.

— Sortez-la de là, sortez-la, je vous en prie, vite…

Pendant qu'il disparaît dans le trou, il me semble que ma respiration s'est tout bonnement arrêtée. Il ressurgit et me regarde.

— Ce n'est pas elle, dit-il, le souffle court. Ce n'est pas Ellis. La tête est enveloppée mais je suis certain, d'après les vêtements, que c'est… lui. Il a un énorme bout de verre planté dans la gorge.

Je dois m'appuyer contre les placards de la cuisine pour ne pas vaciller.

— Elle l'a tué ? Elle a tué John Knapp ? Elle l'a vraiment tué ?

Neil s'extirpe du trou. Je vois bien que lui aussi accuse le coup.

— Oui, ça m'en a tout l'air.

25

Mercredi 6 novembre, le matin

Je me souviens d'une histoire du livre de comptines. Elle me fait penser à Ellis.

Matilda racontait toujours de terribles mensonges, des mensonges à faire pâlir et donner envie de se cacher sous le lit... La nuit où le feu s'est déclaré, il fallait entendre les cris de Matilda. Mais à chaque fois qu'elle hurlait, « Au feu ! », on lui répondait, « Petite menteuse ! ». C'est ainsi qu'au retour de sa tante, Matilda fut trouvée morte dans la maison brûlée.

Je me répète l'histoire en boucle, comme une chanson qu'on entend une fois et qui reste dans la tête six jours d'affilée en toile de fond. Ni Neil ni moi n'avions envisagé cette option. Je m'attendais à trouver le corps d'Ellis, pas celui de sa victime. Neil pensait ne rien trouver du tout. Respirer devient de plus en plus pénible, surtout à travers nos manches. L'odeur nauséabonde a envahi tout l'appartement.

Matilda racontait toujours de terribles mensonges...

Mais Ellis n'a pas menti. Pas sur tout. Car elle était bien suivie, par l'enquêteur que j'avais embauché. Et par ce type. Elle avait bien reçu des appels téléphoniques sinistres et un catalogue d'accessoires funéraires. Et quelqu'un a effectivement tué Tessa Sharpe en pensant qu'il s'agissait d'Ellis. Et l'assassin était bien là devant nous. Tout cela, il faudrait bien que Scants l'admette.

Je prête main-forte à Neil pour continuer à retirer le plancher afin d'avoir un accès plus aisé au cadavre. Soudain, il se fige et se passe une main gantée sur le visage.

— Attendez. Stop, stop, on arrête tout. Il faut appeler la police, maintenant.

— Appeler les flics ? Mais s'ils apprennent que…

— Oui, je sais, il y aura une enquête pour meurtre. Mais je vous signale que nous en sommes effectivement là, maintenant. Elle a tué un homme.

Il se redresse, se frotte les genoux et se délasse les chevilles.

— Non, dis-je fermement. On ne va pas informer la police. Sinon ils vont se mettre à sa recherche.

... des mensonges à faire pâlir et donner envie de se cacher sous le lit...

— Je croyais que vous vouliez justement qu'ils la retrouvent.

— Mais ils vont l'arrêter ! Elle ira en prison.

— Il faut informer la police, répète Neil en sortant son téléphone de son pantalon. Et si vous voulez une simple et bonne raison pour faire les choses correctement, pensez à Tessa Sharpe. Si ce salaud a tué Tessa Sharpe avant d'essayer de s'en prendre à Ellis, il faut que la police soit au courant.

Je me suis à mon tour redressée et lui fais face.

— Mais pourquoi ? Tessa Sharpe est morte, maintenant.

— En effet, et sa famille veut savoir pourquoi.

Une main sur son bras, je l'implore du regard.

— Non, Neil, je vous en prie.

Ses yeux gris sont devenus durs.

— Elle l'a tué. Il est mort depuis plusieurs jours.

— Je sais bien ! Mais Ellis ne doit pas être arrêtée.

— Foy, j'espère que vous ne pensez pas un instant à...

— Elle ne peut pas être arrêtée, Neil. Si ce que vous avez dit est vrai, il s'agit d'un cas de légitime défense.

— Peut-être bien, mais... Je n'ai pas le choix. Regardez un peu ce qu'elle a fait.

— Je me fiche de ce qu'elle a fait. Ce que je vois, c'est qu'elle s'est débarrassée d'un assassin et d'un violeur. Elle a rendu service à tout le monde. Elle a rendu service à Tessa Sharpe, aussi.

— La pauvre fille est déjà morte, qu'est-ce que ça peut bien lui faire ? Et même s'il s'agit de légitime défense, Ellis va devoir assumer ses actes.

La nuit où le feu s'est déclaré...

— Neil, vous ne trouvez pas qu'elle a déjà assez morflé comme ça ? Il faudrait en plus qu'elle reste en détention pendant des semaines et qu'elle supporte un procès lui faisant revivre tout ça ? Elle sait très bien qu'elle a fait une connerie, et c'est pour ça qu'elle s'est enfuie. Elle a peur, c'est de ça dont elle a peur maintenant. Elle sait parfaitement qu'elle a commis un acte irréparable et elle a la frousse des conséquences.

— Ce n'est pas à nous de juger, Foy, c'est à la justice.

— Non. Elle ne survivra pas longtemps en prison, Neil. Vous avez très bien comment elle est, elle a déjà du mal avec le monde normal, alors une prison pour adultes...

... il fallait entendre les cris de Matilda.

— Alors je suis censé faire quoi, maintenant, hein ? La couvrir ? Laisser ce cadavre et remettre le plancher en place, jusqu'à ce que quelqu'un remarque la puanteur ?

— Vous savez comment vous occuper de ce genre de choses. Ou vous connaissez de gens qui peuvent s'en charger.

— Parce que je travaille avec la police ? Ils ne sont pas tous pourris, vous savez. On n'est pas au cinéma, là.

— Vous avez les moyens de faire disparaître ce corps si vous le voulez.

— Foy, ça suffit. Non, je ne peux pas. Je ne fais pas partie des forces de police, je ne peux pas changer les règles comme ça.

— Si, je sais que vous en êtes capable. Vous devez bien connaître une personne… ou un endroit…

Neil me regarde puis baisse les yeux sur le plancher. Le tapis.

— Vous n'êtes quand même pas en train de me suggérer de…

— Vous avez dit vous-même que ce type est un loup solitaire, personne ne le connaît ni ne sait où il se trouve. On ignore même ce qu'il a pu faire avant qu'Ellis lui règle son compte. Moi, je dis que justice a déjà été faite. On ne peut décemment pas la faire payer pour ce meurtre. Elle n'est pas comme vous et moi… C'est une enfant.

— Foy, ne me demandez pas de faire ça.

— Je ne demande plus rien, d'accord, je ne vous demande rien.

Neil se frotte nerveusement la bouche pendant tout un moment et va se poster derrière le bar.

— Bon, je préférerais que vous ne restiez pas là, dit-il enfin.

— Parfait. Je crois que je sais où elle est.

— Comment ça ?

Je me débarrasse de son manteau et le pose sur un tabouret.

— Il faut que j'aille la rejoindre. Faites ce que vous voulez, moi j'ai dit ce que j'avais à dire.

De mon sac à dos je tire ma veste North Face et la tapote pour la défroisser.

— Je veux être la première personne à la retrouver. Il faut que ce soit moi.

— Il est tard, vous ne pouvez pas partir maintenant.

— Demain, ça fera cinq jours qu'elle a disparu. Elle ne va pas m'attendre encore bien longtemps. J'y vais.

C'est ainsi qu'au retour de sa tante, Matilda fut trouvée morte dans la maison brûlée.

Après un passage aux toilettes, j'attrape mes affaires et m'apprête à partir. Sous le plancher de la cuisine le corps de John Knapp est toujours enveloppé dans le lino, telle une momie dans son sarcophage. Neil referme soigneusement la porte de l'appartement d'Ellis et m'accompagne jusqu'à la sortie. Sur les marches du perron je me retourne, pensant qu'il aura déjà fait demi-tour, mais au dernier moment il se penche vers moi et m'embrasse. Un baiser fort, déterminé, plein de désespoir et de chaleur. Nous nous enlaçons.

— Je vais m'en occuper, c'est d'accord, me murmure-t-il à l'oreille. Et je vous rejoins dès que c'est fait.

J'ai du mal à le laisser partir. L'étreinte se desserre un peu, je pose mon front contre le sien.

— J'espère que je n'arriverai pas trop tard, ajoute-t-il.

Chez Frankly Services j'achète un paquet de cigarettes et un briquet. Voilà des années que je n'ai pas fumé mais ce soir, telle la Petite Sirène plongeant dans les profondeurs pour rejoindre les eaux troubles du royaume d'Ursula, je ne résiste pas à l'envie. La cigarette est la promesse d'une libération de cette angoisse chronique ayant pris possession de mon corps et quand la tête commence à me tourner, je m'abandonne à cette sensation. Tout le monde ferait pareil à ma place.

Une station-service en pleine nuit est un des endroits sur terre où l'on se sent le plus seul. De prime abord, avec ses néons puissants et ses odeurs de café chaud, on a l'impression d'arriver dans un lieu accueillant et chaleureux. Mais dans des moments comme ça, on ne peut s'empêcher de constater que le monde est vaste, commercial, que tout y est faux. Que l'on doit s'y sentir terriblement seul.

Sur un fond sonore de sèche-cheveux provenant des toilettes, quelques familles fatiguées déambulent dans la boutique de la station ou lisent des magazines. Un groupe de jeunes femmes, un enterrement de vie de jeune fille en cours, poussent des cris et exhibent leurs poitrines à l'intention d'une cohorte de mâles regroupés devant la salle de jeux. Je commande un double espresso et un croque-monsieur chez Costa, passe aux toilettes et après avoir fait le plein de la voiture de location, repars dans la nuit glaciale. Arrivée au niveau de Preston, j'écoute la météo et apparemment des tempêtes de neige sont attendues dans le Sud-Ouest. Jusqu'à Bristol tout se passe bien. Si la circulation le permet, il ne me reste pas plus d'une heure de voiture. Il faut que j'arrive à destination avant que la neige se mette à tomber. Que je la trouve avant la tempête.

Je n'avais l'intention de fumer qu'une seule cigarette, histoire de me relaxer un peu, mais bientôt je me retrouve à les enchaîner les unes après les autres. À 5 heures du matin, vers Clevedon, je fonctionne uniquement à l'adrénaline, et quand j'arrive à Taunton, je n'ai plus de clopes, plus de patience et presque plus d'essence pour la deuxième fois. Une neige intense s'est mise à tomber, les essuie-glaces en position rapide ont du mal à suivre le rythme. À la radio ils annoncent déjà sept centimètres de neige au sol. S'il le faut, je finirai le chemin à pied. J'ai de bonnes chaussures et mon blouson. Il faut que je la retrouve.

Foy, notre chevalier pourrait nous sauver.

Non, Ellis, nous nous sauverons toutes seules. Nous pouvons utiliser nos épées.

Au moment où je m'engage sur le rond-point près de la zone commerciale, mon téléphone sonne. C'est Neil. Je n'ai pas le temps de lui répondre mais il laisse un message vocal.

« Foy, c'est Neil à l'appareil. Je reviens de la gare routière où j'ai demandé à voir les enregistrements des caméras de surveillance du soir où elle a disparu. Elle a pris un car pour Bristol tard dans la nuit. Donc on dirait bien que tu es sur la bonne piste. Pour notre problème à l'appartement… je m'en suis occupé. Appelle-moi quand tu auras des nouvelles. Salut. »

Il n'en dit pas plus. Pas de détails sur Knapp, il ne dit pas si le cadavre était encore dans son coffre quand il est allé à la gare routière, rien. J'ai la nette impression que je n'aurai jamais le fin mot de l'histoire. Peut-être Knapp a-t-il fini par-dessus le remblai, emporté par les tourbillons furieux d'une mer déchaînée.

Il est 6 h 15 du matin lorsque je m'engage enfin dans la longue rue désolée de Long Lane. La peur se diffuse dans mes veines comme un poison. J'ai imaginé revenir ici un nombre incalculable de fois… J'ai baissé la vitre pour négocier les virages dangereux de la route verglacée menant à Carew St Nicholas, l'air glacial s'engouffre dans la voiture.

Aucun des bâtiments n'a changé, ils sont toujours là, tous de hauteurs différentes, avec leurs toits de chaume, de tuiles ou d'ardoise. Le panneau à l'entrée de la commune n'a pas bougé non plus, même si aujourd'hui il est partiellement masqué par les ronces et les épines. « Bienvenue à Carew St Nicholas. Conduisez prudemment. » Quant à celui en bois planté près des espaces verts, « Ralentir – Canards », il a disparu. Les canards aussi.

L'église St Nicholas est perchée sur la colline, en hauteur par rapport au cimetière. Le pub jouxtant le cimetière, le monument aux morts, l'antique fabrique de cidre, rien n'a changé. Au sortir du virage je pénètre dans la rue principale et m'attends à voir l'épicerie et le bureau de poste mais il ne reste plus rien. Pas d'enseigne ni de drapeau Cornetto volant dans le vent. À la place, une enfilade de maisons mitoyennes.

Mais le pub est toujours là et quand je passe le portail pour me garer sur le parking, il se dresse enfin devant moi. Le Besom Inn. Soudain je voudrais ne pas être ici. Cet endroit recèle des souvenirs aussi heureux que tristes et ma présence ici me semble totalement déplacée. Les nouveaux propriétaires ont repeint la façade en bleu canard, l'effet n'est pas heureux. Elle était blanche, de mon temps. C'était mon père qui avait peint l'enseigne, au pinceau. Je gare la voiture le long d'un bâtiment que je ne reconnais pas. Avant, il y avait le terrain de boules à cet endroit. À présent un ensemble de quatre mini chalets de bed & breakfast sont alignés le long du mur bordant le cimetière. J'aurais préféré ne pas regarder les sépultures mais ma tête s'est tournée automatiquement dans cette direction et je repère tout de suite les tombes de mon père et celle de ma mère, à côté, entre Mary Brokenshire et la sorcière du village, Bridget Wiltshire. Une couche de neige recouvre les pierres tombales. Revoir tout cela ne m'affecte pas autant que je l'avais imaginé.

De l'autre côté du parking, la terrasse du pub me semble moins grande que par le passé. Ils ont déplacé la clôture pour agrandir le jardin à l'arrière. La moitié de l'ancien jardin est en chantier, j'aperçois un abri, ou peut-être une sorte de remise, moderne, laide. Il y a des tables et des chaises, aussi. Il ne reste plus aucune trace de notre passage. Le ciment qui portait les empreintes de nos mains au pied de la cabane triangle a été défoncé puis recouvert par une étendue d'herbe. Plus aucun signe sur le piquet de la clôture de nos initiales, gravées avec des compas un soir au retour de l'école. Toutes les installations ont été rasées, la cabane triangle, les balançoires, le trébuchet, le stand de tir de feux d'artifice de mon père, même les arbres ont été coupés et seules subsistent les souches.

Le plus dur est de constater que notre cabane dans l'arbre, le château, n'est plus là elle non plus. Et moi qui, pendant tout le trajet, me suis imaginé que c'était là que je retrouverai Ellis…

Le désespoir me gagne. Je ne sais plus où aller, maintenant. Devrais-je appeler Neil ? Remonter tout de suite dans la voiture et repartir ? Ellis aurait-elle pu se rendre dans un autre endroit que nous avions l'habitude de fréquenter quand nous étions gamines ? Toute pensée rationnelle est évacuée par un sentiment de panique totale. Autour de moi le silence règne, tout est blanc, la neige tombe sans faire de bruit. Sur la route déserte, le manteau de neige n'a pas encore été foulé par un seul véhicule. Personne n'y a promené son chien. Il n'y a pas âme qui vive. La seule chose qui m'a fait tenir le coup toute la nuit au volant était cette certitude qu'Ellis serait ici, qu'elle m'attendrait. Mais elle n'est pas là.

En dernier recours, je me mets à hurler.

— Ellis ! ELLIS !

À cet endroit précis il y avait de l'écho naguère, nos rires traversaient tout le village, mais aujourd'hui il y a tellement d'habitations le long des chemins de la colline, tout autour de la bourgade, qu'aucun son ne rebondit. Disparus aussi, les panoramas et les arbres centenaires. Désormais c'est le règne des briques et des fenêtres en PVC. Tout cela m'est égal. La seule chose qui compte encore, c'est Ellis.

— ELLIS !

Ma voix ne porte pas. Personne ne vient.

J'avance dans la neige jusqu'à l'entrée du pub et frappe à la porte. Après quelques minutes de tambourinage en règle, une lumière s'allume à l'étage dans ce qui était autrefois la chambre de Paddy. À côté du salon. Tout près des escaliers où Ellis et moi allions chiper des paquets de chips.

Au-dessus de la porte du pub, une petite pancarte rectangulaire a été fixée. *Roger et Miriam Bartram, Débit de boissons, bières, vins et spiritueux à consommer sur place.* Avant, cette pancarte portait les noms de Michelle et Stuart Keeton. Ma gorge se noue dans un sanglot réprimé.

— C'est quoi ce bazar ? Qui c'est ? gronde à la fenêtre une voix encore enrouée de sommeil.

Je recule de quelques pas et lève la tête. La neige me fouette le visage, j'ai du mal à distinguer la personne. L'espace d'un instant, le temps que ma vision s'ajuste, je crois voir mon père là-haut. Le type a à peu près le même âge que mon père à l'époque. Mais bien entendu, il s'agit du tenancier actuel du pub, les yeux encore gonflés de sommeil.

— Excusez-moi de vous réveiller mais je cherche quelqu'un.

— Qui ça ?

— Une fille, une jeune femme, mon âge à peu près, elle est rou… brune, les cheveux au carré, yeux marron, elle fait environ la même taille que moi, je crois…

— Non mais vous savez l'heure qu'il est ?!?

— Oui, et je suis désolée, mais j'ai roulé toute la nuit, j'arrive de Blackpool. Auriez-vous vu une femme brune aux yeux marron, ma taille, mon âge ? C'est tout ce que je veux savoir. Je vous laisse dormir, après.

— Non, jamais vu, grogne-t-il en refermant brutalement la fenêtre.

Je reste figée quelques instants, tournée vers la route, devant les petites maisons silencieuses alignées en rangs d'oignons. Dans l'une d'elles un rideau bouge. Je m'apprête à appeler de nouveau Ellis quand un son au-dessus de moi attire mon attention. Je m'attends à recevoir un seau de pisse sur la tête de la part du type mais cette fois, c'est une femme qui se matérialise à la fenêtre, enveloppée dans une robe de chambre rose à frous-frous comme celle que portait ma mère.

— Mademoiselle, qu'est-ce qui vous arrive ?

— S'il vous plaît, madame… Ma cousine a disparu et j'ai de bonnes raisons de croire qu'elle se trouve par ici. Auriez-vous croisé une femme aux cheveux sombres, les yeux marron, de la même taille que moi, ces derniers temps ? Je vous en prie, essayez de vous rappeler, c'est très important. Elle est en danger de mort.

— Je suis désolée, je ne vois pas. Quoique…

— Oui ?

— Eh bien, il y a quelques jours de ça, une fille est passée ici, une jeune femme un peu étrange. Mais elle n'était pas brune, elle avait les cheveux blonds.

Ça ne peut pas être Ellis, me dis-je, au bord du désespoir.

— Remarquez, ajoute la femme, je crois que c'était une perruque. L'ensemble faisait vraiment bancal sur elle.

— Vous croyez ?

— Oui. En revanche elle avait les yeux bleus. Elle est rentrée dans le pub, a commandé des frites et des nuggets de poulet, et je me rappelle qu'elle a demandé à être servie sur la terrasse, ce qui m'a paru un peu drôle vu la température à l'extérieur. Elle m'a dit aussi qu'elle voulait voir la cabane dans l'arbre.

— Mon Dieu, c'était elle ! Forcément ! Et que lui avez-vous répondu à propos de la cabane ? C'est très important, madame. Je sais qu'elle tenait vraiment à revoir cette cabane.

— Je lui ai dit qu'on s'en était débarrassés. On l'a donnée à l'école du coin, pour qu'ils la mettent dans la cour. Elle avait l'air très déçue qu'elle ne soit plus là. Elle m'a même confié qu'elle venait souvent ici quand elle était enfant. Mais qu'est-ce que cette cabane représentait pour elle ?

Déjà je ne l'écoute plus, mes jambes ont démarré au quart de tour et d'un bon pas je prends la direction de Parsonage

Lane, la rue où se trouve notre ancienne école primaire. La couche de neige s'est encore épaissie, le froid s'infiltre par mes chaussures et imprègne mes chaussettes. Je cours à présent, sans m'arrêter, sur les trois kilomètres qui me séparent de l'école.

Étouffant sous mon blouson, les yeux humides de flocons de neige, j'arrive enfin devant l'école. Le portail est fermé. Je me précipite derrière le bâtiment en empruntant une allée. Ouf ! Le trou dans le grillage de poule est toujours là, même si à présent j'ai toutes les peines du monde à m'y faufiler. Une fois dans le périmètre de l'école, je balaie les lieux d'un rapide coup d'œil et fonce directement vers l'aire de jeux.

Et là, je la vois, la cabane. Dans un coin, sous les arbres. À même le sol. C'est plus prudent, pour les petits. Les fenêtres ont disparu, la couleur est passée du bleu au noir, et à présent elle est décorée de dessins faits à la craie de couleur.

J'aperçois quelque chose à l'intérieur, au fond. Mais je ne distingue pas clairement la scène. Un amoncellement de vêtements. Un sac de couchage. Il y a quelqu'un ! Mon Dieu, faites que ce soit elle, me dis-je en sprintant. Je ne vois pas grand-chose avec la neige qui tombe encore mais cette fois, je suis convaincue que c'est bien elle. C'était le seul endroit où elle pouvait aller.

— Ellis ! ELLIS !

J'avance maladroitement dans la neige collante tel un papillon englué. Mon cœur bat à cent à l'heure, les larmes gèlent sur mes joues.

J'entre à la volée dans la cabane sans cesser de crier.

— Ellis ! Ellis !

Le monticule de tissus ne bouge pas. J'arrache les premières couches, cherchant un bras ou une jambe, n'importe quoi. Et elle est là, sous le tas de vêtements qu'elle a emportés et le sac de couchage. C'est elle. Mon Ellis.

Je saisis son bras et le secoue. Son visage est froid. Je la secoue plus fort et la frictionne.

— Ellis ! Réveille-toi ! Réveille-toi ! Ellis ! C'est moi, je suis là. C'est Foy !

Ses paupières s'entrouvrent et elle me voit.

— Chelle ?... Tata, c'est toi ?

— Non, Ellis, c'est moi, c'est Foy.

Mes larmes gouttent sur son visage mais elle ne réagit pas. Elle a tellement froid qu'elle ne doit rien sentir. Ses lèvres sont desséchées.

— ... Foy ? dit-elle d'une petite voix d'outre-tombe.

Je me frotte les yeux.

— Oui, c'est bien moi.

— Je crois que je suis en train de mourir, Foy.

— Ellis ! Ellis ?

Elle perd alors connaissance et je n'arrive pas à la ramener à elle. Je la serre dans mes bras comme si je pouvais lui insuffler la vie qui court dans mes veines. Sur le devant de son blouson, un grand bout de papier craque sous mon étreinte. Je m'écarte et découvre une lettre écrite au dos d'un poster, le portrait d'une femme avec de gros sourcils. C'est une confession. Ellis y avoue tout ce qu'elle a fait, tous les mensonges qu'elle a proférés. La missive est adressée à Scants.

— Ellis, réveille-toi, je t'en supplie.

Je balance la lettre, retire mon blouson et enveloppe les épaules d'Ellis, même si elle semble déjà bien isolée sous toutes ses couches. Pourtant son corps est glacial au toucher. Voilà trop longtemps qu'elle est dehors. Cinq jours, c'est long. Mais au moins je ne suis pas arrivée trop tard, je suis là à présent et elle est vivante, elle me parle.

Mes gants sont difficiles à enfiler sur ses mains car ses doigts sont raidis, gelés. Je soulève son autre main.

— Ellis, étreins-moi la main.

Je sens une légère compression mais j'ai l'impression qu'Ellis est déjà loin. Elle est là, près de moi, mais elle m'échappe. Malgré mes propres mains gelées, je parviens à grand-peine à appeler les secours.

— Vite, je vous en prie, plaidé-je, vite ! Je vous en supplie, je ne veux pas la perdre encore une fois.

26

Ellis semble parfois s'éveiller un instant mais replonge vite dans un état semi-comateux. Le médecin qui va et vient dans la chambre s'appelle docteur Shelley Buhari, un nom qui a quelque chose de réconfortant. Bien que son prénom ne s'orthographie pas de la même façon que celui de ma mère, c'est un peu comme si ma mère n'était pas loin. Le docteur a la même couleur de peau qu'elle, les mêmes cheveux frisés. À ma question posée à trois reprises, « Est-ce qu'Ellis va s'en sortir ? », elle m'a répondu trois fois la même chose, dans des termes légèrement différents.

Il faut attendre. On vous informera dès qu'il y aura du nouveau.

Elle reste en observation mais il faut s'armer de patience.

Elle répond bien au traitement, son rythme cardiaque est revenu à la normale, pour le reste, c'est une question de temps.

Tout cela demeure bien vague. Les infirmières défilent pour contrôler la perfusion et vider le sac d'urine et personne ne me dit plus rien. Ellis respire grâce à un gros tube bleu et une machine qui produit des *bip !* réguliers. Il ne me reste plus qu'à attendre.

Alors j'attends, ma main sur la sienne. En dépit des sacs thermiques posés sur ses membres, sa peau est encore froide au toucher. Je regarde la télévision en lui caressant le dessus de la tête, les joues, ses cheveux teints en noir. Et j'attends. Après la lecture du journal, je fais un tour au distributeur de snacks, puis je dors un peu, puis je mange un morceau, puis je lis, puis regarde encore la télévision. Et j'attends.

En revenant dans la chambre avec un Crunchie et un sachet de chips, je trouve deux infirmières affairées autour du lit, penchées sur la patiente, en train de retirer le tube bleu. Ellis a les yeux exorbités, elle tousse et semble chercher l'air pour ne pas étouffer. Je lâche mes friandises.

— Mon Dieu ! Qu'est-ce qu'elle a ? m'écrié-je.

— Ce n'est rien, me rassure une infirmière. Elle se réveille, tout va bien.

Ces trois petits mots, « elle se réveille », me font l'effet d'un miracle en direct. Voilà des heures que j'attendais ce moment. Ellis tousse encore et respire avec difficulté lorsque les infirmières ont terminé les soins, mais elle se calme, ses yeux sont humides à force d'avoir toussé violemment. Elle regarde autour d'elle et m'aperçoit, son visage se plisse.

— Tata Chelle ?

Je lui prends la main, une main redevenue chaude.

— Non, c'est moi, c'est Foy.

— Tu es tante Chelle.

Je secoue la tête.

— Non, je t'assure, c'est bien moi. Je lui ressemble, c'est tout.

Son visage se décompose mais je la serre dans mes bras avant que les larmes ne se mettent à couler. Dans notre étreinte je la sens trembler, comme je tremblais, moi, hier encore. Mais à présent je suis forte, forte pour deux. Je me dégage lentement et m'essuie les yeux. Elle ne lâche pas ma main.

— Tu as grandi, dit-elle.

— Oui. Désolée.

— Tu m'as retrouvée.

— Tu te souviens de ce qui est arrivé ?

Ses yeux plantés dans les miens sont pleins de culpabilité.

— Oui… J'ai fait une grosse bêtise, Foy. Une vraiment grosse bêtise.

— Je sais. Ce n'est pas grave. Ça va s'arranger.

— Tu crois ?

— Oui, je te le promets.

— Mais… je l'ai tué. Frida Kahlo est au courant.

— Qui est Frida Kahlo ?

— Mon image, elle est où ?

Je repense à sa lettre de confession retrouvée dans la cabane, écrite sur l'envers de l'affiche avec la femme aux sourcils impossibles. L'affiche, je l'ai brûlée derrière l'école et j'ai piétiné les cendres dans la neige en attendant l'arrivée des secours.

— Ce n'est pas important pour le moment, Ellis.

— Foy, je suis où ? Au paradis ?

— Tu es à l'hôpital de Musgrove à Taunton. Tu étais en état d'hypothermie. On a dû te retirer deux orteils, tu avais des engelures.

— La cabane de l'arbre n'était plus au même endroit. Ils l'ont déplacée.

— Je sais, je sais.

— Je croyais vous retrouver tous là-bas, mais il n'y avait personne.

— Il y a plusieurs années que nous avons quitté le pub.

Ellis ferme les yeux et sourit.

— Isaac… il est là ? Et Paddy aussi ?

— Non, il est à la maison. Ils sont tous les deux là-bas. Ils t'embrassent bien fort. On habite en France, maintenant.

— Tu habites avec eux ?

— Oui, on vit tous ensemble. Avec le mari d'Isaac, la femme de Paddy et tous leurs enfants.

— Avec tata Chelle et tonton Stu aussi ?

Je voudrais tellement qu'elle garde ce sourire quelque temps, lui donner uniquement les bonnes nouvelles… Mais elle voit bien à mon regard que quelque chose ne tourne pas rond. Et bizarrement, je n'arrive pas à lui mentir.

— Non, ils ne sont pas avec nous.

Elle a l'air de comprendre, me tend les deux bras et nous pleurons ensemble.

— Les deux ? murmure-t-elle.

Comme j'acquiesce et me remets à sangloter, c'est elle qui me réconforte.

— Foy, ça va aller, ne t'en fais pas.

— Ellis, tu sais, maman a toujours voulu te retrouver, elle disait qu'il fallait absolument que nous sachions où tu étais, que ça lui faisait un trou dans le cœur de ne pas savoir.

— C'était la seule maman que j'aie jamais eue. Parce qu'on est comme deux sœurs, toi et moi, pas vrai ?

— Oui, presque.

— Foy… Je voulais me tuer, tu sais. J'ai pris des comprimés…

— Je sais, mais c'est fini tout ça.

— Je n'ai pas tout pris. Deux seulement, je crois. Je n'y arrivais pas.

— Ne t'en fais plus, c'est fini.

— Les comprimés sont presque tous tombés dans la baignoire quand le type, il a…

Elle s'arrête et se referme comme une huître. Je l'embrasse sur le front.

— Ellis, on reparlera de tout ça en temps voulu, OK ? Pour l'instant, j'ai du mal à croire que tu es bien là. J'ai l'impression que je vais me réveiller.

— Comment tu as fait pour me retrouver ?

Je m'installe sur le bord du lit sans lâcher sa main.

— Tu te souviens de Kaden ? Le jeune homme qui vivait au-dessus de chez toi ?

— Celui qui travaille à la salle de sport. Il a été bizarre avec moi. Tu le connais ?

— C'est moi qui l'avais embauché. C'était un enquêteur qui avait pour mission de te retrouver.

Ellis fronce les sourcils.

— Non, non, il travaille à la salle de sport. Il m'a appris des gestes pour me défendre. D'ailleurs, ça m'a sauvé la vie, tu sais.

— Il n'y travaillait qu'à mi-temps, Ellis. C'était une couverture. En réalité il travaillait pour moi. Je ne voulais pas t'espionner, juste savoir si tu étais heureuse.

— On ne peut pas dire que j'étais heureuse, non… Il est là ? Kaden est là ?

— Non. Il est reparti chez lui à Londres quand tu as disparu, le lâche. Il peut toujours courir pour avoir ses honoraires.

— Dans son téléphone il y avait plein de photos de moi.

— Oui, parce que je lui avais demandé d'en prendre pour me les envoyer. Je te demande pardon.

— Moi aussi je t'ai cherchée, tu sais.

— Ah oui ?

— Mais je n'avais pas le droit de t'envoyer de lettres.

— Tout ça, c'est du passé, dis-je en lui caressant la joue. Ça n'a plus d'importance. J'étais très inquiète pour toi, tu sais. Neil croyait que tu avais mis en scène ta propre mort.

— Neil ?

— Ah, je crois que toi tu l'appelles Scants.

— D'où tu le connais ? Il s'en fiche, de toute façon.

— Il est arrivé à ton appartement avant moi, tu sais. Nous avons passé ces cinq jours ensemble pour essayer de te retrouver. C'est grâce à lui si je suis là.

— Mais c'est toi qui m'as trouvée. Lui, il doit me détester, hein ?

— Non, pas du tout. Il était très inquiet pour toi, tu sais.

— Je croyais qu'il ne voulait plus entendre parler de moi.

— Il a fait une erreur, il ne savait plus quoi penser parce que tu as beaucoup menti pendant toutes ces années.

— Je sais.

— Pourquoi ?

— Pour essayer de me sentir mieux. Mais ça ne marchait pas.

Soudain elle me regarde et un sourire se dessine sur son visage. Je sais parfaitement ce qu'il y a derrière ce sourire, je sais parfaitement ce qu'elle va dire.

— Il te plaît, hein ?

Une expression béate s'empare de mon visage sans que je m'en rende compte.

— Tout ça n'a plus d'importance, maintenant.

— Si, mais si… Mais dis donc, il est, pff, vieux, quand même. Et quel rabat-joie. En plus il boit.

— Je sais tout ça, j'ai appris à le connaître assez bien depuis une semaine.

— Et, euh, vous avez fait… des cochoncetés tous les deux ?

— Je te rappelle qu'on avait un peu autre chose en tête, avec toi à retrouver. D'ailleurs il m'a envoyé un message tout à l'heure pour me dire qu'il arrivait.

— Il a mis « Bisou » à la fin de son SMS ?

— Trois bisous.

Ellis a l'air ravie et se met à couiner d'excitation, puis à tousser. Quand sa quinte est terminée et qu'elle est sûre de ne pas refaire une crise, elle me demande si elle va aller en prison.

— Non, Ellis.

— Comment ça, non ?

— Non. Neil s'est occupé de tout.

— Il s'est occupé du vendeur de beignets ? Comment il a fait ?

— Tu connais Scants, il a le bras long sans jamais rien dévoiler.

— Tu m'as appelée Ellis.

— C'est bien ton nom, n'est-ce pas ? Tu préférerais que je t'appelle par un autre prénom ? Mary ? Charlotte ? Genevieve ? Ruth ? Bridget ? Joanne ?

— Non, non, j'aime bien quand tu dis « Ellis ».

— Alors je continuerai à t'appeler Ellis. Ellis, je voudrais que tu viennes vivre avec nous. Avec nous tous.

— En France ?

— Oui, en France.

— Il y a assez de place ?

— Oh oui, je crois qu'on peut dire ça.

Un sourire aux lèvres, je prends mon téléphone sur une petite table basse où je l'avais posé, branché à un chargeur. Une fois le câble débranché, je déverrouille l'écran et ouvre l'album photos. Je fais défiler les dossiers, trouve le bon et tends l'appareil à Ellis. Elle le manipule d'une main gauche, comme si elle ne savait plus comment utiliser ses doigts, puis le met à l'horizontale.

— En fait, nous avons soixante-quatre chambres, dis-je.

Elle fronce les sourcils tout en continuant à faire défiler les images.

— Tu ne vis pas dans cet endroit, ce n'est pas possible. C'est un vrai palace.

— C'est un château, pour être tout à fait précise. On l'a acheté pour une bouchée de pain et on est en train de le retaper. Le rez-de-chaussée est quasiment terminé.

— C'est un château, Foy. Vous avez acheté un vrai château !

— Ça s'appelle le château Eleanora. Et oui, c'est un vrai château. Il y a soixante-quatre chambres, une cave à vin, une piscine, un verger, un bois et cinq bâtiments de dépendances. Il est situé dans ce qu'on appelle en France une « Zone loisirs constructible », ce qui veut dire que les permis de construire sont facilement accordés pour des campings ou des gîtes. C'est notre objectif pour l'année prochaine. Les garçons vont convertir deux des dépendances en gîtes indépendants. Paddy voudrait un atelier et Isaac une salle de sport mais ça, ce sera pour plus tard.

— Waouh…

— Et là, c'est l'escalier principal d'origine. La plupart des prestations d'origine comme les boiseries, les parquets, les cheminées et le toit sont, Dieu soit loué, en bon état. Et le chauffage et les lumières ont été refaits il y a cinq ans, donc sur ce front-là on a économisé pas mal d'argent. Tu pourras avoir ta propre chambre avec salle de bains privée.

— Tu crois ?

— Mais bien sûr ! Bon, avant il faudra qu'on s'attaque aux rénovations parce que presque toutes les chambres du premier sont plus ou moins en état de délabrement actuellement. Et il y a des souris, aussi.

— Des souris ?

— Oui. Ce sont nos colocataires. Pas idéal, mais on fait avec. Et on est tous ensemble.

— Il y a des licornes, aussi ? demande Ellis en souriant.

— Pas encore. En revanche je me suis mis une alerte sur eBay pour un T-Rex.

— Ça a l'air génial, dit Ellis en continuant de regarder les photos, les yeux pleins de larmes. C'est vraiment magique, comme endroit. Et ça se trouve où ?

— À un quart d'heure de l'aéroport de Bergerac. Quatre heures de l'Eurostar. C'est un peu isolé mais…

— Ça me plaît.

— Alors tu veux bien venir ? Vraiment ?

— Carrément. J'avais des chats, avant. Ils auraient pu s'occuper des souris.

— Oh, à propos, tu sais qu'on a retrouvé la Duchesse ?

— Ah bon ? Elle était où ?

— Dans le placard à chaudière. Et elle n'était pas seule. Il y avait six chatons avec elle.

— Oh ! Mais je ne savais même pas qu'elle était pleine ! Elle va bien ?

— Très bien, et les petits aussi. Le jeune homme de la RSPCA, Sean, est venu les chercher et il les a ramenés chez lui. Il était inquiet, tu sais, quand on lui a dit que tu avais disparu.

— Vraiment ?

— Oui, vraiment. Il ne te plairait pas un tantinet, par hasard ?

Je lui donne un petit coup de coude et cette fois, c'est elle qui rougit.

— Un peu, si.

S'épanouit alors sur son visage un sourire tellement large que ses lèvres craquelées se mettent à saigner.

— Je me suis permis de lui laisser un message tout à l'heure. Il m'avait demandé de le tenir au courant si on avait de tes nouvelles.

— Ah, c'est gentil de sa part.

Sa main étreint la mienne, deux larmes glissent de son visage sur l'oreiller qui lui maintient la tête. De mon sac je sors Léon l'ourson et subitement le visage d'Ellis s'illumine. Les pattes de la peluche essuient ses larmes.

— Je n'arrête pas de penser que tu vas disparaître, dit-elle en me comprimant les doigts en continu. Je ne veux plus te lâcher.

— Alors ne me lâche pas. Plus jamais.

— Et comme tu es « simplement » la mère d'un nourrisson de cinq semaines qui ne mange jamais, ne pleure jamais et ne grandit pas. Dis-moi, la liste est complète ou j'ai oublié quelque chose ?

— Arrête, Scants.

— La vérité te fait mal, voilà tout. Tu te rends compte que tu as fait la une d'un journal de Manchester quand tu as prétendu avoir été dans l'accident de tram ?

— J'étais tout près.

— Exactement. Tout près, pas dans le tram. Pas blessée. Tout près, c'est-à-dire à dix-sept rues de l'accident, pour être exact, mais c'est un détail, n'est-ce pas ?

— Je t'en prie, Scants…

— Tu abordes des gamins qui ne sont pas les tiens, tu vas à des enterrements de gens que tu ne connais pas, même pas des vagues connaissances, non. Tu fais des essais de robes de mariée alors que tu n'as aucune intention de te marier. Tu te balades avec une poupée que tu fais passer pour un vrai nouveau-né. Je t'ai dit d'arrêter tout ça mais tu ne m'écoutes pas. Ça suffit, j'en ai ma claque de toi.

— Tu ne peux pas m'abandonner.

— Détrompe-toi. Je n'ai plus aucune obligation envers toi. Tu me génères plus de soucis et de paperasses que n'importe qui. Et en ce moment je suis censé être en congé, vois-tu. Ton dossier va être officiellement transféré à une collègue. À partir de maintenant, si tu as un problème, il faudra passer par Gina.

— Non ! Je ne veux pas avoir affaire à quelqu'un d'autre. Tu t'occupes de moi depuis que j'ai dix ans. Tu es comme un père pour moi.

— Peut-être, mais je ne suis pas ton père, justement. Ne complique pas les choses, s'il te plaît. Je ne peux pas assurer en ce moment.

23 décembre, un an après,
Selfridges, Regent's Street, Londres

27

Ellis

— Et quels sont vos projets pour Noël ? me demande la maquilleuse tandis qu'elle m'applique une deuxième couche de baume à lèvres coloré – Rosy Blush, une teinte choisie par mes soins.

— On habite en France, maintenant, dans le château de ma cousine. On vit tous là-bas, moi, ma cousine Foy et son fiancé Neil, ses deux frères Paddy et Isaac et leurs partenaires et enfants, alors ce sera un vrai Noël en famille, une grande famille.

Elle me regarde d'un air impressionné.

— Dans un château ? Eh bien, on se croirait dans un conte de fées.

— Et pourtant non, c'est bien réel. C'est un vrai château. Des fois, moi-même j'ai du mal à y croire, mais tenez, regardez.

Je lui tends mon téléphone dont l'écran d'accueil affiche la photo de la chasse aux œufs à Pâques cette année. On nous y voit tous devant le château, paniers à la main.

— Oh, quelle belle photo. Ça fait une grande famille, dites-moi.

— Oui, c'est sûr. C'est formidable.

— Et comment se fait-il que vous voilà revenue à Londres, alors ?

— On fait nos courses de Noël. Mon copain vit encore ici mais l'année prochaine, il va sûrement nous rejoindre. Il va s'installer avec nous.

Je tapote l'écran pour lui montrer une des nombreuses photos de nous, de lui.

— Mon Dieu, alors ça fera un de plus sous le toit !

— Oui, mais ça va, on a soixante-quatre chambres.

— Vous me faites marcher.

— Non, je vous jure. Mes cousins ont acheté la propriété avec l'héritage de leurs parents décédés il y a quelques années. Et maintenant ils sont en train de tout refaire. Ils reconvertissent l'ancien pigeonnier en salle de sport et le bâtiment où il y avait la pompe va devenir un atelier d'artiste. Mon cousin Paddy va y organiser des formations. Ça va être super. Et moi et Sean, on s'occupera des animaux.

— Fermez les yeux un instant, s'il vous plaît.

La maquilleuse applique une fine couche de poudre brillante couleur pêche sur mes paupières. Je ne peux évidemment pas voir si ça brille beaucoup mais peu importe pour le moment.

— Cette couleur va à ravir avec vos cheveux, ça les met vraiment en valeur.

— Parfait, dis-je en souriant. C'est Sean qui m'a pris ce rendez-vous, pour mon anniversaire.

— Oh, comme c'est gentil de sa part. Eh bien, bon anniversaire, alors.

— Merci.

— Je peux vous demander combien… ?

— Vingt-neuf aujourd'hui, pérore-je. Et à midi il m'a emmenée déjeuner dans un restaurant chinois très chic du quartier de Soho. Et il m'a offert des DVD. Et aussi une photo encadrée de nous deux avec les chiens. On a trois chiens et sept chats. Tous récupérés en refuge.

— Sept chats ?

— Oui. Ma chatte, qui s'appelle la Duchesse, a eu six chatons et comme je ne voulais pas m'en séparer, on les a gardés. Ils ont toute la place qu'il faut au château et en plus ils maintiennent la population de souris sous contrôle. Foy a également des chevaux, maintenant, le pré en est rempli ! Elle espère monter un club d'équitation l'année prochaine quand elle aura accouché.

— C'est ce qu'on appelle une vraie vie de famille là-bas, si je comprends bien.

— Oh oui, complètement. Mais la plupart des pièces ne sont pas encore refaites, si bien qu'on vit tous les dix, en comptant le bébé, dans l'aile droite. La naissance est prévue en mai mais je le compte déjà. Je lui ai même déjà acheté plein de petits trucs mignons. C'est une fille.

— Je sens que cette petite va être pourrie-gâtée.

— C'est certain, oui ! Ce sera moi la marraine.

— Et vous, vous n'avez pas d'enfants ?

— Non, dis-je en ouvrant les yeux tandis qu'elle me fixe, pinceau en l'air. Je ne peux pas avoir d'enfant.

La maquilleuse se redresse d'un coup.

— Ah. Pardon.

— Je vous en prie. J'ai déjà plus que dans n'importe quel rêve. Toute ma famille est avec moi et je peux jouer avec les enfants de Paddy et d'Isaac. Et puis, je suis enseignante à l'école maternelle du coin, donc en gros je suis constamment entourée d'enfants.

— Alors vous avez sans doute trouvé le meilleur compromis, vous savez : vous pouvez vous amuser avec eux, et quand la journée est finie, ils retournent auprès de leurs parents.

Elle me gratifie d'un petit mouvement de tête satisfait, époussette ma joue puis me tend un miroir pour admirer son travail.

— Voulez-vous que je rajoute quelque chose aux sourcils ? Je vous fais un petit strobing ?

— Oui, pourquoi pas ?

— C'est parti.

Je vois bien qu'elle a pitié de moi parce que je ne peux pas avoir d'enfant. C'est à la quantité d'échantillons fourrés dans le sac que je m'en rends compte. Pourtant je ne pense pas en avoir fait des tonnes, contrairement à la dose de rouge à lèvres rose qu'elle m'a appliquée. C'était censé être juste un voile mais ça ressemble plutôt une couche de pâte. Je n'achète que l'anticernes qu'elle a utilisé, après tout c'est la base de mon maquillage quotidien, mais elle ajoute malgré tout une série de petits cadeaux – échantillons d'un nouveau gel pour donner du volume aux sourcils, deux sachets de fond de teint, un gloss à lèvres, deux teintes de fards à paupières et un pinceau de maquillage Horse Kind.

— Je vous souhaite un merveilleux Noël, Ellis, dit-elle en me tendant le petit sac et la facture.

— Je vous remercie.

Grisée par ma nouvelle tête, je m'éloigne en essayant de ne pas sautiller de joie.

Sean m'attend près des escalators.

— Hello. Ça s'est bien passé ?

— Oui, super.

Je minaude un peu et me laisse embrasser. Sean se passe la langue sur les lèvres et fronce les sourcils.

— Hmm, parfum loukoum.

Il me prend la main et nous nous dirigeons vers la sortie.

— Ah ! Je crois que c'est du gloss à l'eau de rose, ou quelque chose dans le genre. Mais elle en a trop mis.

Qu'est-ce que tu penses du maquillage ? Tu me reconnais encore ?

— Oui, mais je ne vois pas trop la différence.

— Pourtant elle vient de passer quarante-cinq minutes sur ma trombine.

— Je sais, mais moi je te trouve canon avec ou sans maquillage.

— Oh le menteur.

— Pas du tout ! Le jour où je suis tombé amoureux de toi, tu avais une espèce de vieille teinture noire, de la boue sur ton legging et tu es arrivée au centre pour animaux en larmes avec un canard dans les bras.

— Ah oui, c'est vrai… Tu as trouvé le livre pour Paddy ?

— C'est fait, oui. Et j'ai pris une belle écharpe Armani pour Isaac. Mais je m'inquiète un peu pour l'horaire du train… À quelle heure doit-on être à St Pancras, au plus tard ?

— Trois heures et demie.

— Il ne faut pas qu'on traine. Tu te souviens de l'étage des consignes bagage ?

À la gare du Nord, un homme répondant au nom d'Horace nous attend avec une pancarte « Kemp-Lowland ». La pancarte au format A4 nous fait pouffer parce qu'il n'a pas encore été question de mariage entre Sean et moi. Horace ne parle pas vraiment anglais mais j'ai maintenant eu l'occasion d'échanger avec un paquet de livreurs et d'ouvriers français, donc je parle mieux français que l'expatrié moyen. Pendant le trajet de trois heures dans l'air conditionné de la Mercedes d'Horace, je fais la conversation avec lui. Je lui raconte les deux semaines que nous venons de passer chez les parents de Sean à Surbiton, la visite sur la tombe de mon père à Scarborough. Je ne suis pas certaine qu'Horace comprenne tout mais il opine du chef poliment. Il nous offre un bonbon à la menthe étrange sorti tout droit d'une petite boîte métallique verte. Sean et moi sommeillons un peu, puis nous passons en revue les cadeaux de Noël achetés à Londres. Blottis l'un contre l'autre, nous contemplons la belle campagne française qui défile sous le soleil couchant progressivement vidé de ses nuages. Horace finit par mettre la radio. Les nouvelles, en français, dont je comprends quelques bribes, parlent d'un accident de bus scolaire dans la vallée de la Loire, d'une visite présidentielle à Malte, des résultats de foot.

— *Nous y sommes presque*[1], annonce Horace.

Sean se penche vers le siège conducteur.

— Pardon ?

— Euh… Bientôt arrivés, tente le chauffeur en anglais.

— Ah, d'accord ! *Merci.*

La Mercedes progresse le long des petites routes de campagne à peine assez larges pour le passage d'un seul véhicule.

— *C'est trop difficile*, peste Horace.

— *Oui*, dis-je à mon tour en gloussant alors que la situation n'a rien de drôle.

Notre demeure se profile enfin à l'horizon.

— Alors, s'impatiente Sean, elle est où, cette maison ?

— Ce n'est pas une maison, rectifié-je, c'est un château. Le château Eleanora.

Horace est concentré sur la route, enfin ce qu'il en reste. Le véhicule ralentit et s'arrête subitement devant un grand portail noir flanqué d'un pilier bas sur lequel est accrochée une pancarte : *Château Eleanora, entrée.*

— Désolé, dit Horace, mais la route, c'est vraiment… *trop étroit.* Vous continuez… *avec les pieds* ?

1. En français dans le texte original.

De deux doigts courant sur son bras, il mime la marche à faire.

— C'est là qu'elle habite ?!? s'écrie Sean. Là, l'énorme bâtiment au fond ?

Il pointe un doigt interrogateur vers le haut des deux tours visibles baignées de lumière derrière les massifs de haie.

— Oui. Je t'avais dit que c'était grand.

— Je prends sacs pour vous, nous informe Horace.

— Non, non, Horace, ça ira, merci, nous allons nous en occuper.

— *Non madame, je devrais t'aider.*

— Vraiment, ça ira. *Merci beaucoup, monsieur.*

Je sors un billet de vingt euros et le lui donne.

— Merci, Horace, c'était… *un voyage magique* !

Mes paroles le font rire.

— *Okay madame. Au revoir monsieur.*

— Au revoir ! répond Sean.

Nous restons un instant devant le portail, entourés de nos valises, et regardons la voiture repartir dans la direction par laquelle nous sommes arrivés.

— Ils ont demandé un permis pour pouvoir élargir ce tronçon de route, expliqué-je. C'est Isaac qui s'en occupe avec le notaire mais apparemment, c'est assez compliqué à obtenir. Allez, viens.

Sean, bouche bée, demeure figé devant le portail.

— Wahou…

— Ça te plaît ?

— Je n'ai jamais vu un endroit pareil. On se croirait dans un rêve, ajoute-t-il en se mettant à rire.

— Oui, c'est vrai. Mais qu'est-ce qui te fait rire ?

— Quand j'étais gamin, je m'imaginais souvent en train de jouer dans un château comme ça. Avec mon frère on se prenait pour des chevaliers, on partait en balade à cheval sur les terres de la propriété. En réalité on faisait le tour d'une boîte en carton dans notre chambre.

— Eh bien il ne s'agit plus d'une boîte en carton ni d'un rêve, dis-je en appuyant sur la sonnette de l'entrée. C'est tout ce qu'il y a de plus vrai. Allez, on y va ?

Sean acquiesce avec entrain, comme un enfant.

L'interphone grésille. C'est la voix de Paddy.

— Ouais ?

— Pads, c'est moi. On est là.

Dans un bruit électronique, le portail nous ouvre lentement ses deux grands bras. À la réaction de Sean, je vois bien que rien n'aurait pu le préparer à la vue qui s'offre à lui par-delà la première rangée d'arbres. Quel plaisir d'observer son visage tandis qu'il découvre le parc. Et cette expression d'ébahissement ne le quitte pas lorsque nous nous engageons, valises en main, dans la courbe que dessine la longue allée gravillonnée. Tel un décor de cinéma, le château apparaît alors dans son ensemble au milieu d'arbres grêles et de grands espaces verts. Sur les marches de l'escalier principal, des verres carrés garnis de grosses bougies ont été disposés, baignant le château dans une myriade féerique de petites lumières. Tout cela se passe de commentaires. La danse des minuscules flammes dans leurs verres nous suffit largement comme accueil.

— Ces sacs me retiennent de courir, dit Sean dans un rire.

Je m'arrête, lâche mes valises au bord de l'allée et lui prends la main.

— Allez, on court.

À son tour il pose son chargement, m'étreint la main et sous le croissant de lune, nous nous lançons à toutes jambes dans l'allée bordée d'arbres illuminés de mille feux de Noël.

Nous voulons nous rapprocher du bâtiment, le toucher, nous sentir minuscules devant lui.

La double porte de l'entrée s'ouvre, et soudain tout le monde est là. Les deux filles de Paddy, déjà en pyjama, dévalent les marches et courent vers nous. Joe, le mari d'Isaac, dans son tricot de Noël, tient leur fils Jonah dans ses bras tandis que Lysette, la femme de Paddy, pleure à chaudes larmes parce que c'est une grande sentimentale à la larme facile. Une fana des films de Disney, comme moi, d'ailleurs elle pleure plus que moi à la fin, ce qui me permet de voir les films jusqu'au bout plus facilement, maintenant. Arthur, le chien de Sean, déboule soudain et se jette dans les bras de son maître. La Duchesse est installée sur le bord de la fenêtre du grand salon, devant le sapin de Noël illuminé, elle se lèche les pattes.

Les garçons accueillent Sean avec une poignée de main qui se transforme vite en accolade et Foy, comme à son habitude, me serre dans ses bras avec vigueur et spontanéité. Je reçois son étreinte comme on prend un médicament qui, je le sais, fonctionne à chaque fois.

— Tata Ellis, tu pourrais nous faire une coiffure ? me demande Estella.

— D'accord, mais d'abord, va chercher nos valises dans l'allée. Et ne t'avise pas de regarder dedans, OK ?

Hélène déclare qu'elles vont faire la course et les deux fillettes s'enfoncent ventre à terre dans l'obscurité.

Scants arrive en dernier. Il arbore un grand sourire, expression légèrement étrange sur son visage peu habitué aux sourires, mais qui lui va bien. Il a un verre à la main, de vin rouge, apparemment.

— C'est du jus de cassis chaud, ne t'en fais pas, dit-il en me tendant le verre pour que je renifle le breuvage.

Il m'embrasse sur le front et me demande comme s'est passé le séjour en Angleterre.

— Très bien. La tombe de mon père est maintenant dotée d'une vraie pierre tombale. Et Sean m'a aidée à planter des rosiers tout autour.

Je lui montre les photos prises avec mon téléphone. Il m'attire contre lui.

— Bravo, c'est super. Vous avez bonne mine, tous les deux. Vous avez l'air heureux. Je suis vraiment fier de toi, tu sais.

— Merci. Moi aussi je suis fière de moi. Je suis contente d'être allée là-bas mais ça fait du bien d'être rentrée, quand même.

C'est sûrement trop beau pour être vrai. Voilà ce qui tourne en boucle dans ma tête quand arrive l'ouverture des cadeaux le matin de Noël.

Autour du dîner de Noël, je regarde Scants, tout sourire, une main sur le ventre rebondi de Foy, tandis qu'elle ajuste un petit chapeau en papier sur sa tête. *Je vais sûrement me réveiller un de ces quatre et ils seront tous partis, je me retrouverai toute seule.*

Je fais des jeux de plateau avec les enfants et des tresses aux filles avant de regarder un film dans l'après-midi, et je me dis que *tout cela n'est sûrement qu'un rêve merveilleux.*

Je me dis que les parfums du pudding de Noël et des bûches dans l'âtre qui me chatouillent les narines proviennent *sûrement* d'une maison voisine à Carew, et que moi, je suis encore dans la vieille cabane, gelée, sous la neige, percevant à peine les cris de Foy qui tente de ramener mon corps à la vie en hurlant mon nom.

Mon nom.

Mais ces visions sont *sûrement* toutes fausses, les derniers instants de la flamme vacillante d'une bougie prête à s'éteindre. Des visions dans une boule de Noël. Des ombres sur la neige.

Je suis *sûrement* déjà morte et me voilà au paradis. Je ne distingue plus le réel de l'imaginaire. La vérité des mensonges. Et je m'en fiche. Parce que si c'est ça, la mort, je crois que ça me va très bien comme ça.

Note de l'auteur

C'est grâce à ma sœur Penny Skuse que j'ai eu l'idée de départ de ce roman. Penny avait inventé le concept de *The Alibi Clock* lorsqu'elle était en école de cinéma. Dans son film éponyme de fin d'étude, une femme est dans un salon de coiffure au bac à shampooing. Elle bavarde avec la coiffeuse et révèle progressivement des informations sur elle, son mari, ses enfants et le cocon merveilleux et stable de son mariage. Dans la scène suivante, nous la retrouvons dans un autre salon de coiffure, vêtue différemment et racontant une tout autre histoire. Elle se présente comme femme d'affaires, indépendante et peu enthousiaste à l'égard des enfants. Plus tard, dans un autre salon, elle a encore changé de tenue et de personnalité. Dans la scène finale, elle apparaît assise sur une vieille chaise au milieu d'un studio miteux à peine meublé, le regard dans le vide. Elle vit dans le mensonge.

L'histoire, c'était simplement ça, une femme qui ment sur son identité et vit dans la solitude la plus complète, dans un monde fantasmé. Sa véritable identité n'est jamais mentionnée. Le titre m'a marquée, j'ai eu envie d'en faire quelque chose parce que le concept m'a semblé vraiment fort : une horloge qui indique une certaine heure, en sonne une autre, alors ni l'une ni l'autre ne correspondent à la réalité. « Qui pourrait bien être cette femme ? » me suis-je demandé.

« Où est la vérité dans tout ça et que cherche-t-elle à fuir ? Que lui est-il donc arrivé pour qu'elle se mette à mentir comme une véritable mythomane ? S'il existe une horloge à alibis/mensonges (Alibis Clock), pourquoi n'existerait-il pas une fille à alibis/mensonges (Alibi Girl) ? »

Dans ma tête, le pendule de l'horloge a commencé à se balancer. Et c'est ici qu'il s'arrête.

C. J. Skuse, mars 2019

Achevé d'imprimer en septembre 2020
sur les presses de la Nouvelle Imprimerie Laballery
58500 Clamecy
Numéro d'impression : 009501

Imprimé en France

La Nouvelle Imprimerie Laballery est titulaire de la marque Imprim'Vert®